灵性高原

杨继国 著

作家出版社

图书在版编目（CIP）数据

灵性高原 / 杨继国著. -- 北京：作家出版社，2020.8
ISBN 978-7-5212-1032-3

Ⅰ.①灵… Ⅱ.①杨… Ⅲ.①散文集 – 中国 – 当代
Ⅳ.①I267

中国版本图书馆 CIP 数据核字（2020）第 111674 号

灵性高原

作　　者：杨继国
图片摄影：杨继国
责任编辑：李亚梓
特约编辑：石彦伟
封面设计：百丰艺术
出版发行：作家出版社有限公司
社　　址：北京农展馆南里 10 号　　　邮　　编：100125
电话传真：86 – 10 – 65067186（发行中心及邮购部）
　　　　　86 – 10 – 65004079（总编室）
E – mail: zuojia@zuojia.net.cn
http:// www.zuojiachubanshe.com
印　　刷：北京玺诚印务有限公司
成品尺寸：152 × 230
字　　数：200 千
印　　张：15.75
版　　次：2020 年 10 月第 1 版
印　　次：2020 年 10 月第 1 次印刷
ISBN 978-7-5212-1032-3
定　　价：48.00 元

目录

第一辑

六盘山路行

　　六盘山位于宁夏南端，是我家乡的山。这些年来，我曾怀着朝圣般的感情，无数次走过这里。在六盘山蜿蜒的山道上，留下了我道道足迹。

　　我曾在春天里走过六盘山路，这里的春意虽来得比别的地方晚，但沿途仍是山花烂漫，山坡上饱经严霜的山桃、山杏，虬枝上不甘人后地绽放着粉嫩的花朵，许是渴望太迫切的缘故，虽不繁茂，但更绚丽。道旁村舍人家的墙头，也不时伸出一枝两枝，使人不能不生出无限的遐想。我曾在夏天走过这山路，山区的层层梯田，堆砌着浓艳的色彩，红的土地，黄的麦谷，绿的玉米，紫的苜蓿花和白色的土豆花，将六盘山区绘成了一个五彩缤纷的大地，给人以无尽的美的享受。我也在秋天走过这山路，这时的六盘山区，天高云淡，层林尽染，山路上走着戴各色花头巾的女孩子，各种树木被秋风吹成了不同的色彩，在澄净的秋阳映照下，更为艳丽，更为动人。我还在冬日里走过这山路，风雪六盘路，虽艰险但更富诗意，茫茫雾霭中，整个六盘山区仿佛披上了一层洁白的面纱，是那么地洁净，那么地安静。车行之处，不时见到青砖绿瓦的一些建筑，兀然地矗立在旷野之中，仿佛是一个童话，以盎然的春意，打破了这大地的单调和沉闷，顽强地向天穹诉说着希望，向世人宣示着深深蕴藏着的生命力。

　　这条逶迤漫长的山路，过去，可是丝绸之路的重要通道。从长安出发，通过唐人王昌龄笔下描写的"蝉鸣空桑林，八月萧关道。出塞入塞寒，处处黄芦草"的关中门户萧关，就到了六盘山下的瓦亭。然后，你或者盘旋翻越陡峭的六盘山，或者绕道须弥山脚的石门关，继续西上，直到遥远的西域。古往今来，在这条著名的山路上走过了多少戍将边卒，中外商贾，文人墨客，迁夫行旅啊！在这儿，也留下了不知多少佳话，留下了不知多少传之不朽的佳作啊！

在这条山路上，留下了禁烟英雄林则徐、改革志士谭嗣同的足迹，他们慨叹世事之不公，民生之艰难，真理之难寻，大道之难行，写下了《六盘山转饷谣》等诗作。在这条山路上，留下了西部歌王王洛宾的一段佳话。王洛宾还在青年时期，就有志于音乐，本想到国外去深造，但由于日寇入侵，辗转来到宁夏，在六盘山下的一个车马大店里，由于受大雨所阻，一连住了一个多月。但在这儿的一个多月里，他的命运却发生了戏剧性的变化。回族妇女、店老板五朵梅以她优美的当地民歌，深深地吸引了他，使他从此改变了自己的人生轨迹和命运，打消了到国外的念头，立志拜民间艺人为师，专心学习弘扬西部民间艺术，从而成了蜚声中外的西部歌王。

在这条山路上，有许多成吉思汗的传说。这位一代天骄，在攻打西夏的战斗中，胸部受了箭伤，于是退回六盘山的凉殿峡，后终因伤势不治而卒于山中，至今还有学者认为，成吉思汗就葬于六盘山中。

在这条山路上，更传颂着一代伟人毛泽东长征途经六盘山的动人故事。毛泽东率领红军，来到六盘山区，受到了当地群众的热烈欢迎。回族群众设传统隆重的"九席"，盛情款待远路的客人，当他登上蜿蜒的战国秦长城时，发出了"不到长城非好汉"的感慨。至今，人们提到这一诗句，都以为指的是现如今北京的八达岭长城，其实，他那时还没有这样的闲情。他是因为长征度过了最艰难的关头，借这儿的秦长城对张国焘不愿北上的错误路线表示了鲜明的反对。当他翻越了长征途中的最后一座高山，登上雄伟的六盘山峰时，情不能抑，写下了传颂千古、脍炙人口的名作——《清平乐·六盘山》。正是这首词，使六盘山在全国乃至世界有了更高的知名度，也正是因了这首词，使政治家、军事家的毛泽东在诗歌创作和书法创作方面的才华表现得淋漓尽致。因此，可以说是毛泽东以他的如椽巨笔描写了六盘山，六盘山也以它山一般的厚实胸怀永远铭记着毛泽东，传颂着毛泽东。一座名山和一位伟人，就这样水乳交融地结合在了一起。

我喜欢六盘山，在这条山路上，走了不知多少遍了，每次走在六盘山路上，都能收获无尽的灵感和喜悦。难忘一次从外省回来，穿过三关口，来到六盘山下的大湾，天已经很黑了，我们又冷又饿。这时，看见一处灯光明亮的地方，停着许多辆汽车，同行的人告诉我说，这个饭馆的羊肉小炒很有名，来来往往的行人都在这儿吃饭。在六盘山区，羊肉小炒是公认的最好吃的东西。现在，正在饥肠辘辘之时，听说有羊肉小炒，我们自然要往这个饭馆钻了。进得饭馆来，香气氤氲之中，不但羊肉小炒果然好吃，而且我们还发现了一个十分美丽的回族少妇。她是饭馆老板的儿媳妇，高挑的个子，姣好的面容，使人不由得眼前一亮，觉得满屋生辉。看得出来，在整个饭馆中，她是中心，不但手中拿着厚厚的一沓钱币，腰上还挂着沉甸甸的一串钥匙。茶足饭饱之后，我们中有位美术家抑制不住地与她搭话。没有想到，这位女子十分大方。画家问她，她桌上的玫瑰花是谁送的。她说，是她爱人送的。问，为什么送玫瑰花呢？她莞尔一笑说，今天是情人节啊。这下，倒把我们提醒了，原来，旅途匆匆，竟忘了今天这个重要的日子了。见我们发愣，她又说，自结婚后，她爱人每年情人节都要给她送花。去年送了11朵，表示一心一意。今年送了3朵，表示我爱你。问，你们俩是包办婚姻还是自由恋爱呢？回说，两者都算吧。我俩本来是同学，又经家人介绍，就算成了。想不到，在这偏僻的山村，还有这么浪漫炽热的爱情，我们都为之感叹。后来，我们提出给她照相，她十分愉快地答应了。大家立刻兴奋起来，拿出各自的各式相机来，一通猛照，有的还与她合了影。当告辞的时候，我们觉得在这黢黑的山路小店，度过了一个明亮而愉快的晚上，诚恳地向她道谢时，她由衷地说道："看起来，你们都是艺术家，能与你们照相，我也十分高兴。"

还有一次，我在六盘山路上，偶然路遇了一群回族姑娘。那是深秋的一个上午，阳光明丽而柔和，空气清冽而纯净，路两旁的树木叶子已经变黄变红，并正纷纷扬扬地撒落在路面上。我们有意放慢车速，乘着从林中透出的闪烁如金的阳光，行驶在沙沙作响的落叶上，惬意极了。正在这时，看见前面隆隆的声响中，有一团鲜艳的色彩飘来。走近时，才发现是两辆手扶拖拉机，载着满满两车年轻的姑娘，也行驶在这条道路上。这些姑娘，头上包着各种色彩鲜艳醒目的头巾，身上穿的衣服也是五颜六色，虽比较旧，但十分干净整洁。我们车子超过时，向她们打招呼，她们有的大胆地向我们招手，有的则报以友好的微笑。见眼前佳景难得，我们索性停在她们的前面，取出照相机来，向她们拍照。见我们一个劲儿地拍照，头戴白帽、年纪较大的开手扶拖拉机的师傅停下车来，警觉地问我们是干什么的。听我们说是搞摄影的，又问，是不是可以上电视？我们说，可以上画报。看得出来，他并不太清楚什么是上画报，但感觉我们没有恶意，便笑笑说："那你们照吧。"于是蹲在路边，好奇地看着我们。但是，这时有的姑娘比较大方，很愿意让我们拍，有的则比较羞涩，不大愿意抬头。见这种情形，我灵机一动，将数码相机中刚拍的画面给她们看，到底是年轻人，到底是女孩子，看到被拍得这样漂亮，一个个好奇、爱美的天性立刻显现了出来，围住我们，纷纷要看相机画面中的自己，并很配合我们，任由我们拍了个够。那种天真、纯朴、本色的样子，拍摄出来十分上相。那时我初学摄影不久，由于有这样的巧遇，再加上时间、光线都正好，拍出的片子人人都说好，还参加了好几次展览，甚至还有画家说，要画成油画，都是很好的作品呢。

当然，在这条山路上，有时也能遇到危险和艰难。最难忘的是有一次，那是一个寒冷的冬季，六盘山区刚下过雪，我们去参加一个活动。回来的路上，有人提议去山上看一看雪，拍一拍雪。这当然是一个很好的建议，大家一致赞成。雪后的六盘山区，粉雕玉琢，姿态万千，层层山峦包裹在薄薄的雾霭之中，道道梯田画出条条洁白美丽的弧线，真是平时难得一见的美景。我们边贪看眼前的美景，边忘情地拍照。不知不觉，上到了一座山峰的山顶上，但当往山下走时，大伙儿却犯了难，只见路面上满是冰雪，车子开在上面直打滑，但不管怎样，还得开车下山哪。我们只好硬着头皮，屏住呼吸，脚踩着刹车，手拉着手刹，一点一点地往山下滑，谁知滑着滑着，几处险弯都过去了，到了一处长长的直坡时，汽车突然失去了控制，先是摇摆着滑，后是侧身横着滑，再后来是屁股朝前倒着滑，大约滑了100米后，突然撞在了路边的山坡上停了下来。虽然在下滑时，大家都表现得够镇静，谁也没有出声，但心中却早作了最坏的准备。停下后，下车一看，却个个倒抽了一口冷气。幸亏汽车滑向了山坡的一面，要是滑向悬崖的那一面，后果如何，是不难想象的。我们惊魂稍定，仔细查看，汽车竟然也无大碍，只受了点擦伤。遥见远处有座村庄，我们走到那儿，向老乡说明情况后，老乡立即热情地上来，帮我们把汽车拉上来，并一锨一锨地撒着土，送我们下了山。

这次经历，我至今想起来，都有些后怕。这可谓是我有生以来，坐汽车最危险的一次。那次没有出事，我想，还得感谢六盘山，感谢六盘山对我们这些痴心人的厚爱。是它，用那厚实的胸膛容纳了我们，保护了我们。因此，我对六盘山的感情更深了。尽管，今后在这条山路上走，还会遇到危险，还会有许多艰难，但这条山路的无穷魅力深深地吸引着我，我还会找机会，在这条山路上寻觅、发现，体味美丽、体味惊喜，继续走下去的。

2006 年 8 月

河东徜徉曲

　　从宁夏回族自治区的首府银川市向东，大约走十几公里的路程，就到了黄河岸边了。黄河在银川的这边俗称为河西，主要为城市的边缘地区。那边俗称为河东，包括灵武、吴忠、陶乐一带地方。河东沿岸，有林场、长城和沙漠，现在已经建成了一片旅游带，有许多游乐设施，是银川人休闲娱乐的好去处。说来也怪，河西这边，特别是贺兰山下，也有许多游乐设施，有的还是非常著名的景点，但人们却在那儿不多逗留，大多是看完了就走，有时连饭也不在那儿吃。而到了河东就不一样了，人们在这里纵情地投入大自然的怀抱，尽兴歌舞，尽情吃喝，还常常留宿在这里，直到第二天，才意犹未尽地离去。究其原因，我想，其中重要的一点，大概是河东这边离黄河更近，有水汽才能聚住人气的缘故吧。

　　我也很喜欢河东这边，有好朋友来，总是尽量把他们往河东这边领。我喜欢这里，除了这里是我的出生地，是我的家乡之外，还在于这里浓郁的民族风情，瑰丽壮美的大漠风光，以及那厚重久远的人文历史。

　　河东地处我国著名的毛乌素沙漠边缘，属内蒙古高原的鄂尔多斯台地。连绵的黄沙，波浪似的，一直堆拥到黄河岸边。黄沙中，坐落着许多的蒙古包，包里不但有整只的烤羊，浓香的烈酒，还有纯正的蒙古族歌手，随你点出任何一曲蒙古族歌曲，他们都会端着酒碗，和着马头琴献给你，让你听得如醉如痴，热血沸腾，情不能抑，放怀畅饮，直至一醉方休，这倒多少能体会到一些唐诗中"醉卧沙场君莫笑，古来征战几人回"的豪迈。

这还不算，我更喜欢的，还是陪着朋友，或独自漫步河边，在河边细细欣赏黄河的美丽容颜。确实，"天下黄河富宁夏"，这句名谚在这里得到了最真切的诠释。黄河像母亲般温柔慈祥，胸襟阔大。她汤汤南来，平坦无波，因裹挟了大量泥沙而显得分外黏稠的河水泛着绸缎般的光泽，亘古不变、寂静无声地流淌着，慷慨地向宁夏大地分泌着富含营养的乳汁。如果有幸在傍晚到河边来，那黄河的景色更加迷人。远方贺兰山岚气如黛，近处黄河水闪烁如金，一轮又红又大的圆日悬挂在河面上，映得半边天、半河水都红透了，格外艳丽，极其壮观，使人在深深被吸引、深深被震撼之余，不能不惊叹大自然的造化之美。

我曾多次在夕阳余晖下拍摄过黄河，也曾多次和朋友们在傍晚的沙岗上眺望过黄河。每到这时，就不能不想起唐代杰出诗人王维的千古名句"大漠孤烟直，长河落日圆"来。而且，也觉得只有这样的千古绝句，才能表现出眼前壮美的景色和胸中奔涌的感受来。

确实，王维老先生的这两句诗，既平实又壮阔，既凝练又传神，历来都得到人们的高度推崇。那么，王维的这一诗句，到底描写的是哪儿呢？关于这一问题，近年来多有争论。在旅游业急速发展的今天，各个地方更是围绕着它做足了文章。有的说，王维是写我们这地方的；有的说，王维是到了他们那地方写的。其实我认为，王维的这首诗，描写的就是宁夏河东这一带的景色。

关于王维写作这首诗的背景，因为过了1000多年，现在谁也说不准，好在有他的作品在，我们只能从他的诗作本身来分析了。

　　　　单车欲问边，属国过居延。
　　　　征蓬出汉塞，归雁入胡天。

大漠孤烟直，长河落日圆。

萧关逢候骑，都护在燕然。

从诗中的描写来看，虽然我们不能具体了解他老人家的行踪，但大体上还是能够弄明白的。"单车"，是说他随从不多，形单影只。"欲问边"，是说他此行的目的，要到边塞去慰问、访问将士。"属国"，是典属国的简称，为汉代官职名，专管边塞少数民族事宜。"居延"，即居延海，在今内蒙古自治区额济纳旗，大约在宁夏的西北方向。王维的《出塞作》曾有"居延城外猎天骄，白草连天野火烧"之句。这儿应非实写，主要表明了他的志向。再下来，"征蓬"，为随风滚动的蒿草。这两句主要说明自己行程中孤独的心情和感受。"大漠孤烟直，长河落日圆"，两句描写了边塞的壮丽景色，也是诗中的华彩部分。最后两句："萧关"，是唐代的重要边塞，也是都城长安的重要屏障，在今宁夏固原市原州区三关口，唐代边塞诗有许多题咏；"候骑"，是巡逻、打探消息的骑兵；"燕然"，即燕然山，在今蒙古国境内，在银川市的正北方，后汉窦宪曾在此大破匈奴，刻石铭功而还，因而，勒石燕然，是那一代人普遍的抱负，同时也是立功前线的泛指。这句不仅仅是虚写，因为，在唐玄宗的开元年间初期，朝廷曾在灵武境内的回乐县设燕然州，到唐肃宗时才废。王维这句若是实写，说都护就在灵武驻地内的燕然州也未尝不可。粗看起来，王维这首诗写的地域范围虽十分广阔，但诗中字面上明确写出了萧关、燕然这些宁夏的地方，结合当时的历史分析起来，王维那次"问边"去的，应该包括今宁夏河东一带。

宁夏河东这一带，自汉唐以来，一直是中原地区的重要边塞，是农耕民族防御游牧民族的天然屏障。秦代以前，河西大多归匈奴所有，秦始皇虽派大将蒙恬逐匈奴而一度夺得了包括宁夏在内的大片今河套地，并"城河上，以为塞"。但在唐以前，这片地方也是几度易手，所以防御的重点还是河东，重要的城堡烽燧也在河东沿河一带。站在今天河东黄河边上，北边是汉代重要的军事重地浑怀障，南边就是唐代赫赫有名的灵州所在地。灵州又名灵武、灵洲。据《括地志》云，因"城在河堵之中，随水上下，未尝陷没，故号曰灵洲"。在唐玄宗时期，曾置朔方节度使于此，专门负责长安以北的防御。王维奉命"问边"，依诗中的情景看，应该包括朔方节度使的驻地灵州。因而，他出了长安，经过宁夏固原的萧关，向"候骑"打听"都护"即节度使的行踪，"候骑"或实话实说，说都护正在驻地内巡视，或不无夸耀地说，"都护"正在"燕然"勒石铭功，即正在前方打胜仗呢！而燕然山就在宁夏的正北方，正是朔方节度使的作战区域。于是，王维到河东一带来慰问将士，看到了边塞严整的军备和壮美的景色，遂写出了这首不朽之作。这样理解，不但合乎逻辑，而且顺理成章。更何况，诗中的景色，分明写的是河东黄河一带的地理特点。至于有人依据"属国过居延"这一句，而认为王维诗中写的是内蒙古居延海一带，那明显是牵强附会。且不要说，居延一带在唐时还不是中原的边塞，就说诗中所指的长河吧，居延一带虽有黑水河，但古代史书上一直称为"弱水"，怎会有长河落日的壮丽景观呢？更何况，王维他老人家作为朝廷的来使，一介书生，一行孤旅，远途"问边"，只会到"都护"的驻地，完成使命，怎能万里迢迢，到处去追寻金戈铁马、纵横万里、行踪飘忽不定的"都护"？他老人家又怎能追得上志向远大、英武神勇的"都护"呢？

由此，在无比佩服王维的神来之笔的同时，对于我们的家乡，不能不生出无限的自豪之情。想起来，宁夏这片土地的自然环境真是得天独厚。从地图上看，宁夏回族自治区地形颇像一个枣核，故宁夏民歌唱曰："宁夏川，两头尖，东有黄河，西有贺兰山。"确实，宁夏地方不大，甚至很小，仅有六万多平方公里，面积仅比台湾、海南两个海岛大一点。但宁夏地灵人杰，诸物皆备，有着辉煌的历史，有着诸多的名胜，大山、大河、大漠，构成了宁夏显著的特色，也引来了历代著名的政治家、军事家、文学家对她的倾心礼赞。西边的贺兰山，因岳飞一阕气吞山河的《满江红》而驰名，南边的六盘山，则因毛泽东的《清平乐·六盘山》而天下皆知。宁夏中部，黄河浩浩荡荡，横贯而过，有一代诗宗王维的"大漠孤烟直，长河落日圆"脍炙人口。因而，每次到河东来，站在黄河边上，看着黄河亘古不变，日夜奔流，那种沉默、厚重、雄浑、壮丽，总是深深地征服了我。我常在黄河边徜徉，既为她的美景所吸引，更为她周遭厚重的历史所神往。是的，王维老先生的一首《使至塞上》写出了河东这一带在唐代的辉煌。但河东的辉煌并不仅仅如此。站在河东的土地上，我们能处处触摸到古老历史的足迹，感受到我们先祖粗重的呼吸。

河东一带，是中华文明的发祥地之一，是在历史上曾经非常辉煌的地方。河东的北边，有成片的汉墓群，有深邃神秘的古兵沟，还有隋代至明代修的古长城，从黄河沿一直通到陕北。东面，有世界驰名的水洞沟旧石器时代文化遗址，那里出土的大量文物说明，在距今3万年前，那里就生活着在当时具有先进文明的水洞沟人，是黄河母亲孕育出的我们民族最早的祖先之一。再往东南一点，一个放羊的农民竟意外地在沙漠中发现了恐龙的化石，经过专家考证，竟然是目前已经发现的亚洲最大的恐龙化石。随着地下秘密被考古学家一点点地揭开，你对远古的宁夏大地不能不产生浓厚的兴趣和无尽的遐想。从河东往南走一点，就是今天的灵武市和吴忠市了。关于这两个地方，除了我们上面所谈到的外，应该说的还有很多很多。

唐时的灵武，即灵州，今天有人说是在今吴忠市，有人说是在今灵武市。不管在哪里，但肯定包括了以上两个地区。灵州的辉煌，不仅仅是它曾为朔方节度使的驻地，在唐代，它也一度被人们称为受降城。一是在唐初，唐太宗曾在这儿接受西北诸少数民族的降服、朝拜，被共同尊为"天可汗"，一洗唐初受突厥的欺侮，被迫对其执甥舅之礼的屈辱。唐太宗曾赋诗刻石立于灵州而还，后虽只留下了两句"雪耻酬百王，除凶报千古"，但从中也不难看出他一吐胸中愤慨之豪气。因为唐太宗是在灵武受的降，故后人也把灵武称为"受降城"。二是唐景龙二年，朔方总管张仁愿在朔方的大漠中曾筑三受降城，《新唐书》载"东城南直榆林，中城南直朔方，西城南直灵武"，从而大大加强了黄河以北的防御，使北方游牧民族再也不敢南下。因西受降城范围达于灵武，故当时的边塞诗人有时也笼统地把灵武称为受降城。唐代在灵州境内，还设有著名的回乐县，其地大致在今天的吴忠市利通区。前些年，曾在市郊出土的一块不知何年代的"古回乐"石碑就是明证。

由于这些历史，唐代边塞诗中吟咏这块地方的名句很多，如，"曾宰西畿县，三年马不肥。债多凭剑与，官满载书归。边雪藏行径，林风透卧衣。灵州听晓角，客馆未开扉。"（贾岛《送邹明府游灵武》）"一岁一归宁，凉天数骑行。河来当塞曲，山远与沙平。纵猎旗风卷，听筋帐月生。新鸿引寒色，回日满京城。"（郎士元《送李骑曹之灵武宁侍》）诗中在颂扬他们的好友清廉倜傥的同时，对灵武恢宏的自然风貌和边塞的生活情景也作了传神的描写。在这些诗里，我特别喜欢的是李益的《夜上受降城闻笛》："回乐烽前沙似雪，受降城外月如霜。不知何处吹芦管，一夜征人尽望乡。"这首诗，在当时是被作为歌词而传唱的。"回乐烽"，自然指的是回乐县中的烽火台了，因它正处于当时边塞的第一线，是游牧民族与农耕民族的分界线，也可以说是回到中原地区的显著标志，故当时就有"昔日从军回亦乐，今日从军乐未回"的军中民谣。这首诗反其意而用之，不仅描写了连年征战对广大军士所造成的深刻痛苦，表现出一股浓烈的思乡之情，而且意境阔大，诗中有画，情与景自然而巧妙地融为了一体，读后不仅能产生强烈的思想共鸣，而且眼前会浮现出边地月夜形象的画面。这应是当时来自中原、长期戍守朔方的军士，仰头望月，低吟高唱，以此寄托自己浓浓的思乡之情吧。

灵武不仅是当时的边塞重地，是边塞诗所描写、表现的对象，而且，在这里还发生了一些重大事件，有的则直接影响到中国历史的进程。其中最著名的，就是唐肃宗在灵武的登基了。唐天宝十五年，唐朝爆发了安史之乱，晚年听任权臣、一味享乐的唐玄宗仓皇向蜀中逃窜。途中，太子李亨被将士和乡亲父老们留下主持军国大事。李亨一时不知所措。这时，有大臣献计曰，殿下过去曾为朔方大使，现在我们离朔方道近，灵武士马全盛，兵食完足，"南向以定中原，万事一事也。"李亨听从了这个建议，连夜疾驰到灵武，见灵武果然兵精粮足，高兴地说："灵武，真我关中也。"于是，在众将士和大臣的拥戴下登基做了皇帝，并借助朔方节度使的兵力，平定了安史之乱，实现了唐王朝的复兴。唐朝人杨炎曾著有《灵武受命宫颂》，清嘉庆年间编修的《灵州志迹》，还有肃宗登基的"灵武台"记载，可惜这些见证历史的遗迹今天已经见不到了。

唐肃宗在灵武的登基，是唐王朝中兴的一个转折点，也是灵武辉煌的一个新亮点。这件事情，使灵武这个边镇，一下子成了中央王朝的临时首都，这在宁夏历史上都是没有的，这也使今天的人们对河东以及灵武这个地方不能不刮目相看。

而今，我站在河东这个地方，在古老的黄河岸边徘徊徜徉，欣赏着落日余晖下的河上美景，回味着千古传颂的不朽名句，细细寻觅着历史的足迹，不能不生出无限的感慨。现在，距王维留下足迹的时代，历史已经越过了千年。千年时光，对于人类社会来讲是漫长的，但对于自然界来说，则是短暂的一瞬。在古老的黄河边上，在河东的土地上，"大漠孤烟直，长河落日圆"的美景依然那么迷人。但是，今日的河东已不是当年的河东了。由于历史的原因，特别是中华民族大一统局面的形成，游牧民族与农耕民族那种尖锐的对立与冲突没有了，河东作为边塞要地、中原屏障的重要性失去了，唐时的灵州也受黄河改道的侵害，而几易其地，至今虽名之于灵武但已经成为西北一个普普通通的县级市了。现在，不要说在外地，就是在本地，不少人也不知道"燕然""回乐""受降城"这些称谓了，李益的《夜上受降城闻笛》，许多青年人即使在吟诵它时，恐怕也不知道它描写的就是自己生活的地方。人们往往是这样，在庆幸自己终于摆脱了长期的戍守，沉重的边患痛苦的同时，又不能不为河东和灵武褪色的辉煌而生出一丝丝的惆怅。

但历史就是这样。"三十年河东，三十年河西"，历尽沧桑的黄河早已给我们指出了这条至理名言。今天，河东的历史也掀开了崭新的一页。首先是，随着大银川建设的需要，河东地区包括灵武、陶乐都跨过黄河，划入了银川的辖区之内。这样，它们虽然在地理上没有由河东变为河西，但在经济生活、政治生活和文化生活上已经由河东变成了河西。再加上两岸之间便捷的交通，由河东到河西实际上已经连为一体，如履平地了。现在的河东，不仅是银川富于魅力的旅游胜地，而且是举全宁夏之力建设的"一号工程"所在地，亿万沉睡地底的煤炭资源，正乘着现代化高科技的翅膀，而爆发出巨大的能量和效益。昔日的"河东"已经成为宁夏最具活力、最富爆发力、最能产生奇迹的地方。令人惊喜的是，近日，随着中国地质专家对灵武恐龙的发掘，中央电视台的现场实况转播，河东又一次吸引了全国乃至世界的眼球，随着这石破天惊的亚洲最大恐龙化石的横空出世，河东这块积聚了太多历史积淀的地方也将再度崛起。不但"大漠孤烟直，长河落日圆"的壮美景观将给人们以不朽的美的震撼，河东新的发展成就也将会不断地给人们意外惊喜！

2006 年 9 月

踏访贺兰山

　　贺兰山是我国北方一座重要的山脉，它东临银川平原，西接内蒙古的阿拉善高原，是宁夏平原的西部屏障。其主峰最高为 3556 米，为宁夏最高峰。贺兰山地区在古代是匈奴、鲜卑、突厥、回鹘、吐蕃、党项等北方少数民族驻牧游猎、生息繁衍的地方。贺兰山风景区位于贺兰山东麓，北起拜寺口，南至三关口，南北长 30 多公里，东西宽 4 公里。主要景点有西夏王陵、拜寺口双塔、小滚钟口、苏峪口森林公园、贺兰山岩画、镇北堡西部影城等。这里峰峦叠嶂，崖壁险峭，森林资源丰富，早在西夏王朝时期，就已被视为避暑胜地。贺兰山中部还辟有贺兰山国家级自然保护区。内有我国西北少有的大面积云杉林，十分珍贵。丛林深处，还建有一座养鹿场。密林中劲风飒飒，松涛阵阵，犹如潮信般汹涌澎湃。"万壑松涛"与"贺兰晴雪"乃塞上奇景。

　　夏日的一天，我们从银川市区出发，驱车在新修成的宽敞平整的八车道公路上，向贺兰山行去，想进入贺兰山在银川的几个隘口，体验一回"踏破贺兰山缺"的感觉。

　　"贺兰"一词据说是蒙古语"赫兰"的转音，其意为"骏马"。我认为无论是其汉语的意思还是蒙古语的意思，都很贴切形象。远远望去，贺兰山巍峨起伏，雄伟壮观，在塞上骄阳的照射下，山峰连绵，岚气蒸腾，似一道蔚蓝色的屏风，横亘在银川平原的尽头；细看其山形，酷似一匹矫健的骏马，在塞上扬鬃奋蹄，跃势欲飞。

沿途鲜花盛开，庄稼茂盛，欢声笑语中，不能不想起《满江红》，正是岳飞这首著名词章中的"踏破贺兰山缺"的名句，使得贺兰山罩上了一层神秘的色彩，也使得天下人都知道了这座名山。而就贺兰山本身来说，它的独特风光，也是足以吸引世人目光的。特别是江山一统时，文人墨客歌咏更多的，还是它的自然风光。在明代，"贺兰晴雪"作为宁夏八景之首，留下了诸多题咏之作。如陈德武："六花飞罢净尘寰，贵富家翁做意悭。满眼但知银世界，举头都是玉江山。严凝藉雪风威里，眩曜争光日色间。独有诗人怜短景，贺兰容易又青还。"清人胡秉正也赋诗曰："西北天谁补，此山作柱擎。蟠根横远塞，设险压长城。俯瞰黄河小，高悬白雪清。曾从绝顶望，灏气接蓬瀛。"

不觉已来到西夏王陵遗址。西夏王陵位于银川市城区西 35 公里处的贺兰山东麓，方圆 50 多平方公里，是西夏历代帝王的陵寝，俗称"昊王坟"。这里布列着 9 座帝王陵墓和 271 座宗室、王公大臣的陪葬墓。在南北长 200 多公里的贺兰山腹地，有 20 多处遗存。晨曦中，望着静静屹立于贺兰山东麓大片洪水冲积扇面地带乱石滩上的一座座黄土陵台，遥想着当年雄踞一方、独领风骚的西夏国曾经有过的辉煌，不由得令人慨叹"昔人已乘黄鹤去，此地空余黄鹤楼"的世事沉浮。

经过西夏王陵，便到了三关口。这是过去银川直通内蒙古阿拉善高原的主要通道，也是过去重要的军事关隘。为了不教"胡马"度过贺兰山，当年，有多少戍边将士在这里泪洒荒山啊！闭上眼，仿佛出现了短兵相接的激烈战斗场面，伴随着金属撞击声，人叫声，马嘶声，令人心旌为之一荡。当年的长城、烽火台，历经千年风雨、人为破坏，仍顽强挺立，使人徒生沧桑之感。而银川和阿拉善之间，如今早已是平整如镜的通衢大道了。乘车驰过三关口，穿越贺兰山缺，不过短短几分钟的时间，使人在体味岳武穆当年"踏破"的豪情时，心中不免生出许多感慨，夹杂着惋惜和些许失落。

关于贺兰山，学术界还有一些争论，主要是说《满江红》中所写的不是宁夏境内的这座贺兰山，而是山西的一座小山。理由是岳飞从未到过贺兰山，金国的"老窝"也不在西北，所以岳飞没有必要"踏破"这座"贺兰山缺"。其实，这些人不了解贺兰山自古以来就具有的独特象征意义。在世界文明史上，农耕民族与游牧民族的斗争与交融一直是一个大主题，中国的古代社会，基本上也是这样。而在中国游牧民族和农耕民族的冲突中，有一道天然屏障，这就是从西至东的甘肃的祁连山、宁夏的贺兰山、内蒙古的阴山（大青山）。所以，这儿从来都是著名的古战场。古代边塞诗中，就有许多描写贺兰山的诗篇。唐代卢汝弼有诗云："朔风吹雪透刀瘢，饮马长城窟更寒。半夜火来知有敌，一时齐保贺兰山。"以生动形象而凝练传神的笔墨，写出了戍边将士的艰苦和半夜激战的生动场景。就连大诗人王维也写下了"贺兰山下阵如云，羽檄交驰日夕闻"的诗句。王维是到过宁夏境内的，唐代另一著名诗人贾岛没有到过宁夏，但也写下了"贺兰山顶草，时动卷旗风"的诗句。可见贺兰山作为古战场，是多么的驰名了。岳飞作为一代名将、著名的军事家，对贺兰山是不会陌生的。宋代，贺兰山是宋朝劲敌西夏国的腹地。西夏国王在贺兰山中修建了许多避暑离宫，既作为他们纵情歌舞的地方，更作为他们运筹帷幄、指挥作战的大本营。当时，西夏在西北，辽在东北，共同与在中原的宋上演了一出新的"三国演义"，成为宋的心腹之患。宋的几次进攻都以惨败而告终，宋的几代名将为此也抱憾终生，岳飞对此大概也深有同感吧。所以，在他的词中，把贺兰山作为击败北方游牧民族的象征，是非常顺乎其军事家、诗人的心境的。更何况贺兰山作为西北的一座名山，还具有地理上的象征意义。在古人的心目中，西北是天狼星的方位，而天狼星是"灾星""战乱之星"，故与岳飞同为宋人的苏轼，在宋与辽的战事失利后，写下了"会挽雕弓如满月，西北望，射天狼"的词句，岳飞的"踏破贺兰山缺"，正与此有着同样的寓意。

穿过三关口后，在贺兰山的那一面，有阿拉善的主要旅游景点北寺、南寺，这都是藏传佛教的重要寺庙。南寺是供奉六世达赖仓央嘉措灵塔的地方，据说这位酷爱诗歌、追求爱情的性情中人被这座宽厚的大山所收留，正说明了这里人民的豁达和善良，也为贺兰山增添了更多的神秘意味。

三关口的北边，是小滚钟口，俗称"小口子"，系当年西夏国王消夏避暑的地方。走进小口子，山凹处和山底平坦处流水潺潺、浓荫蔽日，诚如清人润光所写的"一路香草都是药，千林老树尽生苔。浮云似水流将去，怪石如人立起来"。但纵目望去，四周的山峰，和南方的山大不一样，不但草木极少，而且每一块石头，都是零碎而尖锐的，就像剑旋和刀丛一般，在灼热的高原阳光的照射下，呈现出狰狞的铁灰色，尽显其强悍和雄性之美，与南方阴柔的山形成了强烈的反差，给人以独特的感受。

出了小口子再往北走，越过苏裕口，就到了贺兰口了。这里有著名的贺兰山岩画。沿着山涧旁的蜿蜒小道，向纵深处走去，只见两旁的山壁上，有数不清的岩画，有刻的、有磨的，有不同姿势及面相的人物、各类飞禽走兽，还有日月星辰以及狩猎、放牧、征战、交媾、歌舞等古代游牧民族的生活图景，题材丰富。如一幅头插羽毛、面容神秘的巫师形象，表现的是原始宗教活动；一群奔跑的鹿群，后面有一只搭着箭的弓，描写的是狩猎活动；还有一些比例夸张、姿势奇特的人物群像，反映了原始人的生殖崇拜观念。这些岩画艺术想象之大胆，构思之奇特，表现手法之简练、传神，风格之朴拙，都令人叹服。望着这些早在千年前就留下的印记，心中忽然有一股莫名的悸动。生命的活水，曾在这一片崇山峻岭中流淌过，直到今天，他们的生命活力，仍通过这样的方式激荡在我们心中，使这山脉、这岩石，有了永恒的价值。寻寻觅觅，怪石嶙峋，爬得越高，岩画越精彩。最吸引大家的，是一幅组画。组画上方是光芒闪耀的太阳神，稍下偏右一点是巫师的头像；偏左是一个细长、优美的手掌印，明显看出是女人的手模；再下面是一组牛群、羊群和人群。据专家解说，这组画记载了一场与战争有关的宗教活动。大致内容是，在一场激烈的战斗后，山麓下的一支部落不幸战败了，于是在巫师的主持下，这支部落的女首领向太阳神起誓，将自己部落的牛羊、人民归胜利者所有，并在大山上印上了自己的手印。看过之后，除活生生地感受到战争的残酷外，亦对那位远古的美丽女首领生出了深深的同情和尊重。

出了贺兰口，我们的踏访也在意犹未尽中画上了句号。一行人到山麓下的镇北堡西部影城休息。坐在这昔日的古堡里，边与张贤亮先生说着话，边回首眺望巍峨的贺兰山。夕阳已西沉于贺兰山下，在余光的反射中，剪影似的贺兰山老人峰格外醒目、清晰。它似一位睿智的老人，仰面向天，神态安详，宠辱不惊，冷暖自知，历经人世沧桑，笑看云卷云舒，见证着贺兰山的昨天和今天，更期待贺兰山的未来。

2004 年 9 月

重回大坪

　　早就想重回大坪，早就想念大坪的乡亲们了。在春天的一个风和日丽的下午，我总算一偿多年的夙愿，回到了阔别 28 年的大坪。

　　大坪是宁夏海原县李俊乡的一个小山村。28 年前，我大学毕业不久，便被抽调去作为自治区"基本路线教育工作队"的一员，到大坪村执行农业学大寨的任务，在这儿待了差不多一年。

　　那时我二十五六岁，基本没在农村，特别是山区农村生活过。到了大坪，和山区的农民同住同吃同劳动，各方面的反差是可想而知的。现在回想起来，我们这些涉世不深的毛头小伙子能在农村做些什么呢，因而，工作上的记忆没有多少，但乡亲们对我们的照顾和他们那纯朴、善良的言行到今天都令人难以忘怀。

　　记得在四周有着高高寨墙的公社大院子集中后，我们都被各村的村干部往回"领"。我和比我小两岁的杨建国分在一起，领我们的村主任也姓杨，是一个有着典型回族特征、面庞轮廓鲜明、精干的中年人。他牵着生产队的骡子，驮着行李，带我们从公社后面一条没有路的"路"上了山。沿着曲曲弯弯，时而上坡，时而下沟的乡野小径大汗淋漓地走了十来里路，才到了村里。这次，我和杨建国重回大坪时，尽管对乡间的变化早有心理准备，但到了当年的公社时，还是迷了路。汽车穿过当年公社大院的所在地时，因为早已面貌大变，今非昔比，我们竟然毫无察觉，直到汽车沿着一条曲曲弯弯，但又十分平坦的柏油路驶过好远，在一个似曾相识的小村旁停下问路时，才知道已经到了我魂牵梦萦的大坪村。举目望去，面前的小村庄似曾相识，是那么地熟悉，又是那么地陌生，可不就是我几回梦里回来的大坪村吗？兴奋之余，见路边有一户砖砌的四合院，我便急切地走去问话。几声狗吠后，一位年轻的村民打开了院门，热情地招呼着。我问："这儿是大坪吗？"回说"就是"。"现在叫什么？""还是叫大坪，是个自然村。"又问："20多年前，这村里有个姓杨的队长，你知道吗？他现在住在哪儿？"村民笑笑说："那是我大（父亲）。"这与其说是巧合，不如说是缘分，想不到，一下子就到了要找的乡亲的家门口了。我又急切地问："他在吗？""在！"只见应声走出了一位健硕的老人，头戴白帽，留着长须，细细一看，正是杨队长。还没自我介绍，他就认出我们来了，激动地上前紧握着我们的手，高兴地连连说："是两位小杨来了，是大小杨和碎小杨来了（这是当年村里对我俩的称呼）。"边说边把我们往屋里让，又说，"这是我小儿子新盖的地方，我还住在老地方。"

见着了杨队长，我们最想见的还是当年的老房东马老汉了，连忙请杨队长带我们去见马老汉。记得当时杨队长把我们领上山后，就交给了我们的房东马老汉。马老汉是一个身材高大、热情爽朗的老年人，他的老伴身材瘦削、面容慈祥，一看就知道是一个操劳过度的回族妇女。那时老人家人口不多，大儿子部队刚复员，安排在城里工作，小儿子叫耍嘎，才十四五岁。他家是一个坐落在高处、可以俯瞰全村的小院落。正中面南是一孔窑洞，窑洞一进门是锅灶，里边盘着土炕，老两口住在这儿。两边是两间小小的可以说是用黄泥巴垒的小土屋，东边住着老人的小儿子。我们住在西边的一间。在宁夏回民地区，是以西为贵的，可见马老汉是将他们家最好的房子给我们住了。我们住在马老汉家时，得到了马老汉一家无微不至的照顾。那个时候，宁夏的南部山区雨水还是比较多的，我们下乡的时候，当时海原县的领导给我们介绍情况，讲海原是阴湿地区。我们从公社到村里，沿途长满了草，村后的山坡上，还有一片规模不小的树林。但当时大概一是受"以粮为纲"路线的影响，二是当时的农业技术的限制，特别是缺乏化肥，地里就是不长庄稼。秋收的时候不用镰刀，麦子稀疏得用手拔就行了。有时收的粮食还不够下的种子。即使有时眼看庄稼长势喜人，一到秋季，大多又有冰雹，老乡们叫"下冷子"，眨眼工夫，又会把地里的庄稼砸得一塌糊涂。因而村子里很穷，农民大多是吃不饱饭的，常常是喝洋芋（土豆）糊糊果腹的。我们下到村里后，为了体现"三同"，是轮流到各家吃派饭。一家一天，一天给老乡家一斤粮票，五毛钱。马老汉在村里辈分高，怕我们吃不好，每家来领我们吃饭时，都连骂带说的，要来人让我们吃好。实际上，老乡们不用说，都把我们当作最尊贵的客人，变着法儿地给我们做好吃的。事后知道，有的是借来白面给我们烙饼吃的。尽管如此，条件还是很差，没有蔬菜。擀面条的时候，老乡们要习惯地加些碱面，说是这样扛饿。大多数人家穷得买不起盐，饭里经常是没有盐的。条件好一些的人家，能用茶盅大的小碟子盛一点点腌韭菜下饭，就是很好的了。因而我们常常吃不好，特别是在漫漫长夜，寂寂油灯下，正在饥肠辘辘之时，门帘一挑，马老汉笑盈盈地走进来，手里端着一盘热气腾腾的蒸土豆，甚至还有一小撮细盐面，放在我们的小炕桌上。宁夏南部山区的土豆是天下最好吃的土豆，蘸着盐面，吃着又沙又暄的热土豆，那时感觉是天下最好吃的东西了。到了秋冬，农村的屋里是很冷的，马老汉的老伴总是早早地把自家不多的草秸填进炕洞，把我们的土炕烧得热乎乎的。

所以，这次重回大坪，见着了杨队长后，我们最想见的，就是马老汉一家了。杨队长见我们提起马老汉，叹口气说："你们来得正好，马老汉正病重，再晚些你们怕是见不着了。他的老伴已在20年前就过世了。"我们一听，赶紧在杨队长的带领下，向村里走去。

进到村里，只见虽有些变化，但大致还是以前的那个模样。马老汉的家已经搬了，从原来的山坡上搬到山坡下了，是一座小四合院，外面是南部山区常见的干打垒的黄土院墙，院内面南有三间上房，是马老汉和他的小儿子要嘎夫妇住，面西有两间房子，是他新婚的孙子小两口住。院子虽简陋，但房子倒都是一砖到顶的，没有窑洞，看样子比那时候的条件好多了。我们赶紧进上房去看马老汉。只见他面色黄瘦，盖着被子躺在炕上。屋内昏暗的光线下，头上的白帽子和下巴上的白胡子格外地醒目。杨队长附在他耳边，大声说道，当年工作队的两个小杨看你来了。马老汉一听，虽仍虚弱地躺着，但明显可以看出，眸子里闪过一道亮光，手无力地抬起来，迎握着我们伸过来的手，竟一句话也没有。我们本来有许多话要说的，这时也不知说什么话好，只是哽咽着握着他那干枯的手。真是岁月不饶人，当年健壮、爽朗的马老汉，如今竟成了这般模样，使我们在总算见着了他的宽慰之中，又生出了这么久才来看他的内疚。见老人眼又无力地闭上，要嘎打破沉闷的气氛，邀我们到别的屋喝茶，我们跟随他到了他儿子新婚的房间。小两口都在，儿子看来年龄不大，稚气未脱，健壮腼腆，儿媳妇端庄秀丽，面色红润。屋里虽仍盘着土炕，但装饰新潮，还有彩电。我们那时村里可没通电，看书写字，都趴在煤油灯下，时间一长，鼻孔都是黑的。村里连电话都不通，公社和各村之间、各村之间有什么要紧事，只能对着有线广播的喇叭一通猛喊，不管你说什么事，全公社的人都能听到。现在看来，这 20 多年间，大坪村还是有了很大变化的。要嘎请我们上炕坐下，新媳妇麻利地端上了几样小吃，有葡萄干、蜜枣、瓜子等，还有回民特有的油饼。看这样子，农民的生活与过去相比，大变样了。新媳妇又端上茶来，我一边喝一边问："这水还是以前村边泉眼里的水吗？"记得当年全村人畜饮水，都到村边的一个泉眼里去接，虽然时间得等一会儿，但还能满足全村人的需要。我第一次到泉边挑水，两只水桶虽然不是很大，但走在山道上，甩过来甩过去，人就像扭秧歌一样，费了很大劲挑回来，一桶水也就剩了半桶了。从此以后，房东就不再让我挑水，而由耍嘎替我们挑了。一提起此事，满屋子的人都笑了。杨队长说，那个泉早就不用了，过去出水还多，现在基本快干了，半天也流不满一桶水。问他们现在用水怎么办，说是吃窖水。每年下了雨雪，就把它弄到窖里储藏起来，一年都用这个水。这两年雨水也少了，基本就买水吃。问怎么买？说是乡上用手扶拖拉机把水送上来，一皮囊水两元，就这样，国家还贴不少钱呢。又问，既然水这么紧张，这几年这么干旱，那庄稼怎么办呢？杨队长说，全村早就不种庄稼了。我大吃一惊，问为什么？说是天不下雨，种了没收成，所以也就不种了。我又问，那村里是不是都种草种树了，回说，也没有。问为什么？说还是没水不得活。我又问吃粮怎么办？说提着抽子（口袋）到乡上买着吃。我不禁有点杞人忧天了，说你们水也要买，粮也要买，钱从哪儿来呢？杨队长笑笑说，这些年全靠出去打工挣钱过生活，再加上改革开放后，人放开了，活路比过去多多了，这样日子还过得去。听了他这话，我才松了一口气。我眼前看到的也说明了，村里基本的温饱看样子是解决了，但要富起来，还是很难的。

　　喝了一会儿茶，我提出来，到当年我俩住过的老房子去看一看。耍嘎说，那房子卖给隔壁那家了，大变样了，边说边带我们往那儿走。上坡后到了老房子跟前，确实大变样了，原来的院门已经堵上了，得从隔壁的门洞进去才行。到了门口，一个老妇人出来迎接，耍嘎说，这就是当年的老邻居。对于这个邻居，我是记得的，记得当年说这家是地主，成分不好，老子去世了，儿子上新疆逃活路去了，院里只住着婆媳俩，一天到晚夹着尾巴做人，悄没声息的，连个大气都不敢出。但有一天，一件事情却让我震惊了，从此彻底改变了对她俩的看法，也改变了我对贫困农村所谓"地主"的认识。那天，我们到公社开会，正赶上公社拉了一车西瓜。我们就带了两个回来，给房东家一个，我俩吃了一个。吃完后，随手就将瓜皮扔在了厕所的墙边。

过了一会儿，我上厕所的时候，却发现隔壁的这婆媳俩竟在厕所里，捧着我俩扔掉的西瓜皮，大口地啃着。一时我惊呆在那里，不敢相信眼前的现实。她俩看见我进来后，也大吃了一惊，满面通红，扔掉西瓜皮，冲了出去。这件事成了我心中永远忘不掉的一幕。今天，当这个老妇人出现在我面前时，我又情不自禁地想起了这一幕，当年这婆媳俩是形影不离的，现在出现在院中的只有一位，想来，她应该是当年的媳妇了，那婆婆已经过世了。看她面色还好，衣服齐整，想来当年那窘迫的日子已经是一去不复返了。

进得院来，当年我俩住的小屋已经拆去，其他房子还在，大的格局还是那样，特别是正中面南的窑洞，更是唤起了我们熟悉而亲切的回忆。记得当年无论我们什么时候回来，睡在窑洞中的老奶奶都会拖着病弱的身躯爬起来，给我们烧上一壶开水，给我们的炕洞里添上一把柴。特别是到做饭的时候，窑洞上方冒出的袅袅青烟，窑洞口灶膛里冒出的红红的火苗，那"扑嗒——扑嗒——"的拉风箱的声音是那么地动听，那么地富有韵律，使我们这些远离家的人顿时有了家的感觉。

现在，窑洞久已不住人了，从外面看，十分荒凉破败，并已开始颓塌。我走近窑洞轻轻拉开窑门，往里望去，过去那熟悉、温暖的情景早已不复存在。那面炕和那盘灶也拆了，窑里空空荡荡，空中结满蜘蛛网，唯有地下散乱地放着一些废旧物什，其中有一只破烂的风箱，不知是不是当年的那只，倒引人产生无限的惆怅。

看过当年住过的老房子，我俩又让杨队长他们带着到村中的小学校看看。记得当年村中的学校也就是几间土房子，一二十个学生。由一个民办教师，叫苏宁的带着。苏宁是杨队长的女婿，那时还很年轻，常来和我们玩。有一次，不知他从哪儿搞了点大米，竟然还请我们到他家去吃散饭。所谓散饭，就是米饭。当地的村民，那时恐怕还没人吃过，更不会做了。苏宁虽在县上培训时吃过，也不会做，结果做出的散饭和稠稀饭差不多，成了真正的"散饭"。尽管如此，那也是我们在大坪吃得最好的一顿饭。我问杨队长，苏宁还在吗？杨队长说，还在，还在小学当教师。这倒出乎我们的意料，赶紧向学校走去。还没到学校门口，就见一个微胖的中年人满面笑容地迎上前来，仔细一看，正是苏宁。只见他不仅身体发胖，两鬓也斑白了。问他一直在这里吗？说中间调到外乡去了两年，又调了回来，一直在大坪。想起来，他在大坪执教至少30年了，从一个风华正茂的小伙子变成了一个半大老头。一个人，把自己的一生献给了这偏远贫困地区的教育事业，想起来也真不容易，不能不让人肃然起敬。问苏宁，这些年过得好吗？苏宁说，日子过得还是不错的，前些年，还给转了正，现在享受正式教师的待遇，一个月工资有1000多元，在当地还是好生活。看来，对那些扎根山区、献身教育的乡村教师，国家还是给了应有待遇的。欣慰之余，我又问，现在这学校有几个教师？苏宁说，还是我一个。问学生有多少，苏宁说，有时多点，有时少点，平均一年也就是二三十个吧。问都有几个年级，苏宁说，一、二、三年级都有，到了上高小的时候，就到乡上去了。问各个科目的课都是他教吗？苏宁自信地笑笑说，教了几十年了，教这些学生还是没问题的。说着就到了学校门口，只见是一座一砖到顶的大院子，里面整齐地盖着一排红砖的教室，十分气派、亮堂。记得当时的学校，也就是两间土房子，上操的时候，孩子们只能在打麦场院上活动。天冷的时候，有的孩子只上身穿了件衣服，光着屁股，冻得缩着身子，看着实在可怜。现在到了校门口，一群孩子正在嬉戏玩耍，穿着虽五花八门，但还都齐整，个个活泼可爱，见我们来了，一点不陌生，好奇地围上来，对我拿的数码相机尤其感兴趣。我给他们照相时，他们有的十分兴奋，有的做着鬼脸，争先恐后地在我的镜头前表现着。当我将显示屏里的画面给他们看时，他们更是高兴，惊奇地叫道："这是我，这是我！"看着这些大山深处的孩子们这么可爱，我也十分兴奋，不顾疲劳，半跪在地上，起劲地拍了个够。

不知不觉，太阳快落山了。热情的乡亲们招呼我们到他们家吃饭，我也很想再像那时一样，盘腿坐在乡亲们的土炕上，惬意地吃吃山里的农家饭。但我又不想给他们添麻烦，再说，那么多热情的乡亲，到谁家去好呢？因此，我坚决地告别了一再挽留的乡亲们，怀着依依不舍的心情，驱车上路了。

西山的晚霞，将久久伫立在山崖上送别的乡亲们映照成一个个鲜明的剪影，此时他们的面貌虽然看不清楚，但从身量我依然能够辨别出来那都是谁，耍嘎、杨队长、苏宁……我还会再来的，我在心中默默地向他们呼唤着。

2006 年 3 月

走进西海固

在中国西部的腹地，在黄土高原的沟壑深处，有一块十分特别、特殊而又神奇、神秘的地方，这就是西海固。

西海固，乍一听这个名字，总使人产生海的联想。其实，这块地方，不要说离海有十万八千里，就连水都很稀少，是全国乃至世界有名的干旱缺水的地方。因此，有人曾形象地比喻说这儿是"无鱼的死海"。当地出生的著名回族作家石舒清更是悲凉地说道："岂止无鱼，纵目所及，这么辽阔而又动情的一片土地，竟连一棵树也不能看见。"

这块地方，之所以称为西海固，是因为1953年，国家以这里的西吉、海原、固原3县为主，成立了西海固回族自治州。后来，随着宁夏回族自治区的成立，西海固回族自治州的名称虽然取消了，但西海固这个富于诗意的名字，却带着不可磨灭的历史痕迹和特殊情感，在这一带的人们心中，牢牢地扎下根了。

今天，由于历史的变迁和现实的发展，西海固的概念和内涵有了很大的扩展和延伸。西海固，实际上已经成为了宁夏回族自治区南部山区的统称。它大体包括宁夏固原市的原州区、西吉县、泾源县、彭阳县、隆德县，吴忠市的同心县，中卫市的海原县等地方。

这些地方，干旱无雨，滴水如油，极度贫瘠，苦甲天下，曾经被联合国粮食开发署确定为不适合人类生存之地，属于全国贫困之冠的"三西"地区，因而备受人们的关注，在全国乃至全球有着很高的

"知名度"。

但是，在这大山深处的沟沟峁峁，在这干渴无鱼的旱海，却生活着一百多万回汉乡亲。他们在恶劣的自然环境下，顽强不息地繁衍生存着，默默无闻地与命运抗争着；执着忠诚地笃守着心中的信念和信仰，坚定坚韧地保持着民族的风俗和习惯，不屈不挠地寻求着新的发展和希望。在极其严苛的自然条件下，张扬着生命的顽强；在赤贫的土壤里，强烈地表现了人类精神的尊严。他们不但谱写了民族生活的传奇篇章，而且演绎出了人类生存的奇迹。

曾经有作家精辟地说道，西海固蕴藏着极其丰富的民族生活的创作素材，只要你深入下去，肯下苦功，一定能够创作出伟大的不朽作品。也有学者动情地说道，到了西海固，其他的回族地方你可以不用去了，因为回族生活的一切，在这儿已经达到了极致。这里，是传统文化积淀比较深厚的地方，也是作家、艺术家汲取创作素材、激发创作灵感的圣地。

怀着对这片热土的深厚感情，我不记得我多少次来到这里。但记得，每一次来，都能带给我惊奇和感动。在这沟壑纵横的大山深处，在那蜿蜒曲折的羊肠小径上，我和同伴们曾经无数次走过，有几次甚至于险些发生车祸。在大山深处的小小村庄，在层层黄土被暴雨冲刷成的沟壑边缘，我们和纯朴的乡亲们敞开肺腑交谈，无拘束地拍照，深为他们那种乐观、豁达、淡定、从容而感动，以至于常常感觉到收获的不仅仅是精彩的相片，而更多的是人生的感悟、生活的哲理和难能可贵的精神。让人感动的是，这块地方，虽贫困偏僻但并不闭塞，恪守传统但不保守。无论你到哪儿拍摄，迎接你的都是笑脸，无论是老人，还是青年，都很乐意帮助你，宽容地配合你。就这样，我陆续拍摄出了不少相片。

后来，我将其中的一些相片整理出来，出版了《走进西海固》一书，这部书参加了伦敦国际图书展和阿布扎比国际书展，获得了好评。我的目的，是希望更多的人，通过这些相片，能够走进这里，发现这里，去认识和了解这里的文化；去结识那些可敬、可爱，虽陌生但善良、美丽的人们，去感知、欣赏他们身上存在的美好的民族风情和民族风俗；使人们知道，西海固并非是无鱼的死海，并不意味着仅仅只是贫穷，在这黄土高原如海一般莽莽起伏的大地上，还有着海一般的财富，海一般的胸怀，海一般的人生启示，海一般奔腾不息的民族性格和民族精神。

2011 年 3 月

社火采风三记

从 2006 年开始，我连续 3 年，都和同伴们在农历正月时，到以六盘山为中心的周边地区进行采风，特别是对这儿的传统社火进行了集中考察和研究。由于我国古代长时间处于农耕时期，我国的古代人民，出于对土地与火的崇拜，社火，在我国不仅起源很早，而且分布范围很广，再加上长期的民族迁徙和文化交流，社火在我国各个地方几乎都有，是个庞大的系统。但是在我国各地方的社火活动中，六盘山（别称"陇山"）社火，可以说是最集中、最古老、最传统、最富于代表性和艺术性的。

由于六盘山地区的传统社火本身也是个庞大的体系，加之社火活动大都在正月十五前后的时间演出，限于其强烈的时间性，在 3 年中穷尽六盘山地区的社火全貌是根本不可能的。因而，这 3 年我选了 3 个点，一个是宁夏固原市的原州区，一个是甘肃平凉市的静宁县，一个是陕西宝鸡市的陇县和邻近的赤沙镇，正好陕、甘、宁 3 省区各有一两个代表性的地方，又都在六盘山的周边，进行了深入的考察。在这 3 年的春节期间，我们远离城市的喧闹，追随着农村社火队的身影，有时在寒风中伫立守候，有时借住在农民老乡的家中，醉心地与他们一起欣赏着这散发着田野芳香的艺术，举起相机拍摄下一个个精彩的瞬间。3 年的辛苦，换来了沉甸甸的收获，我积累了近万张相片和大量珍贵的资料。同时，也有许多深刻的新鲜体会。现在，我将采风记录整理出来，与广大读者共享。

2006年，宁夏固原市原州区长城村

2006年的正月十五那天，在固原文联朋友的引领下，我们来到了宁夏固原市原州区一个叫长城村的村庄，和村里的村民们一起参加了这个村的整个社火活动。村里的"社火头"听说我们是远道专程来的，热情地接待了我们。问这个村子为什么叫长城村？他自豪地往身后一指说，那不就是长城吗？！原来，著名的战国秦长城就从这个村后穿过。放眼望去，这长城虽然经历了两千多年的岁月侵蚀，大多已成了低可走马的土丘，但在草莽沟壑中蜿蜒起伏，伸向远方，自有一种撼人心魄的雄浑美。关于战国秦长城的修建，史书上说是始于秦昭王时的宣太后。宣太后诱杀义渠戎王后，在"陇西（今天水）、北地（今固原）、上郡（今陕北）筑长城以拒胡"。想起来，我国的长城尽管举世闻名，但真正以长城命名的村庄，想来也并不是很多。这个村子的居民虽然不可能是秦国时候居民的后代，但在岁月沧桑、山河巨变中，他们既保留了对长城的一份不变的情感，又保留下了传统文化的根脉，这不能不令人肃然起敬。有趣的是，村子中间的打麦场旁边地势较高处，建着一座小庙，庙里供奉着一座端庄尊贵的女神塑像。问村里的人，说这庙叫"圣母庙"，里面供奉的是九天玄女。问为什么这地方建着这庙，而且只供奉一位女神呢？老人们说，自古以来，村里就有这庙，供奉着这位神像，至于什么缘故，现在谁都说不清了。"文革"中，这庙曾被毁坏，现在又重建了起来。想来，这庙的历史很悠久了，应该是当地的一种古老的文化遗存。

这时，场子里社火表演虽然还没开始，但人声沸腾，熙熙攘攘，已是非常热闹了。大人小孩，扶老携幼，正从四面八方赶来。看来，村中过年的高潮和要事，就在此时此地。随着一通撼动心灵的鼓声，社火表演开始了。只见一群矫健的金毛狮子，欢腾着扑向人群，上下四周翻滚，做着各种难度很大的动作，展现着无穷的生机和活力。狮群舞过，是两个叫作"丢丑"的丑旦，她们穿着艳丽的衣服，脸上涂着厚重的油彩，穿梭于人群之中，挤眉弄眼，做出各种滑稽、可笑的动作，人们忍俊不禁，爆发出一阵阵笑声。看来，劳动人民很早就懂得了"审丑"的美学原则，并用于释解生活中的愁闷。正在人们开怀大笑之际，走出来了两位身穿官服、挂着长须的春官，农民习惯上叫"仪程官"。据《周礼·六官》称："宗伯为春官，掌典礼。"可见，以春官作仪程官，主持整个社火活动，也是自古时就有的传统了，这也说明了这儿社火的古老。这时，只见其中的一位仪程官把手中一柄巨大的鹅毛扇威严地向空中一举，场中顿时鸦雀无声。喧闹的锣鼓声，沸腾的人笑声，都安静了下来，人们都知道，社火中的重要一项"说仪程"开始了。说是"说仪程"，其实是对诗。这时，仪程官一捋胡须，朗声吟道："东风吹来暖人心，群情振奋迎新春，喜气洋洋耍社火，万事如意百事通。"另一位也不甘落后，趋前一步，高举鹅毛扇，大声吟道："塞上大地春来早，千家万户齐欢笑，群情振奋耍社火，一年更比一年好。"俩人你来我往，连吟了近10首诗，首首都是新春的祝福语，句句都挂着眼前的情与景，博得了村民一阵阵的叫好、喝彩声。正在人们听得入神之时，仪程官大扇一挥，率领着社火队向场外走去。原来，开始走家串户，到各家去拜年了。只见长长的队伍前列，几个小伙子打着一条大红布的横幅，上面写着一行金色大字："长城村社火队向全村人民拜年！"后面是不时钻入人群，引起一片笑声的丑婆子。再后面是威严的仪程官，仪程官前后左右是欢腾翻滚的金毛狮子。狮群后面，是一队身穿彩衣，摇着彩扇，边扭秧歌边行进的秧歌队。秧歌队后，是一长列身穿戏服、踩着高跷的高跷队。踩高跷是六盘山地区传统社火的主要形式之一，民间称"高拐子"。拐子木制，踩板高约一米，有的高一米五左右，多装扮历史和戏剧故事角色。还有高难度动作的二人高跷舞，节目有赶黑驴、扑蝴蝶等，做跳跃、蹉步、翻身、跌叉等动作。长城村的踩高跷令人吃惊的是整个高跷队 30 多人，都扮演的是宋代的著名清官包拯的形象。一色的包公的戏剧服装，整齐的黑头脸谱，整体出行时，不能不给人一种威武的气势和震撼人心的力量。看样子，这个村子的青壮年几乎都参加了进来，整个社火队有 100 多号人，可见，这村的人对社火的热爱程度。这是全民的节日，也是全民的狂欢。除了社火队的成员外，村中所有的人，也都出动了。有的忠实地追随着，有的在社火队的前后左右穿梭着，有的则干脆参加了进来，自舞自演，自作自乐。我就看到，在高跷队前面，始终有一位老人，他没穿戏服，也没踩高跷，但迷醉地在队前舞动着，神情是那么地投入、专注、忘我，想来年轻时也是社火队里的好把式吧。

这时，各家各户，也都作好了迎接社火队的准备。村里无论穷富，都将能把社火队请到自己家里，作为一件十分荣耀、十分必要的事情。而社火队也没有厚薄，不论贫富，每家都要走到。到每家的时候，这家的主人，早早就作好了"接社火"的准备，把自己的农家小院打扫得干干净净，门口贴着鲜红的对联。院子中央，摆着一张桌子，上面摆放着给社火队赠送的烟酒糖茶水果等物，社火队一到大门口，就燃起鞭炮。在响亮的鞭炮声和淡淡的硝烟中，两名仪程官高高举着鹅毛扇，如仙人下凡般进入院子，开口说道："这个院子修得好，太阳常在院中照，一照你家要发财，二照元宝走进来。""大门楼子高院墙，养得鸡儿赛凤凰，凤凰落在房脊上，后辈儿孙状元郎。"一句句祝福、拜年的话儿脱口而出，狮子、丑婆、高跷队和秧歌队则在院中穿梭绕巡，使这个农家小院充满了欢乐、祥和的色彩。主人若是有兴，也可现考仪程官，他随手拿起一件物件，递给仪程官，仪程官当即就要吟出一首诗来，而且要紧贴眼前的情和景。我就见主人拿起一盅酒递过去，仪程官接酒浇地说："亲戚递我酒一盅，理解亲戚好心情，我的官小不敢饮，奠在此地过路神。"主人又递过一支香烟去，仪程官接过，又不假思索地吟道："纸烟好比一根葱，一头有火一头空，咂一口来冒白云，好像神仙出洞门。"主人的狡黠和仪程官的机敏当然博得了响亮的掌声。

在给各家拜年时，社火表演最精彩的是跳天官和迎财神。这应该也是一种古老的习俗和文化遗存了。迎财神的这家，除了在院落中央摆下一张八仙桌外，还在桌子的前后两边各摆了一张椅子。社火队来后，先有两位灵官赵灵官、王灵官跳上椅子，踏上桌子，说道："头戴七星宝顶冠，手执金鞭与金砖，金鞭打锣不打闪。天官大人到了，早来伺候。"这时一位装扮如天官样的人物踏过椅子，立在桌上，先吟了四句开场诗："吾在九重做天官，常在玉帝宝殿前，怀抱如意白玉钩，赐福赐禄到人间。"然后说道："吾王——上天天官是也，今有宁夏固原长城村社火教演，耍一个：大的无灾，小的无难，牛羊马匹低头吃草，抬头长膘，秋风细雨下在平川，冰雹冷子下在旷野深山。大吉大利，万事如意，一籽跌地，万籽归仓，贼来迷路，狼来锁口。"然后命令："赵、王二元帅，将这庄前庄后，庄左庄右，瘟蝗染疾，冰雹冷子，统统搜检。"两位手执金鞭的灵官，伴着铿锵的锣鼓声在院里巡行一圈后，回禀道："搜检已毕！"天官说："搜检已毕，统在吾的袍袖里边，带在上天，压上一十三天，永世不能下凡。"

很显然，这应该是古老的傩祭驱疫遗存。长城村的跳天官，经过千年的历史演变，傩祭驱疫的基本内容仍完整地保留着，这使我们不能不感到吃惊和意外。

跳完天官后，是请财神，这也是一种古老民俗的反映。请财神，俗称"刘海撒钱"。刘海，亦名刘海蟾，道教全真道北五祖之一，五代时燕山人，一说后梁广陵人。元世祖时封为"明悟弘道真君"。刘海在民间称为"准财神"，多为手舞足蹈、喜笑颜开的顽童形象，其头发蓬松，额前垂发，手舞钱串，一只三足大金蟾叼着钱串的另一端，作跳跃状，充满了喜庆、吉祥的财气。金蟾被看作是一种灵物，古人认为得之可以致富。据说，刘海用计收服了修行多年的金蟾，得道成仙。故中国民间流传有"刘海戏金蟾，步步钓金钱"的说法。他走到哪里，就把钱撒到哪里，救济了不少穷人，人们尊敬他，感激他，称他为"活神仙"。

　　长城村的社火表演《刘海撒钱》表现的就是这一内容。天官在驱疫后，又向远处作瞭望状，说："吾观东南角祥云缭绕，不知是哪位大仙来到？"两位灵官回禀道："刘海大仙。"天官作揖道："大仙请了！"这时一打扮如刘海的天仙上场回揖道："天官请了！"天官问道："大仙来此为何？"刘海回道："一来赐福，二来撒钱！"问："所带多少铜钱？"答："一十万贯有余。"天官道："来在吉庆堂前，为何不撒？"刘海答道："说撒就撒！"于是刘海跳上桌子，一手端畚箕，一手执扇，用扇一扇，畚箕里的金粉纸屑纷纷落地，边扇边说道："一撒风调雨顺，二撒国泰民安，三撒三元及第，四撒四季平安，五撒牛羊满圈，六撒百病不染，七撒北斗七星，八撒八大金刚。"老人小孩为讨彩头，忙着上前去拾捡，场里顿时一阵欢腾。刘海撒完钱，说道："撒钱已毕！"天官又说道："金钱撒在富禄地，荣华富贵万万年！"这些话，带有浓厚的传统文化色彩，极符合农民的心理，而且十分贴近农事，有鲜明的地域色彩，不但使这家的主人听了十分高兴，得到了很大的心理慰藉和精神满足，而且围观和旁听的人也十分兴奋，往往达到了社火的高潮。

　　看完请财神后，社火头请我们到他家休息。我们意犹未尽，恋恋不舍地看着社火队在村人的簇拥下继续在各家穿行，但还是随着社火头到他家去了。社火头是个精干开朗的老年人，十分健谈。我们问他："社火队这么多的服装、行头，还有费用，都从哪儿出？"他说："这都是我们自己办下的。服装行头有过去存下的，也有这几年找热心的乡村企业家筹下的。这几天要社火的钱是村民们自发出的。社火队员也都是自愿争着上的。你看到每家时，人家给社火队捐的酒、烟，全是没开封的，这都是事前说好了的。这烟、酒，谁都不动，仪式完后，原封退回小卖部，用这钱再做社火队的花销。"问："村里人为什么这么喜欢社火？"他说："这都是老辈传下来的，图个热闹、喜兴。前些年不耍了，一过年大家没啥兴头，就在家喝酒、耍赌。自从有了社火后，喝酒、耍赌、吵嘴几乎没有了。"最后，他不无感伤地说："过去，我们村里不只耍社火，还能唱大戏，还有好多别人没有的腔腔调调，可惜，当年的这些人老的老了，死的死了，有许多绝活已经失传了，有许多年轻人也不会了。"这话说得沉甸甸的，使得我们在座的这些文化人也不由得感受到了自己肩上使命的沉重与紧迫。见时间不早了，我们起身告辞。走出大门口，却见整个社火队在门口围站着，大家吃了一惊，不知道是为了什么。这时社火头过来笑着说："社火队要来送你们，表表心意。"我们连忙推辞，可是，震天动地的锣鼓声已经响了起来，整个社火队已经舞动了起来，我们知道推辞也没用，只好向村口走去。到了村口，我们回转身来，再次真诚地向长城村的村民们道谢，请他们回去。这时，只见仪程官把大扇举向天空，动情地说道："锣鼓家什闹得欢，把贵客麻烦了大半天，眼看太阳要落山，我给贵客们送平安！"我们含泪鼓掌，再次道谢后，怀着依依不舍的心情，上了车。待车子开出好远后，驶过长城，驶过村外，锣鼓声还依稀可闻。在车上，大家都没有说话，久久沉浸在对民族民间艺术的美好魅力和村民热情的回忆之中。

2007 年，甘肃静宁县张洼村

　　静宁县位于甘肃省东部，六盘山以西，北与宁夏隆德、西吉县接壤，素有"陇口要地"之称。

　　春节期间，是静宁民间文化娱乐活动的兴盛时期，俗言"耍正月、耍十五"。为庆祝一年丰收，迎接新春，大家尽情热闹一番。耍社火是闹新春的主要形式，静宁社火历史悠久，内容丰富。2007 年的正月初三至初五，我和宁夏的十来个文艺家，在关陇著名民俗学家王知三、王莲喜等的陪同下，到静宁县曹务乡的张洼村，进行了 3 天深入而系统的社火采风。张洼村背依桃山，面对公路，虽属于甘肃省平凉市静宁县，但和宁夏的隆德县只有一路之隔，再加上隆德、静宁历史上长期同属一县，因而相互间不但关系密切，并且乡情民俗也大致相近。我们一到村子，就见路口挂起了"喜度新春佳节"的横幅，家家门口贴上了对联，不少人家还挂上了自制的纸灯笼，一派喜气洋洋的节日气象。由于事前我们就提出要住到老乡的家中，好好看几天社火，因而我们一到，和村中社火会的负责人见过面之后，便被分别领到各家各户去了。

我去的那家姓张，主人是位五十多岁，十分精干、实诚的人。据他介绍，村里人大都姓张，基本是同族人，现在算起来，大大小小也有七辈人，他在村中算是辈分高的，因而威信也高，也是村中社火会的负责人之一。

但他家的大门上，却与众不同，贴的对联不是通常的红纸，而是黄纸。后来看到，不只是他家，村中还有几家，大门上的对联，有的贴的是黄纸的，有的贴的是绿纸的。经过请教，才知道这也是这一带的民俗。凡是近三年家中有丧事的，用他们的话来说，"过了事"的，都不贴红纸对联，而且家中不能有一点红颜色。第一年过事的，贴黄纸，第二年贴绿纸，三年后才能换成红纸。后来，我发现，这一带的传统文化氛围十分浓厚，祖先崇拜、鬼神崇拜的遗风保存得比较全。特别是在春节期间，这种特点很鲜明。据说，春节这几天，主要是初一到初三这 3 天，是家中的亡人与活人同过的。除夕前，家人要到大门口，烧纸、点香，把家神请来，有的甚至到墓地把先人的魂灵迎回，然后这几天，在他们的心目中，先人的魂灵是和全家一起同在同食的。因而我看到几乎家家都在大门口，有的挂只碗，有的在土墙上掏个洞放只碗，碗里放着食品，以敬祖先。进老张家院子的时候，我就看到，不仅在大门口挂着有食物的碗，而且在院子正中的地方，也挂着一些黄表纸的纸条，晚上还点着一只小灯。在正屋面门的地方，有一张桌子，桌上醒目地摆着他去世的母亲的遗像，遗像前面摆着香炉及一些供物。据说，这叫神柱，有的在这儿还摆着家谱。因为是春节期间，老张家的亲戚们照例要来拜年，一进门，都先到正屋去，恭恭敬敬地点上香，跪下磕完头才说别的。我们就住在这屋里，屋里的角落里、檩条上垂挂着一些灰絮。老张讲，家里老人去世，三年不能扫尘，因而也只能这样，这使我们也不由得生出敬畏之心。到了夜晚，屋里不知何故，会不时地发出噼噼啪啪的响动。这不能不使人感到，这屋的祖先与我们同在，村中的鬼神与我们同在。我想，这些风俗，在别的地方，尤其是城市，已经是很淡了，甚至基本上看不到了，但在这儿千百年不变，仍强烈地存在着，正是这种浓烈的祖先崇拜与鬼神崇拜，维系了一个家族的存在。

不知是到了一个新的陌生的环境，还是一晚上心不静，我久久没有睡着。到了凌晨三四点钟的时候，刚迷迷糊糊睡着，忽然，村里的大喇叭响了起来，放起了高亢的秦腔，不一会儿，传出了呼唤人的声音、踢踢踏踏的脚步声和咚咚锵锵的锣鼓声。这时，好像整个村子都醒了，大人小孩的呼叫声、鞭炮声、狗吠声响成一片。既然外面这么热闹，我又怎么能睡得着呢，于是也爬起来，脸也没顾得洗，拿起相机，小心翼翼地穿过黑影幢幢的院子，来到了外面。

院外的巷道里，倒是很亮，也有不少人匆匆走过，跟着人流，我来到了村中的小广场上。这是西北农村常见的那种广场，周围是麦秸垛，有一个砖和黄土垒的舞台，舞台后面是几间没有窗户的房子，房上吊着大电灯，还燃着几堆取暖的柴火，不少人在那儿忙乎着。我走了进去，原来村里把这儿当作了一个临时的化装室，不少人在这儿认真细致、一丝不苟地化装。有的是自己举着镜子化，有的是相互化，更多的是村中的老人给那些小孩子在"打脸"化装。这些小孩，大的不过七八岁，小的也不过是四五岁，不知他们这么早是怎么从热被窝爬起来的。只见一圈圈人堆中，是一个个成为中心的骄子，在亲人们的簇拥下，他们一个个毫无倦意，脸上满溢着兴奋、激动，任由老人们精心地描画着。而给他们化装的老人，可以看得出来，都是村中最有经验、手艺最好的。他们疼爱有加地捧着一张张稚嫩的小脸，一笔一画是那么地精心，那么地倾注了深情。我还注意到，为了化装的角度，老人们不顾劳累，大多是半跪在冰冷的地上。从他们专注的神情中，你感觉不到这是在化装，而是在进行着某种神圣的事情，举行着一种庄重的仪式。从他们那虔敬的态度中，你感到，老人们在给这些孩子化装的同时，也是在精心地传授着祖祖辈辈保留下来的民间艺术的技艺，更是在传递着从祖先那儿延续下来的对民族艺术的那一份炽热的情感。

在孩子们和其他社火队员化装的时候，天也就渐渐亮了。舞台下的场子里更热闹了。敲锣打鼓的，操演秧歌的，四面八方涌来看社火的，使得这里汇成了一个忙碌的海洋。约9点钟，社火活动正式开始了。在村里临河的一条狭长的巷道里，排着长长的队伍，几乎将这条小路塞满了。走在最前面的，是村里几个辈分大、威望高的老人，与身后那喧闹的气氛不同的是，他们一脸地严肃、庄重。有的手中端着食案，案中摆着菜肴、酒水，有的手中举着香烛，有的手中拿着黄表纸。原来，他们是代表全村人到村中的小土地庙去敬神上香，只有敬过土地神之后，整个社火活动才能开始。社火，本来就是祭祀土地的节日，从这可以看出，在这个村里，社火的本来意义仍然保留得十分质朴、本色。只见这些老人，领着全村人，到村里的土地庙后，神情端肃地缓步走上台阶，跪倒在庙门口，献上食案，插上香烛，燃起香和黄表纸，再端起酒杯，恭敬地奠洒于地。我想，他们此时心中肯定在默默地祷告着什么，是祈求祖先的护佑，还是祈盼一年的丰收？

总之是表达着美好的愿望就是了。

敬神仪式完后，欢乐的闸门顿时打开，整个村子沸腾了起来，社火游庄开始。游庄老乡们俗称"出行"，也就是说，全体社火队员要在锣鼓的引领下，到全村的各条道路、各个角落都走一遍。这和有些地方的抬神出行类似，表达的是对全村每家每户的祝福。走在游庄出行最前面的，是锣鼓和彩旗，村中的毛头小伙子，使劲地敲打着锣鼓家什，发出震耳欲聋的响声，尽情地表达着自己欢乐兴奋的心情。后面，是两人打的"张洼村社火队祝全村人民新春快乐"的红布横幅。再后面，是十几根竹竿挑着的五色旗帜，这算是前导队。前导过后，是一个精壮英武的小伙手拿一只五色彩线响铃绣球，逗弄着一只活蹦乱跳、威武凶猛的大狮子，这就是耍狮子。耍狮子是六盘山传统社火必不可少的一个节目，并且一般为社火队的前导。在六盘山地区人民心目中，狮子是吉祥威猛的象征，传说在正月进村入庄，有驱逐邪病的作用，故人们都以狮子为吉祥物，对它十分喜爱。但张洼村的狮子却与众不同，其他地方的狮子，一般用彩绸、丝线做成，虽妩媚好看，但少了些质朴，也缺了些威猛。张洼村的狮子，是用麻皮做成。据说，古代的舞狮，就是这种做法，虽粗陋，但更原始，更富传统，因而更得民间喜爱。只见这只狮子，白色的狮皮，金色的鬃毛，由两个精壮的小伙披在身上表演，扑跌翻滚，身手矫健敏捷，表情逼真。前面戏弄狮子的小伙，精通武术，身手不凡，不时做出一个个精彩、英武的亮相，配合着狮子，一起做出各种高难度的表演动作，博得了大家热烈的喝彩。

静宁的耍狮子表演，还有一个很有趣的民俗项目，叫"穰娃娃"。只见狮子在经过有的人家门口时，这家的年轻父母，会将自家的小孩抱出来，一般也就是一两岁、两三岁，将小孩从"狮子"口中喂进去，穿过腹中，再从尾后接出来。在这过程中，四周是紧锣密鼓，狮子也摇头摆尾，有的小孩难免害怕，会哇哇大哭，但家人却都十分高兴，抱出孩子后，个个脸上都十分欢喜。原来，这儿的人们出于对狮子的喜爱，认为这样可以为孩子祈福去灾，故都在这个时候把自家的孩子抱出祈求吉祥。

狮子的后面，就是这次社火活动的主角和主要项目了。只见清晨化装的那些小孩子，扮成《封神演义》中的 16 个神灵人物，身穿符合人物身份的古代服装，手拿各式兵器，威风凛凛、神采奕奕地站在大人们的肩上，排成一列，向我们走来。原来，这是这儿社火的传统项目，叫作"站故事"，亦称"硬站儿"。儿童装扮角色，站于大人肩上，亮相游行，多装扮神话情节。这些孩子，凌晨三四点起来，到现在已七八个小时了，要在平时，应该是又困又累坚持不住了，但现在他们一个个精神头十足，硬挺挺地站在大人的肩上，仿佛真像天上的神灵一样，摆出各种威武生动的造型，在上午阳光的照耀下如同罩上了一层神圣的光环，使四周仰望着的人们不时啧啧称叹！

"站故事"后面，是一队社火组合。前面是两个傻小子，只见他俩穿着妖艳，脸上抹着浓浓的白粉，头戴大朵的彩花，耳朵上挂着红辣椒，在社火队和观众中自由走动，不时做出各种挤眉弄眼、逗人发笑的神态动作，是活跃社火表演氛围的重要角色。和傻小子表演在一起的，还有跑驴、划旱船。这也是六盘山传统社火的重要项目。跑驴的"驴"一般用竹子扎成框架，外面用彩纸糊蒙，分前后两截系在表演者腰上，由几个十来岁的孩子扮演，他们天性活泼好动，不时地做出毛驴奔跑、踢跳、倒卧等动作，滑稽逼真，引人发笑。划旱船，俗称"花船"，由此可知，这旱船应该是很漂亮的。一般用木杆和布扎成小船，用彩绸、花朵做成船舱，船舱中有一位盛装的女子，手持或带动小船碎步行进，表示船行水中。前面有一银须飘洒、头戴笠帽的老艄公，手拿桨板，来回跑动，表示在划船。正在大家看得高兴时，忽然，船姐原地不动，船头高低起伏，原来，是船搁浅了，只见老艄公用力划动，几经周折，船才又继续行进，大家也跟着松了一口气。

　　这队社火组合之后，是秧歌队。看样子，大都是村里的学生组成，他们个个身穿彩绸衣服，女孩子头上还戴着花环，手拿花束，列队行进在村中，组成了一条花的欢腾的河流。

　　社火队的游庄出行，当经过每户人家时，这户人家不但要燃放鞭炮，还要在门口摆上桌子，放上一些吃食，这叫"接社火"，也是接福的意思。有的人家，还燃起黄表纸。据说，这家里去年曾过"过事"，这也是以此祈福禳灾的意思。

　　当社火队走过全村，回到广场的时候，又掀起了一个高潮。在广场的篮球架旁，随着震天动地的锣鼓声，狮子在舞狮小伙的逗引下，一步步地爬上了用木头搭的 10 米来高的高架。这可是有相当大的难度的。因为狮子是由两人扮演的，要配合得相当默契，而且，一边攀爬，一边还要做出各种高难度的表演动作。在人们屏住呼吸的等待中，狮子终于爬上了高高的架子顶端，耸立身躯，做了一个漂亮的造型，然后，又一步步地爬了下来。这时，又有许多人家，将娃娃抱来，让禳娃娃。而在广场的入口处，早有不少人手捧绸缎被面，列成一行，在迎接着"站故事"队伍的归来。当那些扮成神灵的孩子们一回来，他们立即围上前去，将被面搭在这些孩子们的脖子上，这叫"披红"，以此表示对这些孩子的祝福和祝贺。这时在舞台的前面，却见摆着一长溜桌子，上面放着一长排热气腾腾的火锅。原来，这也是张洼村举行社火活动的一个传统。在社火队归来时，家家户户，有条件的，都要备一个火锅，里面炖上各种好吃的东西，以迎接、犒劳社火队，这叫"叨暖锅子"。我从来没有见过这么多各式各样的火锅，没有见过这么壮观的场面，从中可以深切地感受到这儿人们过年的喜庆和对社火活动的热情。

　　中午大家短暂地休息之后，下午村里开始进行傩戏演出。这种傩戏演出的腔调，当地叫作"喊牛腔"，也叫"喊牛唠唠"。它是当地特有的一种民间小调，因其唱腔粗直、乐器简单，像庄稼人吆喝赶牛的调子，故称为喊牛腔。我想，它的曲调可能就是发源于当地农民劳动时的喊牛调。据王知三先生介绍，张洼村的曲子戏社火班子，始建于清光绪五年（1879年），创建人是村主张占魁，这个社火班子是从唱喊牛腔耍起的，后来逐渐发展到演曲子戏、秦腔等，演出剧目有《破宁国》《回荆州》《辕门斩子》《伯牙抚琴》等60多出。王知三还让我们看了他收藏的喊牛腔的剧本，都是手抄的，上有民国九年的字样，到现在也有近百年了，难为还保存得那么好、那么完整，应当是珍贵的戏曲史料。更值得注意的是，喊牛腔往往是和古老的傩戏一起演出的，并且已经作为傩戏演出的一个组成部分。在演出开始时，首先是点燃鞭炮，燃起黄表纸。在烟火中，两位戴着傩面具的灵官，手拿法器，上场绕行一周，做出各种驱鬼的动作后侍立两边。紧接着，是一位天官上场，他站在高高的桌子上，表演动作和念白与固原长城村的演出大致一样。然后，又表演了《刘海撒钱》。接着演出的，还有《天官赐福》《秋莲捡柴》《八郎捎书》等7折传统曲目。虽然，演出的跳天官和固原长城村的差不多，但这儿的灵官是戴傩面具的。这两尊傩面具，演出前，曾让我仔细观看并拍照过。村人说，过去村中的面具大都没有了，唯有这两尊还一直完整地保存着，它们大约是清代的，因而是村中十分珍惜的宝贝。在这场演出中，能戴着这两尊面具演出，应该是很郑重的。我想，这种演出，很显然，表现出了更浓厚的傩戏演出的味道，带有浓厚的上古傩祭、傩戏、傩舞的痕迹。

中国远古有三种不同性质的祭祀，一是腊祭，以酬谢神农；二是雩祭，以祈求雨水；三是傩祭，用于驱赶疫鬼。而傩祭是这三大祭祀中影响最大、最为隆重的。傩祭也是周代的三大祭之一。据史料记载，傩祭时，还要举行规模较大的傩舞驱疫活动。《周礼·夏官司马》中说："方相氏：掌蒙熊皮、黄金四目、玄衣朱裳、执戈扬盾，帅百隶而时难（傩），以索室驱疫。"《辞海》解释是，"方相氏"是朝廷夏官之属官，专事傩祭的官职，他在傩祭时，身披熊皮，头戴镀金的四只眼睛的面具，身穿黑衣红裤，一手拿戈，一手持盾，带领百人作傩舞，并搜索室内而驱除疫鬼。六盘山地区是中国傩仪发祥地之一。傩仪、傩祭、傩舞自上古以来，就在这一地区流行。《汉书·礼仪志》载："先腊一日大傩，谓之驱疫。"唐《敦煌遗书·驱傩儿郎伟》也说："除夜驱傩之法，出自轩辕。"在六盘山地区的这些社火、演出活动中，我们就可以生动地看到它所表现的古代傩祭、傩舞的原始面貌，并且较为完整地保存了索室驱疫的功能，这是十分珍贵的活的历史文化化石。

下午演出后，晚上又接着在农户家中演出，谓之"地摊子戏"。这可能是村中农户自愿请来演出的，并且以能请到戏班子到自家演出为荣。这也是傩戏演出的一种形式。我们循着锣鼓声赶去观看，只见在一个整齐的小院子门前，挂着一排手工自制的纸灯笼，有圆形的，有八角的，纯用细竹扎成，外面糊着白纸，纸上还贴有各色的剪纸，内里燃着蜡烛。据说，这也是傩戏演出的显著标志之一。院子上方，悬着两只大瓦数的灯泡，正面放着一张桌子，桌上燃着蜡烛，放着果品，这家的户主，一位喜眉喜眼的老汉，身披棉大衣，惬意地吸着水烟，坐在桌旁的椅子上。院子中间的空地，显然就是舞台了，四周是锣鼓家伙。戏开演前，照例是户主先燃烧黄表纸。接着，在铿锵的锣鼓声中，演出了《跳天官》《刘海撒钱》《天官赐福》等曲目。这既表示了对这户人家的良好祝愿，也为整个演出营造了和谐喜庆的氛围。在周代时，傩祭不但被定为国家礼仪制度，并且分为三种不同的层次：有天子亲自主持的，有诸侯举办的，还有民间庶人举行的"乡傩"。这种地摊子的傩戏，很有可能是古代乡傩的遗风，这使我们又一次深切地感受到了这个地方传统文化的深厚。

在张洼村观看社火，高潮应该是神秘的"送五穷"。送五穷是春节期间一个传统的民俗活动。全国不少地方都有，但没有一处地方比张洼村具有那么浓厚神秘、古老的古文化色彩。"五穷"的说法古来就有，何谓"五穷"，唐代大文学家韩愈《送穷文》中谓智穷、学穷、文穷、命穷和交穷为人生困厄的五个穷鬼。我国民间称天灾、人祸、瘟疫、苦难、贫穷为"五穷"，并称正月初五为"五穷"。故在这一天要"破五"，即举行破五活动，送走五穷，俗称也有"送穷土""送穷灰""送五鬼"等。这一天，要富日子当穷日子过，一年内才不会受穷，这天还要清除垃圾出门，这样一年内灾疫便不会侵害。而张洼村的"送五穷"，内容要深刻得多，是一种典型的古代傩仪中的驱疫打鬼活动。

那天晚上，因要举行神秘的送五穷活动，整个村中一改节日期间的喧闹和喜庆，人人都守在家中。按照村中人们的指点，我们早早守候在村中的土地庙前，经过一阵难耐的等待后，远远就见一伙人打着火把过来了。他们到了小庙后，在老人的带领下，先跪下叩了头，上了香，烧了黄表纸。然后，四个人郑重地戴上傩面具和髯口，便成了赵、王、温、马四位灵官。按照传统，一尊傩面具就是一尊神，戴上面具后，他们便不是凡人了，而是神灵的化身，就意味着神灵附体，因而，再也不能随便谈笑，甚至是说话了。果然，这四位灵官，立马就与众不同，他们分成两路，在村中老人的引领下，在火把的照耀下，不但一个个神情庄重、卓尔不凡，而且矫捷异常、健步如飞，如春燕掠水般，在村中的小路上疾走起来。说是走，旁边的人得跑。为了抢拍这一珍贵的民俗资料，我们也不顾一切，跟着就跑。说来也怪，在漆黑的夜里，在农村崎岖不平的小径上、田野里，我们竟也如同神助，跑出了平时根本不可能有的速度，而且跑了很久还不觉得累。这时，在空旷的田野中，在基本不见光亮的夜空下，只有这一伙人在呼喊着疾奔着，其呐喊的声音在寂静的村庄上空浮荡着，我们就这样一口气跑到了村边。原来，"送五穷"要从村中最远的一家开始，直到把全村每户人家跑遍。到了这家院落后，院中的主人早就作好了准备，打开大门，燃起黄表纸，灵官在火把的引导下，大声吆喝着，手持法器，将院子四角巡行搜索一遍。这时，大家高喊着："瘟神断出门喽！"出门时，火把高举，灵官摆出一个威武的造型，主人或用畚箕，或用其他容器，将熟面混合着易燃的一些粉末，撒向火把，在瞬间爆起的火光中，映照着灵官呈现出十分灵异、神奇的效果。我们在此时，不顾火星点点落下，抢上前去，在头发发出滋啦声响和焦煳味的同时，按下快门，拍到了自己满意的相片。

就这样，两路灵官在紧锣密鼓的伴奏下，飞快地从一家到另一家，一直把全村的每一家都跑遍。然后，将火把等不用的社火家什拿到河边烧掉，从高崖上扔进河中，这叫作"烧社火"，也就等于将全村一切不干净的东西和游荡的鬼魅都驱逐了出去。然后，他们回到土地庙中，再上香，燃起黄表纸，摘下面具、髯口，送五穷活动正式结束。现在看起来，这和古籍记载的傩仪驱疫活动几乎完全一致。《太平御览》就有相似的记载："方相氏……而时傩以索室，而驱疫鬼，以桃弧苇矢土，鼓且射之，以赤丸五谷播撒之，以驱疾殃。"经过了几千年的岁月，这种古老的驱疫祈福的仪式还在六盘山地区基本保留着，这不能说不是一个奇迹。

2008 年，陕西陇县、三寺村

陇县古称陇州，因地处陇山东坂而得名。陇县古今交通位置重要，是关中与大西北的咽喉地带，丝绸之路的要隘，至今也是陕甘宁三省区的交通要道。悠久的历史，孕育了灿烂的文化，这儿的人民创造了极具地域特色的文化活动形式和丰富多彩的民间艺术。陇县社火，更是闻名遐迩、冠绝九州的一朵艺术奇葩。

陇县社火是在继承周秦汉唐时期的白戏、散乐和古代锣鼓、舞蹈的基础上，不断创新而形成的民间集体游艺活动，盛于宋明清时代。据陇州旧志载，早在秦汉时陇州民间就有"百戏"游演活动。汉昭帝时，陇州有“每以正月望夜，充街塞陌，鸣鼓聒天，燎炬照地，人戴兽面，男为女服，诡状异形，以秽嫚为欢乐，内外共观，兽不相避”的记载。明清时期，陇州庙会唱戏，全县各家社火昼夜不绝，随场变演，已形成赛社火的风习。中华人民共和国成立后，尤其改革开放后，陇州社火表演已达空前，全县有“社火会”300余家。耍社火、看社火，是陇县人最重要的“年饭”，那自编自演的陶醉，那如痴如醉的享受，是外人很难想象的。近年来，陇县每年正月十五都举办“陇州社火游演大赛”，十村八乡的社火纷纷涌向县城，竞相献艺，争强斗智。其历史的悠久，形式的多样、独特，传统特色的鲜明，规模的宏大，说它是全国社火之最，可能一点也不过分。

2008年2月20日至21日，正是农历的正月十四、正月十五，我和朋友们一道，专程到陇县，观看了这儿盛大的社火展演。

其实，陇县社火的盛况，我曾一睹它的真容。前年我在固原看完社火，驱车前往宝鸡，路过陇县的时候已是中午了。这时，就见从城内各路口，出来了一队队的社火队伍。我们赶紧停车观看，原来是县里的社火游演刚散，各乡村的社火队正出城返乡，尽管如此，那场面还是十分壮观，我们也追着拍了不少相片。也就是在那天，我就有这样一个愿望，一定要专程到陇县来，好好看看这儿的社火。

两年后的今天，我们提前于正月十三赶到了陇县，当地的作家、文史专家张宝林先生早早地就在县委门口迎接了我们。宝林虽是经朋友介绍认识，但我们一见如故。他非常热情，对家乡的社火也很有研究。

第二天一大早，宝林就来到我们住的宾馆，叫醒了还在酣睡的我们，说他已踩好了点，陇县富有特色的高台社火，当地也叫“芯子社火”，正在化装，可以去采风拍照。芯子社火，是六盘山地区最富特色的社火形式之一。它是将木杆或钢筋矗起六七米的高杆，上面由六七岁、八九岁的小孩子装扮成各种戏剧人物，在杆上摆出各种造型的一种高难度的社火艺术形式。它既有美学的艺术要求，又有工艺的奇绝巧妙。不仅讲究力学中的重心掌握，给人以惊险、玄妙、优美、神奇之感，而且通过高度概括的手法，表现一个故事、一段剧目或一个典故。这种社火，据说过去为了重心的稳定，杆子的下面是由磨盘作为底座，由几个壮小伙子抬着走村串乡的。装社火身子的这些孩子都是自愿参加的，他们被选中后，固定在高达六七米的杆子上，一天不但不能吃、不能喝，还不能拉、不能尿，真不知是怎么坚持下来的。现在宝林要带我们去近距离地考察这种社火，大家马上精神起来，匆匆擦了把脸，饭也顾不上吃，就驱车上路了。

　　不长时间，我们来到城关镇的一个大院子里。这时院子四周还灰蒙蒙的，而院里的一排房间里却射出耀眼的光亮。我们忙进到屋里，只见里面灯火通明，热闹异常，屋里有许多人在忙碌着，有的在打脸化装，有的在整理道具，有化好装的小孩在走动玩耍，还有不少家长围在自家的小孩身边，或喂他们吃喝，或欣赏赞叹着孩子的造型。这时，天虽还没大亮，但人人都精神头十足，一派喜气洋洋的过年的欢乐忙碌的气氛。我抓住一个刚化好装、正兴奋地四处跑动的小男孩，问他几岁了，他答说九岁了，又问他参加过几次了，回说两次了。这时，旁边又围上一群孩子，我又问其中的一个女孩子几岁了，回说七岁了。这不由使我吃了一惊，连忙又问："装过社火身子吗？"她天真地一扭头说没有。我又问："愿意参加吗？"她笑着点头说愿意。我又问："这么辛苦为什么愿意呢？"她却调皮地笑着说不知道，一颠一颠地跑开了。这时，一位个头不高，戴着眼镜，穿着朴实，年纪约有七十岁的老者接过话头："参加表演的小孩子都是从各家选出来的，一般都要长相清秀、模样端正的，村里的风俗，说是家里的小孩子被选中参加，能给全家带来好运，所以孩子们也都高兴参加，觉得很荣耀。"我一看，可不是嘛，这儿化装的孩子，个个兴高采烈的，不是乖乖地听任大人把大块的油彩往脸上涂抹着，就是兴奋地在屋中跑来跑去地玩耍。我又问这位热心的老者："您是这儿的负责人吗？"他笑笑说不是，我又问："您是社火头吗？"他又摇摇头说不是，我好奇地问："那您是这儿的什么呢？"他自负地回答："算是导演吧。"我听了一愣，但旋即明白了他所说的导演的含义，恭敬地问他："这个村子的社火都是您指导的吗？"他回答是的，指了指正在化装的一个孩子说："这是个武财神。"又指了指一个正在跑的孩子说："这是个文财神，一个是关云长，一个是刘海，刘海撒金钱嘛。"我请他介绍村里今年都排了些什么节目，他说有《二进宫》《三进士》《状元媒》……又指指一群头戴小鼠帽的孩子说："今年是鼠年，我们还特地排了一个《老鼠嫁妹》。"我又问："那您搞这社火多长时间了？"他说有几十年了，从"文革"结束后年年弄。我还要再问时，老人被早已在旁着急地等待的人叫走忙乎去了。

这时，孩子们都已经化好装了，正纷纷由大人扶持着往门外走，我随同他们来到院子里。只见天已大亮了，院中一溜齐地停着七八辆手扶拖拉机，每辆上面都固定着两三根六七米高的钢筋杆子，杆子上焊着若干小横杆，装饰着各种花卉云朵之类好看的饰物。原来，要将化好装的孩子固定地绑在这些铁杆子上，并摆出各种造型动作，以进行社火表演。为了便于操作，又在拖拉机上面、杆子之间临时架设了不少脚手架。远远望去，发动了的拖拉机轰鸣着，吐出缕缕轻烟，上面是壮观的脚手架，脚手架的各个空隙间花团锦簇，是正在准备固定的孩子们。还有同时展开着的，各种身姿、各种神态、一丝不苟、热火朝天地在捆绑孩子的大人们。这热闹奇特的工作场面，构成了一幅神奇生动的组照，如同流动的蒙太奇画面，给人留下的印象是极其深刻的。

大半个小时，经过紧张、忙碌、认真、细致的工作后，孩子们大多已被捆绑、固定在杆上了。为了保持重心，便于长时间的坚持，他们大都坐在小横杆上，套上宽大的戏装后，再加上各种饰物，有的好似站着，有的甚至给人以单腿站立的视觉。这时脚手架纷纷撤了，各种美丽的造型效果都出来了。拖拉机上的孩子，随杆子颤动着，看似十分惊险，但一个个坦然自若，处险不惊，使人不能不佩服。他们上架后，要在上面晃悠大半天，若没有一点献身精神和顽强精神，是很难坚持下来的。

这时，大概出发的时间到了。拖拉机轰鸣着，载着杆上颤颤巍巍的孩子们缓缓向院外驶去，孩子们也随着高杆的颤动，甩袖扬臂，做出优美的造型动作，恍若天人般在空中摇摆飘动着，引来一阵阵喝彩。我也尾随着来到了院外的大街。这时，整个县城锣鼓喧天，彩旗飘扬，好像全县的人都来到了街上。我们被宝林带到了县城中心的一个小广场上。说是广场，其实是街道中心，这儿临时停了一辆流动舞台专用车，车厢板四面撑开，算是主席台了。台上的朋友热情地将我让到台上，说这儿是全县社火活动的中心点，一会儿社火表演开始后，所有的社火队都要到这儿表演。我登上台举目一望，只见四面八方的街道上涌满了人，还有不少人正源源不断地向街中心走来，各街道都有交通警察在维持秩序，所有与社火无关的机动车已经禁止通行。看来，这几天的社火活动是全县的头等大事，一切中心工作都围绕着社火来进行，可以说是全民的狂欢节了。这在全国的县级城市里，可以说是少有的。

9点钟时，主持人高声宣布社火活动开始。顿时，炮仗齐鸣，纸屑纷飞，震天动地的锣鼓响了起来，排成长龙的社火队伍，从西向东走来。他们先在主席台前表演，然后，再走向县里的各街道，据说在全县所有的街道都要走一遍，让全县的人们都能看到他们表演。主席台下，还专设了一溜评委席，坐着一排权威的专家，对各队的社火进行评比，以确定最后的名次。全县各村镇、各单位出于高度的荣誉感，对民族传统艺术的热爱感，都极端认真，相互攀比，力争比别家的社火更好，因而挖空心思，争奇斗胜，使得社火十分好看。

在陇县的社火展演中，中国社火的传统形式，特别是西北各种社火样式，可以说是应有尽有，蔚为大观，正像宝林所说的，别处有的，这儿尽有，别处没有的，这儿独有。除了我们上午看到的芯子社火外，还有马社火、步社火、车社火、纸社火、高跷社火，以及舞狮、旱船、大头娃娃、秧歌、锣鼓等等。而且社火的参演者，有男有女，有剽悍的青壮年，也有长须飘飘的老年人，他们都是那么地投入，那么地尽兴。可以看得出来，社火这一传统民间艺术，已经深深地融入到了他们的心中，成为他们生活中不可缺少的一部分。每年到了这个时候，他们将积蓄了一年的热情、一年的期待、一年的寄托，都淋漓尽致地表现出来，释放出来，构成了一幅生动和谐的全民欢乐图。

　　过去，陇县每年的社火大会是一天，但由于参加的社火队很多，观众也很多，今年，为了满足大家的要求，并且为了安全，县里改为十四、十五两天。第二天一早，我们又专门去看了也是陇县特色的背社火的全部准备过程。背社火，当地语言叫挈社火，我们昨天在县城已经见了它的表演。只见下面一个大人，身穿彩色戏装，或装为相公，或装为武将，身上背着小孩子，有的背着一个，有的背着两个，听说最多还有背着三四个的。小孩子也相应地化着装，穿着戏服，与背他们的大人组成一对角色，一组故事。表演时，大人在下面行走，小孩子随着大人走步的律动，彩袖飘摆，做出各种动作。人们既佩服下面大人的力气和耐力，又欣赏上面小孩的伶俐俊俏、扮相作相，常报以热烈的喝彩。据说，背社火装扮时，绑缚木架的过程是不让外人看的，特别是不让外村看的。为了更深入地了解这一艺术的奥秘，看看他们表演背后的东西，所以一早，我们就来到了全县背社火有名的苟家村。谁知，到了村后，却见他们已经化好装了，正纷纷准备上车呢。赶紧上去询问，方才知道，背社火由于体力消耗大，故都是在村中化好装，到了表演地附近，方才上架，将小孩固定在大人的肩上呢。因为今天他们还要到县里表演，所以，要坐车到县城边上的物资局院里作最后的准备。我们一听，方才放下心来，跟着他们的汽车和拖拉机，也来到了物资局的大院里。这时，太阳刚好升起，照在面阳的院墙，使人感觉暖洋洋的，他们就在墙下进行。也许现在不需要保密，也许我们是外地的客人，他们没有任何约束地让我们观看拍照。这时，我看到有人拿来了一些木头支架，倚在墙边。这些架子长约一米，宽度略比肩宽，绘着红色油漆，有的油漆斑驳，看样子很有些年头了，经询问，果然有些是上百年的东西。这些架子有的是两齿，有的是四齿。只见他们先将架子用粗麻绳绑在一个个青壮年汉子身上，然后再由两三人扶持着，让小孩子站在木架上，细心地用麻绳、布带将小孩固定好。最后，将宽大的戏装给他们穿上，这样，一组背社火就完成了。表演时，两旁还有两人跟随着，每人手中拿着一个支架，待休息时，就将支架放在背小孩的大人的肋下，便于他得到短暂的休息。尽管这是很累的体力活，但我看到，这些汉子们，表情都很轻松。有的抽着烟，在做力量的积蓄，有的和小孩调笑着，以缓解小孩的紧张。有人指着一位年约四十岁、精瘦的汉子对我说："别看他瘦，他可是老把式了。"我问他："背过几次了？"他说十多次了。我又问："还能背得动吗？"他笑笑说："没问题。"果然，他背了两个小孩，在这伙人中，算是背得多的。一切准备好后，负责人一声令下，他们背起小孩，步履轻快地上路了。这支队伍虽然不长，有20多人，但却十分壮观。他们排成一长溜，拉开距离，大步流星、泰然自若地走着，好像成了一种习惯。街道上所有的社火队，见了他们，都自觉地让开道路，让他们先行。只见在县城的大街上，在塞满了人的社火队伍中，他们宛如游龙，畅行无阻地穿行着，如同帝王般受人尊敬，如同骄子般受人宠爱，确是整个社火巡演中一道亮丽的景观。

在陇县的社火表演队伍中，我们还看到了一种独特的社火形式，叫跷跷板社火，几个壮小伙子，手抬木墩，木墩上固定着一副如同幼儿园小孩子玩的跷跷板。两人身穿戏剧服装坐在两头，随着抬架子人的行走和铁架的颤动，一起一伏，玩起跷跷板来。有的扬手晃腿，有的捋须摇扇，煞是悠闲自在，在整个热闹的游行队伍中，显得十分新奇有趣。

在县城看了社火巡演，可以说是大概地了解了陇县社火的全貌。但我们意犹未尽，很想再下去，到乡村近距离地接触一下社火的真实面貌。宝林自然为家乡的社火得到外地客人的喜爱而自豪了，中午吃过饭后，没顾上休息，便带着我们又出发了。

他带我们去的是黄花峪乡，一听就是个很有诗意的地方，距离县城并不是很远，是个山区乡。他说，这儿的社火很有名、很传统，年年在全县的社火比赛中都能得前几名。这时，虽然才是正月，陇县的冬小麦已经将大地铺绿了，我们行走在乡村的道路上，感受到了浓厚的春意和年意，一路可见喜气洋洋的人群，噼啪炸响的炮仗，还有家家户户门上大红的对联和自制的灯笼。快到黄花峪乡时，忽然，我们听到了一阵响亮的锣鼓声和鞭炮声，紧接着看到一队骑着马的社火队员正在路边的一个村子里串乡，对这不期而至的巧遇，我们自然是喜出望外了，遂将车驶向通往村中的小路，待接近时，连忙下车，追了上去。这是一个二十来人的马社火队，前面有打旗的，有敲锣鼓家什的，有抬着功德箱的，主角是十来个骑马的社火队员。他们身穿鲜艳的戏装，脸上画着浓浓的脸谱，为首的，一个画黑脸的可能是黑虎灵官。据说当地有请黑虎灵官到家中、院中游转禳踏的习惯。这其实也是傩舞驱邪祛灾、祈求平安的变形，马社火队伍常由他作为前导。一人画着枣红脸，一看就是关公关老爷，他既是忠勇的化身，又是财神，故被人们视为喜庆。后面有男有女，看样子扮的是三国人物。他们骑在骡马上，威风凛凛，高大端庄，虽然从清晨到现在，已经大半天骑在马上了，但仍然神采奕奕，精神抖擞，依村依户地在串。到每家门口时，这户人家的主人将早就准备的鞭炮高高举起燃放。在淡淡的硝烟中，锣鼓铿锵地敲打着前进，小伙子们抬着功德箱紧随其后。灵官手持钢鞭，关公端着大刀，骑马进院绕行一圈，这就意味着元宝、财神进门，妖祟病魔被逐。因此，主人都很高兴，有的给骑在马上的社火队员端来吃食，有的给关老爷的大刀上搭红，挂上绸缎被面，有的还给社火队少量的谢金。为了给全村送来喜庆和吉祥，社火队也不辞劳苦，每一家都要进，即使这家再穷，即使这家院子再小，也要打马兜行一圈，直到把全村每一户都转遍，才在鞭炮的送行中，敲着锣鼓，转移到下一个村子去。宝林介绍说，过去，马社火是乡村的主要社火形式之一，大的社火队有百人之多，近年来，由于农村机械化程度的提高，骡马少多了，所以大多改为汽车、拖拉机承载的车社火了，像这样地道、传统的马社火，还真是不多见了。

看完马社火，我们上车，继续向黄花峪走去。黄花峪在一座山峁上，我们的汽车沿着蜿蜒的山路开上去，看见山坡平坦处，有一座大院落，这儿正像集市般热闹。院子里外，到处是人，四周各个山径上的村民还正纷纷向这里走来。道路两侧，摆满了各种小吃摊，都是具有地方特色的食品，看着十分诱人。我们下车，进入院子，里面是一片不小的场子，还有一座砖土建筑的舞台。原来，乡里今天请来了县里的秦腔剧团，准备在这里演出，这也是传统的社火期间大戏酬神的一种习惯。唱大戏在当地可是文化生活中的一件大事，故乡亲们都来赶红火，他们扶老携幼，呼朋唤友，有的在场中选择好的位置，有的带孩子在场边吃着零食。这时，戏还没开演，正在我们边拍照边等候的时候，突然一阵锣鼓声传来，门口的人们纷纷让开，只见一队马社火走了进来。前面照例是灵官和关公开路，他们在锣鼓的引导下，在众人敬畏的仰望中，如天神一般，手持各种兵器、法器，沿着场地巡行了一圈，然后又出去了。我连忙跟随他们出去，见他们出了这个大门后，又进了旁边一座土门，门上挂着一条大红横幅，写着醒目的"风调雨顺，物阜民康"的大字。马队进去了以后，好像到了他们今天社火活动的终点，顿时由神变成了人，刚才的精神头立时松懈了下来，纷纷离鞍下马。男人们迫不及待地点上一支烟，大口地吸了起来，女人累得几乎下不了马，在两边人们的搀扶下，才下了马鞍，疲惫地进入院内的一座小土坯房内，开始卸装。

这时，我看了看周围的环境，原来，这也是一座小庙，问了身边的村民，说是马王庙，并说马社火都从这儿出发，再回到这儿。这倒很有意思，但不清楚的是，这座庙宇内的正面，是一排砖瓦结构的三间殿堂，经请教，知道里面供奉着无量祖师、岳飞等神像。它的对面，却是用木头、塑料布临时搭起的一个大棚子，棚子中央，端正地摆着一块一米见方的木牌，上面绘着一些神秘的图案和神像，边上摆着三把太师椅，上面也各立着一座木雕的神像。在这些神像的前面，供奉着香火，不时有村民在此磕头上供。经请教，才知道这可能是一座五圣庙，正面牌子上供的是土地、山神、马王、虫王和牛王，边上椅子上供的是龙王。村民们供奉这些神像，祈求一年人畜两安，风调雨顺，五谷丰登，国泰民康。但不清楚，为什么这些神像供奉在临时的棚子里呢？想来可能是请出来巡游时临时供奉在这儿的吧。这时，又一队马社火走了进来，一看，正是我们在来时路上遇见的那队人马，看样子，乡里的马社火应该都是这样，将这里作为起点和终点。这时，听见那边院落里的戏开演了，我又过到那边，见院中已经是满满的人了，舞台上演员演得动情，台下观众看得痴情，还有不少省城、全国来的摄影家、记者在这里拍摄，使这儿成了了解陇县民间过年风俗的一个窗口。

从黄花峪出来，太阳已经快落山了。带着兴奋满足的心情，我们乘车返回县城。但当车下了山峁，进入平原地带时，忽然看见在一条小河的旁边，徒步走着一队社火队。步社火！车内眼尖的人早喊了起来。这可以说是最古老、原始、传统的社火形式，本来就是我们这次的考察重点，如今竟在这乡野里看到，真是一个意想不到的惊喜，我们马上下车，抄起相机，追了上去。这队步社火人数并不多，只有十来人，画着脸谱，穿着戏装，手中拿着道具把子。他们也许经过一天的奔走，正在回家的路上。也许因在城里的巡演中，没有坐在汽车、拖拉机上的车社火的神气，没有骑在高头大马上的马社火的威风而有些落寞，正偃旗息鼓、孤独地行走在杨柳依依的小河边，绿苗茵茵的田野上。西斜的太阳，将他们的影子拉得老长老长，落日的余晖，将他们的身体镀得一片金黄。这时，乡村大地几乎已经没有人了，人们都纷纷回家张罗着晚饭，只有丝丝缕缕的炊烟在空寂的大地上袅袅地上升着。见我们追上来了，他们顿时精神起来，举起手中的把子，拉开架势，大步流星地走了起来。看着他们在河边树影中的穿行，一时间，我们竟也恍惚了起来，分不清这是在哪里，在什么年代，仿佛时空倒流，今古交错，回到了他们所扮演的角色的年代。

在陇县看完社火后，我们就想去完成早有的一个心愿，去看看闻名已久、向往已久的血社火。

血社火的所在地是和陇县紧邻的陈仓区赤沙镇三寺村，这是个陇山深处的村庄，和甘肃相接。关于这儿的血社火，据说它神秘夸张，血腥恐怖，藏在深山，难得一见。关于它的来历，传说很多，一般的说法是：清朝末年，河南有个铁匠，来到了这个村子，身无分文，又饿又病，躺倒在村头。村中的大户吴穷汉收留了他，并治好了他的病。为了报答这个村子的救命之恩，铁匠临走时，燃起打铁炉，专门打造了一套器具，在正月十五时，教村民演练了一场特殊的社火。以后，这个铁匠走了，杳无音讯。从此，这套社火就在村里流传下来了，因它表演得血淋淋的，被称为血社火。而装扮这套社火的技艺，就在吴家相传，且传男不传女，一直传了十代，传到了现在的传人吴福来的手上。这倒是一个充满了传奇色彩的传说故事。由于这些传说，我对血社火更是充满了好奇、向往，早就想一睹其真容，但一直没有机会。

这次到陇县，我的目的之一就是打算看看血社火。但是一联系，它果然是神秘难见。我们未去之前，与三寺村的村主任联系了许多次，对方一直不答应。先是说，血社火有讲究，过去是 10 年演一次，后来改为 3 年演一次，现在最少要隔一年演一次，而且须是丰收之年，因为去年演过了，所以今年不搞了。后来又说今年雪大，出外打工的青年们许多没有回来，人手不全，演不了。我们一再要求，对方一再推辞，对方越是推辞，越是激发我们想看的愿望。最后，在我们的一再要求和多方努力下，村主任大概最终被我们的诚意打动了，同意我们去人洽谈。

事情有了眉目，大家自然喜出望外，立即派出原是本地人的李剑锋去三寺村接洽。

小李下午和两个司机师傅开车出去，80 公里的路程，直到晚上快 10 点时才回来。他告诉我们说，经好说歹说，村主任总算答应了我们的要求，明天专门给我们表演一场。不过他又说，山里的路太难走了，不但曲折，还尽是上下坡，路面很窄，最怕会车了。由于山里的雪刚融化，路面虽已干了，但路基旁边却都是湿的，手指头几乎都能插下去。最后他又加了一句，车行在山里，就像是坐儿童游乐园里钻山老鼠过山车一样惊险。尽管他说得这么危险，但大家一听说明天可以看到向往已久的血社火，都十分高兴、兴奋，作好了明天出发的准备，早早就睡了。

第二天一大早，我们就出发了。车行在大山深处，果然如小李说的，像疯狂老鼠过山车般在重重山峦中穿行。尽管山里的景色很美，但大家都无暇顾及，紧紧抓着前面的把手，身子随汽车颠簸着。一路上虽然惊险，但也有一番别样的刺激，所以并不觉得很累。

终于，汽车开到了赤沙镇。说是镇子，也不过是这儿的地势平坦一些，马路两边有些砖房子而已。赤沙镇的旁边有条沙石路，直通远处的深山，路边有块牌子，上书着"三寺村"。当我们看到，在地图上只是一个小黑点的赤沙镇和根本看不到标识的三寺村就展现在面前时，十分激动，立即开车拐向了通向三寺村的山路。走了约20公里，过了几道山梁，小李说，拐过这个弯就到三寺村了。这时突然有位大汉，站在路中，伸手拦住了车。小李见状，赶紧下了车，掏出一沓纸条递上去。对方马上让开路，笑眯眯地做出了请的手势。小李上来后见大家不解的神情，也笑着说，是收票的。原来，昨晚，小李联系时，村主任怕我们带多余的人来，又怕当地的记者和其他人听说了也来看，专门用纸做了十来张票，盖上村里的大印发给我们，今天专门派一个村民在这里守着，没有票，一概不得放入。昨天，小李曾说过这事，但大家都没当真，现在看到果有其事，村民们这样认真，大家对血社火的神秘感更增加了十分。

过了这道关卡，下了山梁，三寺村果然就到了，这是一个隐藏在大山深处的村庄，四面都是山，可见厚厚的积雪，中间有道河沟，流着山里下来的清水。四面山脚下盖着一些房屋，山坡上种着果木和庄稼。村里看来很热闹，正在作各种闹社火的准备，小伙子们已经抬出了锣鼓家伙，咚咚锵锵地敲打了起来。村里的人见我们的汽车到了，都纷纷走出家门，站在路边看热闹。小孩子们头上戴着传统手工缝制的虎头帽、兔头帽，也张大眼睛，好奇地看着我们这些外来客。

村子中心，是村里的办公室、卫生室和治安联防的警务室。小李领我们到了这儿，见了村主任、村支书。村主任敦厚结实，三十多岁，身穿夹克衫，特地打了领带，腰上沉甸甸地挂着一大串钥匙，显出他身份的不同寻常。支书年龄较大，为人谦和，一个劲地给我们让烟。这时，社火队员们正在警务室里化装。寒暄了几句后，我按捺不住好奇，经过允许，走进了警务室。只见屋子里挤满了人，有正化装的，也有正穿衣服的，见我进来后，都友善地笑着，对我的拍照倒也不拒绝。这些小伙子大都二十来岁，只见化装师在他们的眼上，嘴上涂抹了一会儿，他们就变成了歪嘴斜眼的恶徒了。我见到有位年约七十的老者，蓄着密密的胡须，戴着厚厚的眼镜，正给一位小伙子化装。他先在小伙子的口部斜着画了个嘴型，又在嘴型中用白颜料零乱地画了几颗尖牙，顿时，这个清秀的小伙子的面目就狰狞了起来。见我对着他拍照，小伙子知道自己此时的形象不好，腼腆地对我笑了笑，又仰面继续接受化装。正在我们看得入神时，支书进来了，很客气地说："还没装好呢，一会儿装好了再看。"我们明白，要进行最核心的装扮阶段了，这是在委婉地要我们回避的意思，遂知趣地退出了屋子。事后听说，血社火的化装是严格保密的，不要说是最核心的内容不让看，就是我们前面看到的化装过程，一般也是不让人看的，更不要说是拍照了。这次能让我们进到屋里去并进行拍照，这是很难得的照顾和例外。

屋外，阳光明媚，我们一边惬意地享受着这和暖的阳光，一边耐心地等待着。这时只见屋里其他不相干的人也都退了出来。警务室的大门紧闭着，由一个人认真地把守着，只要有人接近这个门口，他啊啊啊地喊叫着，紧紧拉着门把手，绝不让他人踏进半步。原来，他是个聋哑人。看到这情景，我不由会意地笑了，村主任真是用人有术，用这个人把门，他既听不见，又说不出，任何人的说情，对他都是不管用的。这时，那位给小伙子化装的老者也出来了，我赶紧拉住他问："请问您是总化装师吗？"他笑笑说："不是，我姓贾。"我忙问："那您知道这个血社火的来历吗？"我这一问，老汉顿时打开了话匣子，说："宋朝时候，奸臣当道，好汉武松为报兄仇，将恶霸西门庆和他的十二个恶徒一一手刃，为民除了大害……"见他没有完全领会我的意思，我又问："那你们村的血社火是怎么个来历呢？"他说："民国十八年，天下大旱，有个河南的铁匠，病倒在我们三寺村，村里的人们救活了他，他传下了这个社火。"我问："不是传说是清朝末年传下来的吗？"老汉摇摇头说："那说法不对。"见他这样说，我不好再问了。后来我查史书和地方志，见都记载着民国十八年，河

第一辑

061

南、陕西大旱，饿死了不少人，想来，老汉说的是有一定道理的。不料，老汉又说："社火是早就要的，但铁匠的那套家伙，是民国十八年才有的，最早是传给我爷爷的。"这倒是个新鲜的说法。我疑惑地问："不是说最早是传给吴穷汉的吗？"老汉摇摇手说："吴家就在下面那个房里。因为我父亲不好这个，所以我爷爷才传给了吴家。"我问："那你爷爷叫什么名字？"他摇摇手说："不知道，他去世时才五十多岁，那时我还小，只有几岁，没有家谱，所以没有记住名字。"掐指算来，老汉今年七十左右，民国十八年，正是他爷爷生活的那个年代。老汉的说法，似乎也有他的道理。看来，围绕着血社火，确实存在许多谜团，这倒更增强了它的神秘性，引起了我们更大的兴趣。

　　见老汉谈兴很浓，现在正好也有时间，我又问："那您刚才怎么也在化装呢？"他说："我是过来帮忙的。其实，一般的化装村里许多人都会，血社火的秘密大家也都知道，但一致都不对外说，所以这么多年一直没有外露。不过那套东西一直是由吴家保存着，而且也只有吴家的人会装。不会装的人装了头疼。现在，为了更好地保守秘密，已经将它们收归村里保管了。"

　　和贾老汉正聊得开心，那边锣鼓忽然加大声音敲了起来，不少人喊着开始了。我连忙到警务室门口，只见门口的彩旗队、锣鼓队已排列好了，那位忠于职守的门卫拉开了门，里面的社火队员依次走了出来。走在前面的，是一位红脸黑须、手拿马鞭的角色，有人告诉我说他叫探马，这是当地每个社火队前面必有的角色。紧接着，是一身短打武生装扮、脸上画着象征着英雄人物的红颜色、手拿钢刀的武松。在这两个正面人物后面出来的，是西门庆的 12 个打手。尽管，在见到他们以前，我已经知道他们的扮相十分恐怖吓人，心里有了充分的准备。但是，当他们走出门的时候，我还是不由得十分吃惊，简直不敢相信自己的眼睛。只见他们满脸血污，暴突着牙齿，紧闭着双眼，头上、身上插着各种器具，表现出被武松一个个手刃杀死的惨状。有的脸上被劈进了一把利斧，有的头部被搠进了一条板凳，有的被铡刀、菜刀横劈了脑袋，有的被剪刀、锥子、杀猪刀扎入了眉心，有的被镢头、砖头砍进了额骨，有的被长剑贯胸破腹。据说，这些器械都是真材实料的真家伙，有人用手摸摸，那刀刃都十分锋利。在正午的阳光下，在朗朗的乾坤中，由于这不可思议的化装技术，造成了一种惊人的逼真效果，仿佛是一群从地狱里走出来的行尸，从阴司里爬出来的恶鬼，让人看了不寒而栗，内心产生极大的震撼。

　　屋里的人全部出来后，血社火队伍开始向村外的一座小庙走去。队伍的前面，两个少年打着一条红布横幅，上书着"赤沙镇三寺村快活"几个大字。后来问村里的老人，说是血社火本来就叫"快活"，后来是县文化馆的人改成了现在这个名字。叫"快活"，一是讲它表现的内容，武松除掉了坏人，大快人心，二是讲《水浒传》中的地名快活林。但水浒故事中，快活林中发生的是武松醉打蒋门神的故事，武松与西门庆打斗是在狮子楼。不知怎么，他们将这两者混合到了一起，也许是快活林在山村的环境中易于表现，也许是以此表示除掉天下所有的坏人吧。

　　在横幅后面的是锣鼓队，锣鼓队后面，是扬鞭先行的探马和挥舞着钢刀的武松。武松后面，就是西门庆被打死的 12 个恶徒了。他们每人都由左右两人搀扶着，麻木地迈着双腿，直手直脚地走在村中的小路上。一会儿，穿过山坡下的小树林，真像是故事中快活林的情景再现；一会儿，走上了一座小石桥，远远望去，不由使人联想到了地狱中奈何桥的传说；一会儿，他们又回到村中，在每一户人家经过，每家的主人照例鸣放鞭炮；一会儿，他们来到村中的打谷场，排成一溜长队，像阳光下曝晒的一列僵尸般，任由人们观看。然后，他们又来到出发的地点，这时，七八辆手扶拖拉机已经突突响着发动了起来，他们被人搀扶着，登上拖拉机，坐在车厢的木板上，隆隆地向村外的小山上驶去。在山包转了一圈后，回到了村里，整个血社火表演算是结束了。

　　这场社火表演，大约也就是一个小时，但给了我们空前的视觉震撼和心灵感受。在社火表演时，整个社火队除了锣鼓外，都保持着静默，没有人说一句话，除武松和探马外，12个恶徒的装扮者始终都紧闭着双眼，十分瘆人，使人不敢正视。在正月的好日子里，在春节期间的喜庆气氛中，上演这样一出血腥恐怖的社火，使人不能不惊叹创造者的匠心独用和大胆想象。它不但别具一格，在春节期间的社火队中绝对是最夺人眼球的，而且含意深远，具有强烈的警醒意义。我想，它还鲜明地表现了中国最普通、最基层的农民，一些受压迫、受欺凌的人们一年到头忍气吞声，在这一日以这种极端的形式，集中地表现了自己除恶扬善，伸张正义，报仇雪恨，一吐胸中愤懑，"快活"一场的强烈愿望。所以我认为，这个社火，叫"快活"，是符合它本意的，而且，叫"快活"决不是他们对水浒故事的误用，而是有意为之，有它特定含义的。

　　看完社火表演后，我意犹未尽，来到队部，小李已经用大碗倒好了酒，整齐地排在桌上，村主任和支书把我们让进去，坐了下来。这时，一位四十岁左右，个子较高，头戴鸭舌帽的人走了进来。小李介绍说，这就是化装师吴福来，这就是大名鼎鼎的吴家传人啊！现在，这个传说中的人物，就站在我的面前，我赶紧请他在我的身边坐下。谁知，他开口就说："没意思，没意思吧？"又说："没见过的还有点意思，见过了就没啥了。"我一愣，旋即明白了，他这是自谦，连忙连声称赞，又抓住这难得的机会，请他介绍这社火的来历。他好像不像贾老汉那么健谈，三言两语地将吴穷汉的故事讲了一遍。我又问，那到他这算是第几辈了，他说，有十辈吧。我问那这十辈人的名字都记得吗？他摇摇头说，不知道。我又问，那你是跟谁学的呢？他说，是他父亲，名字叫吴杰。然后又说，"文革"时，是他伯将这些装具藏在屋梁上，保存下来的。我问，都保存下来了吗？他说，丢了两件。我又问，那这个社火，除过演武松的这个故事，还演别的吗？他说，什么都能演，但衣服没有，头上的东西也没有。过去，他们想排一出《金沙滩》，因为没有衣服，所以没有排成。这时旁边的一个人问他，这个演出中怎么没有西门庆和潘金莲呢？他说，这是简化了，要全了，有二十六个人。还可排成高芯子，西门庆、潘金莲都在上面挂着。因为没有衣服，只好简化了。他又说，现在外面都知道了，不少地方邀请他们去演出。前年香港也邀请他们去，但经费不够，所以没有去。说起这些，可以看出他的神情有些黯然，看样子，经费问题是目前困扰他们的主要问题。这时，小李拿起酒碗来说："时候不早了，我们该走了。"于是大家端起酒碗，抱着对民间传统艺术的由衷敬意和良好祝愿一饮而尽。告别热情的乡亲们上路后，眼望着渐渐远去的三寺村的山影，我想，血社火的可贵之处是它的原创性和神秘性。现在，随着它的声名远播和交通的发达，可能到这儿来看的人越来越多，他们接受邀请出外表演的机会也会越来越多，所有的秘密都不会成为秘密。在经费问题解决了以后，如何保持它的原创性和传统性，应该是它今后面临的一个主要问题。

2008 年 3 月

走马额济纳

    2003 年的国庆长假，正寻思着到哪儿去的时候，听说额济纳的胡杨正当季节，旗里在举行一年一度的胡杨节。对额济纳这个摄影家的乐园我神往已久，但由于种种原因一直没能成行。这次正好得空，遂与几位摄影家朋友，走马额济纳，以了自己多年的心愿。

遍地玛瑙

    额济纳属内蒙古自治区的阿拉善盟，这儿居住的大多是蒙古族的土尔扈特部落。两百多年前，这支部落为了摆脱沙俄的控制，血战 3000 里，毅然回到了祖国，电影《东归英雄传》，表现的就是这个部落的事情。因而，我们沿途见到的蒙古族妇女，在风沙的磨砺和骄阳的照射下，皮肤仍显得那么地白，大概就保持了这支部落的纯正血统吧。额济纳地处巴丹吉林大沙漠，是过去古书中所谓的"远塞""绝塞"。到了这儿，我们首先感觉到的，是它的地域之大。11 万多平方公里，只有两万多人，因而，很长时间是见不到人烟的。但天极蓝，蔚蓝的天空上，是我们在其他地方很难看到的白云，有的似洁白的棉团，有的似菊花的丝蕊。蓝天下，是沙漠草原，只见在深秋的季节里已经半黄的各种植物，紧紧地环抱在一座座沙丘之上。沙丘间，不时有雪白的羊群，在蓝天白云下悠悠地走着，好像一幅亘古不变的图画。还有一峰峰的骆驼，仿佛从天边冒出来似的，出现在我们的眼前。它们与我们平时见到的根本不同，体魄剽悍，鬃毛飘飘，双峰高耸，野性十足，在天地间无拘无束地漫游、奔跑着，使人想到，这地方号称"驼乡"真是名不虚传。再往前走，就是沙碛了。或是一摊盐碱寸草不生，白花花的一片；或是一块红色的草地，不知是什么植物，颜色鲜红，紧紧地依附在碱地上，形成一片红色的海洋，十分壮观好看。更有意思的，是这儿的山都很矮，夸大一点说，从远处望去，好像都高不过膝盖，但极好看，色彩很深很浓。我们远远看见一座小山，蜿蜒修长，袖珍可爱，深蓝的山色微微泛红，在黄沙白碱中分外醒目。走近一看，原来山石是褐色的，可能都是矿山，所以在塞外骄阳的照射下显得色彩是那么地浓艳。过了这道小山，前面的山又大多呈黑色，原来这儿过去是火山喷发地，黑色的火山灰现在仍覆盖在沙漠之上。

走到这儿，可真到"蛮荒"之地了，不但行驶几十公里、上百公里不见人烟，而且沙漠中几乎寸草不生。有的地方，一望无际的荒漠中，似乎没有生命，只有矮矮的山石，圆圆的沙坑，使人感觉到仿佛是行驶在火星之上。有的地方，薄薄的沙子下面，是一片片、一层层的尖锐砾石，仿佛地下藏有无数刀锋，正蓄势而发，射向天空。当大家开始在为漫漫长途的无有尽头、颜色的单调而困倦时，忽然，侧前方出现了一汪湖泊。只见水汽氤氲，芦苇稠密，还有一只小艇正飞速地向一座小岛驶去。大家都松了口气，想着既然有湖水，就有人家，可能快到了。可是，行驶了很长时间，眼看油箱中的汽油都快耗尽了，这个湖仍在前方漂浮着。大家才明白，原来是大自然跟我们开了个玩笑，这是沙漠中的海市蜃楼在作祟。

正当我对这远塞景色、绝域风光看得心旷神怡、意醉情迷之时，突然，有人惊呼了一声"玛瑙"！我们赶紧停车跳了下去，果然在路边的沙漠上见到了几块散落的玛瑙石。我是个奇石爱好者，平时对阿拉善的大漠玛瑙石早就情有独钟，可总觉得产玛瑙石的地方是极其遥远、极其神秘的地方。现在手中拿着红润可爱的玛瑙石，这才意识到已经进入了向往已久的玛瑙石产地了。于是，大家纷纷奔向沙漠，仔细地寻找起来。一会儿，这个喊"捡到啦"，那个喊"找到了"。没多长时间，每人都捧着一堆各种颜色、各种形状的玛瑙石回来了。这可是我们自己亲手捡的玛瑙石啊！记得《红楼梦》里形容四大家族的富贵，有"白玉为堂金作马"之句。今天，在这大漠荒野，竟也是玛瑙遍地，任你捡拾。不知在这沙漠之下，有多少异珍奇石隐藏在里面，就连过去不收藏石头的朋友，也兴奋地连呼"遍地玛瑙，遍地玛瑙"！这使我们在感谢大自然厚赠的同时，对这块所谓"蛮荒"的地方，有了新的认识。

金色胡杨

胡杨林在额济纳旗的所在地达来呼布镇附近。在这儿有所谓的头道桥、二道桥，一直到八道桥，方圆 50 多平方公里的范围内，都有胡杨林。据说，目前在世界上，这样成片的大范围的胡杨林只有两块了，其中一块就在额济纳，其他地方的早就灭绝了。胡杨是个古老的物种，有植物活化石之称。它是一种生命力十分顽强的植物，在盐碱地上仍能生存，并且能通过叶片吸收地上的盐分。专家研究，一亩胡杨每年由叶片回落到地上的盐分有 7 到 15 公斤之多。胡杨的生存条件极其恶劣，但它们无论面对人为的破坏，还是荒漠缺水的威胁，仍然保持着旺盛的生命力，即所谓"活着，一千年不死；死了，一千年不倒；倒了，一千年不朽"。正因为如此，文学家们赞美它，艺术家们描写它。每年到了这个时候，更是摄影家们的盛大节日，天南地北的摄影家，不远万里，纷纷赶到这里，把镜头对准它，忘我地表现它。我虽然早就听说过它的好看，在一些画报上也看过它的相片，但这次实地接近它，亲自拍摄它，还是为它的美丽所倾倒。只见在头道桥至八道桥之间，马路两旁的胡杨林生长茂盛，金黄色的叶片晶莹剔透，是那么地炫人眼目。它们的头上，是湛蓝的天空和洁白的云朵；脚下，是簇簇火红如霞的沙柳。在单调的沙漠之间，在泛白的盐碱之上，一株株的胡杨千姿百态，尽情地向大自然释放着自己的美丽。一簇簇的胡杨叶片摇曳多姿，发出沙沙的声响，仿佛在欢迎远道的客人。真不知道在这绝塞荒漠之中，还有这样如诗如画的景色，仿佛到了传说中的世外桃源，到了梦境中的童话世界。

仔细观察，胡杨的叶子，千奇百怪，树干下部有如柳叶，是狭长的，而上部叶片却又呈心形、桃形、圆形、菱形，使我们怎么也想不明白它是怎样变化的。它的树干，更是千姿百态，有的亭亭玉立，犹如一位少女；有的老干横陈，有如饱经沧桑的老人；有的虬枝卷曲，一看就知经历了风刀霜剑的磨砺；有的似乎已死，枯枝之上，又生新叶。胡杨的叶子，据介绍，在深秋的时候，刚开始是半黄的，后来是焦黄的，到长得最好的时候，是金黄的。今年气候较暖，我们来得稍早一点，树上绿的、半黄的、焦黄的、金黄的叶片都有，我倒觉得这样更好，胡杨的各色叶片、各种姿态都能欣赏到。

我爱在清晨时拍摄胡杨，初出的一缕阳光照射在树梢上，顶部逐渐变得透明，呈现出通透的金黄色，下面还没照到阳光，看上去是浅黄色，而底部的阴影处又为焦黄色和绿色，层次丰富，颜色多样，拍摄出来的相片好看极了；我也爱在傍晚时拍摄胡杨，落日的余晖把胡杨镀得熠熠生辉，拍出来的效果却是红红的暖色，再衬以多彩的晚霞，这样出来的片子个个都漂亮。胡杨树下，到处都是摄影发烧友，他们对准一棵棵胡杨，一边毫不吝啬地按动着快门，一边高声赞叹着"太漂亮了，太漂亮了"。

第二天，我们又早早地起来，去拍"怪树林"。怪树林在离城较远的地方，我们兴冲冲赶去的时候，却被一条水势湍急的河流挡住了去路。原来，这就是著名的额济纳河，过去，这条河一直水流很少，以至于有人把肆虐我国北方的沙尘暴归咎于这条河的断流，但可能是由于这两年生态的改善吧，这条古代称为"弱水"的河流，现在却成了一道逾越不得的障碍。没有法子，只好退了回去，先拍别的地方。下午，我们还是抵御不了怪树林的诱惑，驱车又来到了这里，徘徊再三，终于壮着胆子不顾危险冲了过去，见到了传说中极其神秘的地方——怪树林。

怪树林在一片沙谷之中，据专家说是由于干旱缺水，大片胡杨林死亡而形成的。我们到达时，正是黄昏，这也是拍摄效果最佳的时候。进了怪树林，不由得使人在感到肃杀之气的同时，生出一种恐怖之感。在这片沙漠之中，无数已经枯死不知多少年的胡杨，在风沙的吹剥下，露出斑斑白色的躯干，或立在那里，或卧在那里，仿佛在进行悲愤的倾诉，在与命运作不屈的抗争。它们好像一个个仍有生命似的，在茫茫荒沙之中，在漫漫时空之间，躯干挺拔，枝丫飞扬，似乎仍在挥洒着生命的张力，还在跳着最后的生命之舞。特别是在夕阳的照射之下，有的呈现为一派血红色，有的高高挥舞着手臂，有的拖着长长的影子，仿佛个个灵魂不灭，更显得无比悲壮。在这样的氛围中，你怎能不对地球上的每一个生命生出敬畏之感？你怎能不对人类自身的行为反躬自省？

黑水古城

黑水城是西夏的一座古城，以前总觉得它极其遥远，仿佛是一个梦，可望而不可即。看到描写它的文章中，总是说路有多么难走，有许多参观者不是迷了路，就是车子陷在沙漠里推不出来，因而有"魔鬼城"的称号，这更增加了它的神秘色彩。其实它离怪树林不远，我们去的时候路也不难走。沿着像是干涸的河道似的路往前走，两旁除了流沙和枯死的胡杨外，再没什么东西。这不能不使我想到，在当年，西夏的铁骑武士们背负着蓄水的皮囊，从银川或张掖出发，疾驰在这漫漫长途中，该是一幅什么样的情景啊。快到黑水城的时候，我们看到一条宽阔的早已干涸的河谷，河谷中间还存有一座座沙丘，沙丘上面是干枯的胡杨树，它的根虽然在风沙的吹剥下，几乎全部裸露在外面，但仍紧紧缠裹着沙丘，保护着沙丘没能被劲风吹走，成为在河谷中一座座突兀的小岛。这时，我才明白，难怪西夏国要在这数千里之外的荒漠中建立这座城池，原来，在当时，这里可是紧依河谷、水草丰茂的战略要地啊！

终于，在一片荒漠之间，我们看到了一座被流沙半掩着的城池，这就是我们千里迢迢要寻找的黑水城吗？抑制住激动的心跳，我一口气爬上了与沙堆齐平的城墙，立刻被眼前的景象所震慑了。只见四周高大的城墙中间，是一座宽大的城市，城市的所有建筑虽然全部成为了废墟，但仍使人强烈地感觉到它的魂儿还在，它过去的勃勃生气仍在上空游荡。这儿可能是民房，沙子下面的毡帐犹清晰在目；那边较宽大的可能就是官署了，规模格局真是气度不凡；中间半堵高墙不知是当时的什么寺庙，但高出平面的地基说明了它受尊崇的地位；而半扇石磨，一眼枯井，不由得使人勾起对当时市井生活的联想；还有满地的碎瓷片、瓦片，不仅充满了日常生活的气息，而且使人想象得出当时人丁的稠密，商肆的繁华。

我小心翼翼地走在这废墟之上，仿佛脚下还有鲜活的生命，生怕打扰了古人平静的睡梦，仔细地围绕着城墙走了一圈，一边依稀辨认着古城旧时的痕迹，一边感受着这古老苍凉的气息。古城最显著的标志是城墙角上两座白色的西夏古塔，也是目前保存比较完整的建筑，为典型的覆钵式藏传佛教风格。尽管在城墙外面很远就能看到它历尽沧桑的身影，但我还是在看完了整座古城后，最后才来到了它的身边。这应该是当时古城最高大的建筑，也是外国探险家从中窃走大批珍贵文物的地方。我爬上城墙，抚摸着白塔斑驳残破的身基，想象它昔日的辉煌，再一次为历史的无情所感叹，为古城文明的毁灭而惋惜。这时天已黄昏，夕阳不仅将古塔镀上了一层金色，而且给它造出了巨大的阴影，好似历史老人那黑色的瞳仁，在注视着今天的我们。

我站在古塔身旁，再一次回望暮色中的这座黑水古城，残阳如血，空寂无人，一股小小的旋风在城中游走着，仿佛是无名魂灵的舞蹈；晚风在城中的废墟间穿行，发出呜呜的声响，好像是生命的回声。古城各座废墟在夕阳的照射下明暗有致，格外立体生动。我为"魔鬼城"散发出的残破美和悲剧美所深深感动，请人为我在古塔前照了一张相，留下了我的感受，还从脚下捡了一块碎瓷片，象牙似的釉色上，有暗红色的梅花点，这是典型的西夏器物，我小心地将它收藏起来，以作这次旅行的难忘纪念。

2003 年 10 月

贺兰山麓的仓央嘉措

奔腾逶迤、莽莽苍苍的贺兰山，是宁夏河套平原与塞北内蒙古高原的界山，也是我国内陆少见的一座南北走向的名山。贺兰山有座山峰酷似睡佛，天气晴朗时，总能看到睡佛仰卧在蓝天之下，气定神闲，宠辱不惊，一副超然物外、怡然自得的样子。每当看到这睡佛，我总能想到据传流落在这儿，圆寂在贺兰山麓的著名传奇诗人、曾为藏传佛教最高领袖的六世达赖喇嘛仓央嘉措。

曾虑多情损梵行，入山又恐别倾城。

世间安得双全法，不负如来不负卿。

仓央嘉措的这些文辞优美、感情真挚的诗句，自20世纪被翻译成汉文后，便超越了民族、时空，获得了人们普遍的喜爱和热烈的追捧，成为藏族文化的骄傲和中华文化的瑰宝。

但是，历史给仓央嘉措这位被废黜的六世达赖，留下了不多的记载，却蒙盖了许多的迷雾。关于他的身世，一般的记录简单而冰冷：仓央嘉措，1683年生于西藏西南部，门巴族人。1697年被西藏的当政者第巴·桑结嘉措认定为五世达赖的转世灵童，同年在布达拉宫举行了坐床仪式。后因第巴·桑结嘉措在权力争夺中失败，被蒙古族和硕特部的拉藏汗所杀，仓央嘉措于1705年被废黜，1706年在押解北京途中，"病殁于青海湖畔，遗体运塔尔寺焚化。"

　　但是，在民间却有着不同的说法，学者们的笔下也有不同的结论。而在贺兰山麓的阿拉善地区，这儿的蒙古族人民则一直认为，仓央嘉措并没有在青海湖畔圆寂，而是在信徒们的帮助下逃脱了出来，辗转来到阿拉善地区，在这儿传教 30 年，最后圆寂在这儿，肉身就供奉在贺兰山麓的南寺。

　　出于对仓央嘉措诗歌的喜爱，我对这一说法十分感兴趣，也打听到仓央嘉措在贺兰山麓的南寺、昭化寺修行过，但一直不得其详。一个艳阳高照、秋风送爽的日子里，我和朋友们驾车，翻越贺兰山，打算实地一探究竟。出了山口，就见左边有一块指示牌，标着"昭化寺" 3 个大字。我们决定先到这儿看看，便循着指示牌，走了几公里沥青路后，折进一条沙土路，又走了几公里，一座藏寺风格、古色古香的寺院就赫然出现在我们面前了。

　　这座寺院，背倚贺兰山，面临腾格里大沙漠。前矗一座藏式的圆形白塔，右列八座宏伟的方座圆顶白塔。简朴典雅的大门上方，用蒙、藏、汉文写着"昭化寺" 3 个大字。我们推开虚掩的大门，放眼望去，院落寂静，悄无一人。只见古木松柏蔽荫下，正面有一大殿，两边围有侧殿，都门户紧闭，铁锁赫然，整个院落透着一股说不出的肃穆、神秘，甚至是惧悚之气，令人心生敬畏。我们绕过大殿，来到后院，却隐隐听见诵经之声。走近一座小屋，门户半闭，昏暗的屋内，一灯如豆，青烟袅袅，一个老喇嘛正在禅床上入神地喃喃诵着听不懂的经文。见有人来，老喇嘛停止诵读，问："你们有什么事？"我怯怯地说："师父，我们想参观一下，不打扰吧？"他回答："好，可以！"便下了禅床，打开房门，请我们进来。见他这么痛快，我又要求："师父，您能给我们介绍一下吗？"他爽朗地说："好，我带你们到前面去！"就带我们走到前边的大殿，从腰里解下一大串钥匙，寻出一把来，打开铁锁，推开吱呀呀的大门，带我们走了进去。见正面供的是三世佛，我问："六世达赖仓央嘉措来过这儿吗？"老喇嘛说："仓央嘉措来阿拉善后，修的第一座寺就是这座寺，他长期就在这儿修行，圆寂后，肉身也是供奉在这儿的。"我问："不是说肉身供奉在南寺吗？"他耐心地解释道："仓央嘉措是在沙漠深处的承庆寺圆寂的，圆寂后，肉身就供奉在我们昭化寺。那时南寺还没建好，修建好后，才由他的徒弟移过去的。可是，'文革'中，却被红卫兵烧了。我们偷偷把骨灰弄了出来，分成三份，南寺、昭化寺、承庆寺各保留了一份。"说着，绕到后面靠墙处一列佛像前，对着中间一座金塔，虔诚地合十顶礼，然后极其恭敬地以右手掌示意道"这塔里就藏着他的骨灰"。这就是名满天下的仓央嘉措的灵塔吗？世人苦苦寻找了许久，原来却在这里。我曾去过布达拉宫，与那里历代达赖满缀珍宝、数十吨黄金造就的灵塔相比，眼前的这座灵塔明显寒酸许多。虽也金碧辉煌，但显然是镀金的。想不到曾为藏传佛教最高领袖的仓央嘉措，身后竟然屈居于此荒僻之地。我们对他多舛的命运、颠沛流离的身世更唏嘘不已。瞻仰完仓央嘉措的灵塔后，老喇嘛又领我们绕到前面，指着廊柱上挂的两幅画像说："上面这位老人，是仓央嘉措弟子的转世灵童。下面这位青年，就是仓央嘉措转世灵童的像。"啊！这里竟然藏有仓央嘉措转世灵童的画像！我凑近仔细一看，画像上的青年，面容清瘦灵秀，眉宇间却略显忧郁之色，便问："他还在世吗？"老喇嘛说："不知道。20世纪50年代，他因受不了当时的斗争和迫害而出走了，一直没有踪影。所以再没有寻找转世灵童，仓央嘉措的世系也就中断了。"我又问："怎么没有仓央嘉措的像？"他说："有。"遂又带我们到侧殿，说："这是仓央嘉措殿。"然后打开殿门，拉亮电灯，恭敬地用手掌指向中间的一座佛像说："这就是仓央嘉措的佛像。"我们忙趋前观看，藏式风格，塑的是青年时期的形象，灵秀睿智，外层镀金，下面供奉着酥油长明灯。我问："现在有什么祭祀活动吗？"他说："有的，每年的五月，我们有专为他举行的纪念尊师仓央嘉措忌辰夏季祈愿法会。那时来的人就多了，欢迎你们也来。"

老喇嘛说得明白透彻,我们也听得豁然开朗。这儿专设有仓央嘉措殿,供奉有仓央嘉措的塑像、骨灰塔、转世灵童的影像,还有每年五月举行的祈愿法会,都毫无疑问地指向了一个答案,仓央嘉措后半生确曾生活、修行在这里,阿拉善人民传说的果然不谬。告别了这位热心的老喇嘛,出得庙门,天已黑了,一轮圆月高挂在东边的贺兰山顶上,十分优美动人,使人不能不想起仓央嘉措"在那东山顶上"著名的诗句来,从而更增添了对这位天才诗人的敬仰,和弄清事实真相后的满足、喜悦之感。

为了弄清历史的疑团,继续探寻仓央嘉措的足迹,过了一段时间,我们又专门去了阿拉善八大寺之首的广宗寺,即俗称的"南寺"。

南寺在贺兰山麓,也是一座喇嘛寺,关于这座寺庙,可是有着诸多神秘的传说。

相传,唐朝时,皇帝患病,请了多少名医都治不好。万般无奈之际,听说释迦牟尼佛前的十六罗汉具有无边的神力,请他们来或许还有办法。皇上遂派一高僧带了重礼前去西天邀请。十六罗汉来到东土后,施展法力,将皇上的病治好了。皇上非常感激,要在京城修造罗汉庙供奉。但罗汉们不肯,执意要去西北方的贺兰山修行。正在贺兰山修行的达摩居士,听说罗汉们要来,十分高兴。当即将山中一处清净洞府清扫干净,又用松柏及各种花卉装点好了洞府。罗汉们到贺兰山后,见这景致,非常喜悦,同达摩居士一起做了45天的夏安居。罗汉们辞行回西天后,达摩在此地修建了一座十六罗汉庙,内塑十六罗汉像,以供后人敬奉。这就是现今贺兰山南寺的前身。

据说,一日,仓央嘉措独身一人骑马走进了贺兰山。沿途奇花异草布满了山路两旁,潺潺流水顺着山路蜿蜒相随。穿过狭长的山沟,忽然眼前出现了一片碧绿的草场。里面住着两户人家,远处高地上还有一座小庙。原来,这里就是达摩居士和十六罗汉修行的福地。

再抬头四望，那环绕开阔地的群山呈现吉祥八徽，天若八副金轮，地如八瓣莲花，祥云缭绕，瑞气霭霭，犹如走进自己修习多年的本尊胜乐金刚坛城一般。仓央嘉措欣喜不已，举意要在这祥瑞之地建造一座寺院。他登上了东边的高山，向山谷里的开阔地俯视良久，将自己的坐垫向山下抛去。那坐垫如一瓣花朵般在空中飘了一会儿，轻轻落在了开阔地东端的那片小台地上，仓央嘉措遂在这儿留下了记号。

然而，由于种种原因，仓央嘉措在他的有生之年未能实现这一愿望。后来，由他的弟子阿旺伦珠达吉遵照师父的遗嘱，建成了阿拉善最大的寺庙广宗寺，即南寺，并在那块坐垫飘落的台地上建造了大雄宝殿。

我们一行到南寺那天，也是一个好日子。穿过三关口，沿贺兰山麓车行几公里，就进入了南寺的沟口。沟口两边，浮雕着十六罗汉的生动塑像，印证着他们在贺兰山隐居修行的传说。看这石像，颇有些年头了，不知是什么年代所雕。贺兰山的石头可都是尖锐易碎的砾石，能够雕成一人来高的浮雕石像，也真不是易事，这使我们顿生神圣之感。进得寺来，找到寺管会马主任，一位爽朗干练的中年人，说明了来意后，马主任热情地将我们带到大雄宝殿，对着释迦牟尼佛侧面的一尊佛像说，这就是仓央嘉措的佛像，又示意说，旁边就是藏有仓央嘉措骨灰的灵塔。我充满敬意地凝视着这庄严华美、金碧辉煌的佛像和灵塔，不知为何，这次的感受却与在昭化寺的有所不同。心想，西藏的布达拉宫虽然没有仓央嘉措的灵塔，但在这远离拉萨万里之遥的贺兰山麓，在蒙古族的寺庙里，却有三座仓央嘉措的佛像和灵塔，这不仅仅是命运使然，更反映了各地、各族人民对这位高僧的普遍热爱。作为一名淡泊平生、只重内心的圣门弟子，佛界诗人，身后如此，仓央嘉措应该释然了。

马主任又将我们领到大殿后的一块台地上，那儿矗立着一座三四米高的舍利塔，方座圆身尖顶，底座为白色，塔身为金色，前面立着一块黑色的石碑，上面书写着"仓央嘉措礼赞"的碑文。马主任说："这儿就是当年供奉仓央嘉措肉身灵塔的地方。这灵塔是新修的，原来的在'文革'中被红卫兵毁坏了，他们将仓央嘉措的肉身在那边的空地上烧毁了。"我循着他的目光望去，见灵塔右后方的地方也建了一座小白塔，旁边还煨着松柏枝叶，发出淡淡的轻烟，袅袅向上飘去，与碧空中的祥云融为一体。可见，当地的人们仍不忘纪念在这儿遭受劫难的高僧。望着这台地和新修的两座灵塔，我思绪万千，感慨良多。那段疯狂的历史，毁坏的岂止是建筑和文物啊，而是毁坏了人心。所幸只是短暂的一瞬，黑烟终究会散去，乌云不可能遮蔽晴空。天道循环，邪不压正。今天，毁坏的建筑又更好地修建了起来，失去的信仰，又重新恢复了起来。天还是那么蓝，水还是那么清。昔日疯狂的举动，只能成为悔罪的证明，却丝毫无损于仓央嘉措的光辉。

在南寺的僧舍里，我见到了几位高僧，还得到了许多珍贵的资料，但大部分是看不懂的蒙文。回来后，我请好友毕力格先生帮我翻译了出来，发现其中竟然有珍贵的阿拉善卫拉特文献书斋收藏的古籍《上师活佛各代转世传承》一文，是用古代蒙古文记录各代活佛的珍贵资料。但写作年代不详，据说作者名巴雅斯呼楞，应南寺大喇嘛等人的要求而作。其中《六世达赖喇嘛仓央嘉措从拉萨驾临阿拉善实录》一节，翔实地记录了仓央嘉措来阿拉善前后的行踪和事迹。据《实录》载：

康熙四十六年（藏历）火猪年秋天，二十五岁的六世达赖喇嘛被请出西藏。据众人传说，他路过羊八井地方时，念青唐古拉峰展示了迎送的姿态。接着他们走到朵口措那湖畔时，北京来黄信（皇帝诏谕）说，将达赖喇嘛请到北京来，让他何处驻锡？如何供养？你俩能随便做主吗？接到信，两位使者及其随从都非常恐慌，反复祈求德都博克多喇嘛（六世达赖的尊称）开恩宽恕，否则我们全部丧命。第二天，他们又到一个住宿地，见到一老者。他们问老者此地是什么地方，老者说这个地方叫贡噶淖尔（贡嘎湖），他自己的名字叫阿尔斯愣。为了满足当地众人的要求，德都博克多做一次法术后，当晚携带舍利母、金刚橛、檀木念珠等宝物，独自一个人离开此地朝西南方向走去。这时突然火光冲天，地动山摇，狂风大作。他正辨认方向时，一位身穿黑服的女人从他旁边走过去。于是他就朝着她走去的方向走，直到黎明才稍微休息了一会儿。第二天，他遇到班迪加布等从泽力克返回的部分阿日克地方的商人。他跟他们一起到阿日克，在班迪加布家住两个月，念诵呼图克图经。之后，他跟拉岗寺的一个人一起到达宝如那巴地方的一座小寺时，博克多楚英让都勒的弟子把他们请到自己的家中休息。从这里，他独自一个人出去，在一座般若义理的小寺和山洞里修道几个月……

可见，仓央嘉措并没有在青海湖畔病逝，而是逃脱了出来。道理很简单，一是康熙皇帝后来反悔了，将这位活佛押到北京如何处理？弄得不好，会伤了藏人的心，严重影响边陲和藏地的稳定。二是押送他的使臣和兵士们也心存忌惮，唯恐对活佛不敬会招来罪过。这时，谎称仓央嘉措因病圆寂，对上对下是最好的交代。而仓央嘉措逃脱前后的经过，十分详细，时间、地点都历历在目，若非亲历，决难这样翔实。这当为仓央嘉措当年亲述的记录，也证实了这份古籍的真实。

《六世达赖喇嘛仓央嘉措从拉萨驾临阿拉善实录》，在详细记述了仓央嘉措于贡嘎湖脱离，在西藏、印度、尼泊尔等地近 10 年的游历后，说："当年（康熙五十五年，藏历火猴年）十月十二日，他和几个弟子从阿拉坦寺直接来到阿拉善的扎布斯尔乌苏地方，下榻台吉（蒙古贵族）班斯尔加布和妻子那木松家过冬，受到金刚佛般的敬奉。"在这里，他一眼就认出了班斯尔加布两岁的儿子系他的恩主、曾在西藏执政的第巴·桑结嘉措的转世灵童，将他收为自己的弟子，为他举行了灌顶仪式，给他赐名阿旺伦珠达吉，并亲自确立了阿拉善地区另一重要的转世灵童世系。这不仅是他出于对因政争失败而被杀的第巴·桑结嘉措的同情和怜悯，更说明了他知恩图报、不忘故旧的人性情怀。后来，阿旺伦珠达吉不但很好地继承了仓央嘉措的衣钵，成为了阿拉善本地第一代呼图克图（大活佛），而且他的这一世系，历经六任转世灵童，至今仍绵延不绝。曾任内蒙古佛教协会副会长、内蒙古大学教授的贾拉森，就是他的第六世转世灵童，也是国际著名的仓央嘉措研究专家。

据记载，仓央嘉措来到贺兰山麓的阿拉善时，并未公开自己的真实身份，而是以"阿旺曲扎嘉措""大布喇嘛"等名义活动，随身携带了证明其身份的佛界至宝舍利母、金刚橛、金印章、檀木念珠等宝物。舍利母为佛界至宝，为历代达赖所掌管，金刚橛据说是唐高僧玄奘留下的，拥有无穷的法力。这也说明，仓央嘉措并不是冒用达赖的名义在活动，而是以自己实实在在的行动和佛教造诣征服了阿拉善的信众。

当时阿拉善的阿宝王爷是和硕特旗亲王，恰是向朝廷奏请废黜仓央嘉措的拉藏汗的后人，他的福晋是清朝皇帝的女儿多格欣公主，夫妇俩都是虔诚信仰佛教的人。据《实录》说，他俩听说阿拉善来了个法力高深的西藏喇嘛，便把他请进王府。仓央嘉措进府后，通过一番学识和智慧的较量，王爷和福晋十分佩服这位从西藏来的高僧，拜他为终生师父，支持他在阿拉善建立寺庙，弘扬佛法。公主还亲手剪下自己的头发，精心制作了一顶佛冠，作为起誓的信物送给仓央嘉措。

仓央嘉措与阿宝王爷和多格欣公主建立供施关系后，在阿拉善弘扬佛法，深得人民的敬重和爱戴。草原人民深信，阿拉善地区的吉祥和顺、人民安居乐业，是与这位活佛弘扬佛法、广结福田、护佑苍生有关的。

毕力格先生曾长期在阿拉善工作，对阿拉善的事情十分熟悉，知我热心此事，还帮我搜集了《阿拉善传奇》等有关资料，上面记载了当地流传的不少有关仓央嘉措在阿拉善的传说和民间故事。这些故事，更为生动有趣。

传说，仓央嘉措在贡嘎湖逃脱后，在外游历多年，辗转奔波，风尘仆仆。一天，他来到拉萨附近的一座湖边，面对蓝宝石般的湖水，心情却难以平静，想到自己坎坷的身世，颠沛的命运，不禁悲从心来。布达拉宫近在咫尺，自己却有家难回，天下之大，何处是归宿呢？这时，湖水忽然涌动翻滚起来，吉祥天母哈姆神从湖心出现，对他说，东北方向，有个以六字真经的第一个字"阿"字起头的地方，风景秀美，土地辽阔，是你的福田，可去那儿安身。

听了哈姆神的指引，仓央嘉措大喜，遂往东北方向走去。走着，走着，就到了内蒙古地区。一天，他到一户人家门口，见老两口正在门前的草场上献奶祭，心想，这是户好人家。便走近打问："这是什么地方？"老人说："这地方叫阿尔毕斯。"仓央嘉措心中一喜，是个以"阿"字起头的地方，便走进了老人的毡房。老人见仓央嘉措是个僧人，十分尊敬，拿出一双新靴子说："师父云游四方，一定是很费靴子吧。"仓央嘉措心中一紧，献靴子是送客的意思，看来此地不宜久留啊，便告辞了主人，继续云游寻找。一天，走到一座大山旁边，那山气势雄伟，云雾升腾，山脉绵延天际，山势雄伟壮观，好像有一种萦回不断的祥瑞之气笼罩在上面，仓央嘉措十分喜欢。他走到一户人家门前，也是老两口，老人热情地邀请他到家，拿出一块坐垫请仓央嘉措坐。仓央嘉措心中一喜，送垫子是留客的好兆头啊！便问老人这是什么地方，老人说这里是阿拉善，这座山叫阿拉山，汉人叫贺兰山。好！是以"阿"字起头的地方！仓央嘉措大悦，决定留在阿拉善弘扬佛法，做一番利益生灵的大事业。

可是仓央嘉措初到阿拉善时，并未暴露自己的身份，人们只知道他是一个普通的云游喇嘛。因而，他有时给人念经，有时给人打工。有一次，他受雇给人放羊。夜里，狼溜进羊圈，吃了一只羊。主人很生气，要责罚仓央嘉措。仓央嘉措没有解释分辩。第二天，他找到那只狼，牵到主人面前说："这就是吃羊的那只狼，现在交给你，你看怎么处理吧。"主人吓得大叫："快！打死它。"仓央嘉措说："狼也是一条命，害命的事我可不干。"主人更气了，说："你想让狼把我的羊都吃了吗？"仓央嘉措不慌不忙地说："羊被狼吃了，是可怜，但可以早得解脱。狼害了一条命，不知道自己作孽，如果继续害第二条、第三条，使自己的罪孽日趋深重，就永远得不到自在。所以说，狼比羊更可怜，更值得怜悯。你说，还要打死它吗？"主人无奈，只得摆摆手说："随便你吧。"见仓央嘉措牵着狼出去，主人忽然醒悟，打了个哆嗦，自言自语地说："狼性情凶残，这人能将狼像羊一样牵来，肯定不是非同寻常之人，看来是菩萨下凡了。"还有一次，仓央嘉措给人念经后，宿在一座蒙古包里。半夜，主人家的仆人出来取柴火，却见仓央嘉措住的蒙古包上烈焰腾腾，火光冲天。仆人大惊，赶忙呼叫人们出来救火。喧闹声惊动了包内诵经的仓央嘉措后，他走出包外，不慌不忙地对众人说："大家别惊慌，快回屋歇息吧，是我不小心疏忽了。"说完，用手往火中一揽，拎出一条披单披在身上，那火顿时熄了。就这样，一传十，十传百，仓央嘉措的名声在阿拉善草原越传越广。人们称他为"德丁葛根"，即"来自雪域高原的上师"。当然，这些民间传说带有浓厚的神话传说色彩。民间故事从来都是人民心声的表露，这些带有深厚情感的民间传说在阿拉善长久口口相传，说明了仓央嘉措在这儿的人们心中的位置，寄托了人们对他的景仰和衷心爱戴。

仓央嘉措到阿拉善后，还多次到甘肃、青海，修建寺庙，弘扬佛法。关于他最后的归宿，《实录》说：

> 乾隆十一年藏历十二绕迥火虎年五月八日，德都博克
> 多葛根（仓央嘉措）在承庆寺圆寂，享年六十四岁。为了
> 慈悲保佑众生，将其法体留在当地来供奉。

《实录》的记载和阿拉善流行的传说是相同的，也和我们在昭化
寺和南寺得到的信息是一致的。在阿拉善地区传经布道、弘扬佛法
30 年后，这位深受当地人民爱戴的活佛仓央嘉措在承庆寺圆寂了。
圆寂后先是供奉在他坐床的昭化寺，后移至南寺。仓央嘉措圆寂后，
经西藏的达赖喇嘛、班禅喇嘛批准，认定了他的转世灵童，而且后来
班禅大师还收其为弟子。这说明了，当时在西藏佛教上层，心里是清
楚仓央嘉措的真实身份的。否则，一个偏远地区的转世灵童，是不可
能有这样高规格的待遇的。仓央嘉措亲自收为弟子的第巴·桑结嘉措
的转世灵童，在仓央嘉措圆寂后，办成了三件大事，一是建成了著名
的大聚僧寺院广宗寺（南寺），二是写作完成了著名的六世达赖喇嘛
仓央嘉措的传记《妙音天界琵琶音》，三是主持举行了六世达赖喇嘛
转世灵童都尔葛根的坐床大典。其中，《妙音天界琵琶音》于 1757 年
成书以后，首先在南寺刊刻印行，后在各寺庙流传开来。有考证说曾
有活佛将此刊本敬献给了十三世达赖喇嘛。十三世达赖看后赞不绝
口，改订了一些错误之后，下令在拉萨刊印，因而这个版本遂为西藏
上层所知。但是，在这之前，应该也有手抄本流入西藏。这都是研究
仓央嘉措的重要资料和有力佐证。

现在，随着仓央嘉措诗歌的传播，越来越多的人喜欢上了这位
曾为达赖的佛界诗人。关于仓央嘉措的研究，也越来越热门，越来越
深入。仓央嘉措在贺兰山麓的事迹，也越来越为人们所知晓、所接
受。自仓央嘉措来到贺兰山，300 多年过去了，时代风云再也没有过

去那样变幻无端，诡谲复杂。人们对于历史人物的态度，也更为客观、公正、宽容。仓央嘉措进布达拉宫时，正是情窦初开的翩翩美少年，有着青年人的正常情感，发生过一些浪漫的事，写过一些爱情的诗，都是不难理解的，也是他与历代达赖不同，较他们特别的地方。正如一首藏族民歌所说的那样："莫怪活佛仓央嘉措，风流浪荡；他所要的，和凡人没什么两样。"恰恰是这些情真意切的优美诗歌，使他从高高的佛座上走了下来，成为与普通人声息相通、情感相融，有着七情六欲的凡人、真人，获得了人们的广泛喜爱和同情，赢得了国际性的声誉。命运本是双刃剑，如若没有这些诗歌，如若没有他表现出的惊人才华，也许他会被永久湮没在历史的尘埃里，谁还会记得那位在布达拉宫昙花一现、被废黜的达赖呢？

当我们在北国塞上的贺兰山麓，探寻仓央嘉措的足迹，追忆他的事迹，在对他坎坷的命运、传奇的身世感慨万端时，不能不强烈地感到，命运是无情的，也是多彩的。只要你守住内心，不被挫折所击倒，不碌碌无为度过一生，命运终究会回报于你，厚赐于你。同时，贺兰山麓仓央嘉措的经历，也使我们强烈地感悟到，西藏高原，从来就是中国大地的一部分，西藏人民的命运，自古就和祖国人民紧密相连，遥远的雪域高原，从来就和祖国内地声息相通。仓央嘉措这位落魄的西藏诗人，却在万里之遥的内蒙古高原、贺兰山麓书写了人生的传奇，雪域这位被废黜的达赖喇嘛，竟在蒙古族人民心中生了根，受到了衷心的拥戴和虔诚供奉。这生动地说明了中华各民族，你中有我，我中有你，筋骨相连、命运一体的血肉关系。这不仅是佛界领域的一段传奇，更是我国各民族交流史上一首深情的颂歌，一段绵绵不绝的佳话。

2016 年 3 月

第二辑

再游黄山

　　一生好入名山游，我也算去过不少地方了。当朋友问起我，黄山与其他名山相比，到底美在哪里时，我沉思着说，黄山的美很难用语言说清楚，它仪态万千，它雍容华贵，它不但与你每次看到的不一样，而且与你每时看到的都不一样。著名画家刘海粟曾十上黄山，依我看，黄山的美，就是上十次，也是看不完的。

　　今年，和朋友采风上黄山，在我来说，是再游黄山了。上次是从后山上来，从后向前游玩。这次是从前山上来，从前向后游玩。两次方向虽相反，路径都是一样的，但看到的、感受到的却完全不一样。

　　记得上次上山前，夜里下了一夜的大雨，到山脚下时，还是雾蒙蒙的，坐进缆车里，外面什么都看不见。上到山顶，却是晴天，面前豁然开朗，与下面真是两重天。沐浴在这明媚的阳光下，使得在江南的阴雨天气中过了好几天，觉得衣服都有些发霉的身体格外地舒服，哪里有"高处不胜寒"的感慨。而脚下，一丝丝、一缕缕的白云，肆意流淌着，行走在上面，真有腾云驾雾、飘飘欲仙之感。环顾四周，花红草绿，怪石林立，苍劲虬然的古松，姿态各异，仙气益然，或屹立在山径之旁，或扎根于峭壁之上，散发着沁人心脾的芳香，宣示着旺盛的生命力，给人以无限的启迪。俯首山谷下面，大片的云海白得如同奶河，软得如同棉团一般，是那么地赏心悦目，撼人心灵，真想跳进这奶河里浴一浴，倒在这棉团上滚一滚，想来，就是到了天堂，也不过就是这样子的吧。

　　这次从前山上去，赶上了大雾，每座山峰都罩在浓浓的雾霭之中，朦朦胧胧的，似有还无，时隐时现，别有一番景致和情趣。一阵清风吹来，浓雾如帷幕般时开时合，山景随着山风摇曳不定，真正像是一首首流淌着的诗，一幅幅飘动着的画。我们中不少人是摄影爱好者，面对这美景，架起机子，刚要拍摄时，大自然又和你开起了玩笑，一片浓雾飘来，面前那么大的一个山峰，却倏忽消失得无影无踪，我们只得收起机子，离开这里。刚爬上一个长长的高坡，忽然听到一片欢呼，纵目一看，刚才还是满天云雾，现在忽然散开，艳阳高照了。我们兴奋之余，赶紧架起相机，忘我地拍摄起来。只见山下的千岩万壑，逶迤起伏，阴晴有致，像锦绣一样秀美，像图画一样好看。半空中又露出了一座山峰，浮在云海之中，雄伟神奇，犹如海外飘来的仙山琼岛，引人生出无限遐想。大家在惊叹之余，刚拍了几张相片，手慢的还没来得及按下快门，这一切又都掩在了厚厚的浓雾之中不见了。使人在赞叹黄山美的同时，更为她的千姿百态、瞬息万变而发出由衷的赞叹。

　　据导游介绍，黄山一年只有 90 天晴天的概率。所以，阳光就显得格外珍贵，可谓是稍纵即逝了，但也正因为如此，更显出了黄山的神秘。"不识庐山真面目，只缘身在此山中"，放在黄山身上，也是十分合适的。光明顶是黄山的第二高峰，也是黄山最佳观景台之一。这次到光明顶时，漫天的大雾，使人几乎什么也看不见，只有周边的松树，影影绰绰地，如忠诚的卫士般静静地矗立着。回想起那年，我和妻子登上光明顶时，正好赶上大雨初晴，向四周望去，立刻被面前的美景所征服、所惊叹。只见脚下大片的白云如棉团般流来涌去。云海间，是如画的道道山峦。远方的飞来石、笔架峰，也都被白云衬托得如立体的雕塑般，格外神奇、俊秀。连平时极难见到的佛光，也伴随着人们的欢呼出现了。那绚丽神奇的晕环，带给人心的吸引和震撼，是无法用言语述说的。远眺这如画的美景，漫步在白云流淌的山径之上，沐浴着林隙间透出的金子般的阳光，呼吸着松涛间吹来的芳香空气，你怎能不心旷神怡、飘飘欲仙呢？

这次，我再游黄山，本想欣赏上次没能游玩到的景致，弥补上次的不足，但由于云雾作怪，反而增添了更多的遗憾。但并不后悔。我想，这也正是黄山的神奇、迷人之处。黄山，正蕴含了中国传统文化的精髓，含蓄而内敛，神似而意象，不那么一览无余，平铺直叙，这才值得人玩味无穷，流连忘返。难怪大旅行家徐霞客说"五岳归来不看山，黄山归来不看岳"呢。我虽然不能和刘海粟十上黄山相比，但我深深地喜爱这座神奇、迷人的山，只要有机会，还会再来看看黄山的。听说，黄山的冬景很美，我憧憬着，下次，就在冬天来。

2005 年 5 月

雨中张家界

　　早就听说张家界乃神仙境界，是汉张良隐居的地方。可是当我们一行兴冲冲地来到这儿时，碰上的却是个毫无希望的阴雨天。浓雾漫漫，细雨淅沥，脚下路滑且不说，整个山峦都笼罩在了烟雨中。我开始担心欣赏不到慕名已久的张家界的美丽景色了。

　　进入景区后，却惊奇地发现，雨中的张家界，别有一番景致，甚至于比大晴天更胜一筹呢。乘上缆车，向山上驶去时，脸贴着玻璃向外张望，外面还是迷迷蒙蒙的一片。然而，随着缆车越升越快，乳液似的白雾仿佛落到了脚下，眼前豁然开朗，一座陡峭俊美的山峰，兀地横亘在你的面前，给你突如其来的美感。紧接着，真可谓是石破天惊，横空出世，仿佛是一部优美的舞剧猛地拉开了帷幕，或是交响乐诗顿时奏响了序曲。一座座如竹笋般笔直矗立，如绿玉般翠色欲滴的山峰排闼而来，猛烈地撞击着人们的审美视线，带给游客们一个个意外的惊喜，使大家发出了一阵阵欢乐的惊呼。

　　到了山顶，雨虽然小多了，可雾依旧弥漫着。白云般的雾团在游客们的脚下流淌着，在人们的身边飘荡着，伸手可掬，张口可食。眼前形态各异、美得惊人的山峰似披着轻纱的青春少女，一会儿撩起纱巾的一角，似羞还怯地让游人们看上一眼，转瞬就消逝了芳影；或是"养在深闺人不识"，根本就躺在厚厚的纱幔中，任你千呼万唤，就是不出来，使人无限惆怅，无限遐想。还有山上游客们身披着的各色雨披，爱美的女士们手打的各色雨伞，飞红点翠，色彩斑斓，更令人有了天外仙境的感觉。

面对这样的美景，自然要留影纪念了。可是，你刚刚对好焦距，正要按快门的时候，忽然惊异地发现，面前好端端的美景，忽然不见了。原来，这又是雾跟我们玩的游戏，它能将面前十几米的山峰遮得严严实实。待你正想离开，一阵轻风吹来，旁边更美的景色又出现了，在补偿了你遗憾的同时，让你对雾的俏皮也是似怒还喜，无可奈何。

游十里画廊时，又是雨天。雨中的十里画廊真是名不虚传，令人目不暇接，流连忘返。那一块块自然生成的顽石，一座座岁月雕琢的山峰，仿佛不经意间，就自然地组合成了一轴酣畅淋漓、浓墨重彩的泼墨长卷。在细雨的泗润下，在白雾的缠绕中，浓淡有致，虚实相间，如诗如画，韵味深远，使人在赞叹大自然的鬼斧神工的同时，对于中国画的神韵，有了更深入的体味。且不要说那山形一个个风姿绰约，惟妙惟肖，单说那细雨中色彩的奇幻、迷蒙，那白雾飘浮所造成的似隐似现，虚无缥缈，都让人看得妙不可言，如痴如醉，真是一首首无韵的诗，一幅幅天然的画。

雨中游张家界，除了这儿的山，我还喜欢这儿的水。宝峰湖的浩渺幽美自不必说，单是那金鞭溪的水，就够使人着迷的了。这溪因临一笔直矗立，直插入云，形似金鞭的山峰而得名。溪长不知多少里，但游览路线为十里。本以为是段极艰苦、漫长的路程，然而，走在这溪旁时，却感到从没有过的惬意。脚下是青石铺就的石板，石板间隙中的苔藓嫩绿如翠。路边是一条清澈激越、蜿蜒流转的小溪。小溪两边是美轮美奂的山峰，还有到处生长着的各种不知名的花草和极茂盛的树木，再加上细如牛毛，但又不是太大的雨丝，使人的心境自然平和舒畅。走在这条小道上，眼睛欣赏着周围气象万千的美景，耳边听着溪水穿越岩石所发出的琴鸣般的淙淙声，口鼻呼吸着大股大股新鲜的空气，皮肤接受着滑腻的雨丝轻柔的触摸，不时还有几只色彩艳美但却不知名的小鸟飞来，发出几声清脆的啼叫。真是美极了，幽极了，舒心畅意极了，好像是专为有情人设计的一条漫步小道，使人不由得生发出感慨，愿永久脱离尘世的纷繁，与山水结友，在这条小道上，悠悠地走下去……

2004 年 5 月

夜访张良庙

丙戌年的正月十四，我在宁夏固原拍摄社火，拍完后和朋友们在一起喝酒。酒酣兴浓之际，一位姓张的先生提出，距这儿不远有全国最大、最早的张良庙，明天何不前往一观。对张良这位俊逸倜傥、"运筹帷幄，决胜千里"的人杰，我是十分景仰的，乘着酒兴，便高兴地答应了下来。

谁知，第二天上路后，才知道张良庙在陕西汉中的留坝县，离固原有五百多公里，还要穿过整整一座秦岭。好在这条路我没有走过，对秦岭这座名山也是向往已久的，还是欣然前行了。

汽车过了宝鸡后，便进入了大山深处，沿着著名的陈仓古道，一路向南。大散关、鸡头岭、酒奠梁、柴关岭，处处都是名胜，处处都有我们耳熟能详的故事。我们一路领略着秦岭的动人风光，一路吟诵着"铁马秋风大散关"的诗句，走走停停，停停看看，不知不觉，天已经晚了。

车到张良庙时，红日已经西沉，新月已经东升。留坝的朋友们已在路口等候多时了，接到我们，边介绍着，边领着我们往庙里走。原来，这庙最早建于汉末，是张鲁踞汉中自立为汉中王时，为强调自己的正统地位，尊张良为祖而立祠祭祀，以后历代都有修葺。现在的这座庙宇是明代从紫柏山巅将老祠迁移至此扩建而成的。全国虽说也有不少张良庙，因这儿的庙宇历史最早、规模最大，张良又被封为留侯，故大家也都认为留坝的张良庙为正宗。实际上，张良的封地在山东留城（今微山县），后人重的是祭祀，只要心意到了，也就毋庸分辨得那么清了。

走进山门，只见一座石基、砖身、瓦顶的古朴建筑，高大厚重，端庄肃穆，正中刻着的"汉张留侯祠"五个雄浑的大字格外醒目，一下子便使人从喧嚣的现世进入到了汉时张良生活的世界之中，思古之心，油然而生。进得院门以内，天已经很黑了，虽然是正月十五，但由于张良庙周围被紫柏、青龙、韦陀、凤凰、柴关五山环抱，月亮被黑黝黝的大山挡住了，只有些许清辉洒在庙宇的屋脊上。院内幢幢的楼房、簇簇的树木，除少数有些亮光外，大部分也是黑森森的，再加上整座庙宇已经没有了人，四周一片寂静，偶尔，山中传来一两声鸟鸣，听了反而让人有些心惊。这时，有人提议明天天亮了再来，但我们千里迢迢，好不容易来到了这里，自然是不会退缩的，再加上没做什么亏心事，心里没有鬼，不但没有好怕的，反而对眼前的氛围，充满了神秘感和新鲜感。我们还是满怀着对张良老先生的敬意，走了进去。

先穿过了一座木桥，隐隐可见上方题匾为"进履桥"，想是取意当年张良拜黄石公为师，三拾其履，进献于上，得授兵法的故事。桥虽不长，走在上面，还是深为古人的故事而感动。再又进入一座院子，朋友说是拜殿。内有许多石碑，有个朋友的手机有照明的功能，便举着手机，引大家趋前观看。这些石碑造型古朴，碑文奇妙，真不愧是立于名山名祠，名家所书所题的大家之作。有米芾书的"第一山"三个榜书大字，气势磅礴，神采飞扬，放在这里，对此山此庙的赞誉，可说是毫不过分。有于右任所题的"送秦一椎，辞汉万户"，不仅书法奇美，可以说是草书艺术的杰作，而且高度概括、精练总结了张良一生的主要业绩和他视富贵如浮云的高尚气节。"送秦一椎"，是说他在博浪沙椎击秦始皇，虽然未中，但可说是打响了反抗暴秦的第一枪，反映了他敢为天下先的惊人勇气；"辞汉万户"，是说汉高祖以齐国三万户奖赏他而不受，最后干脆抛弃富贵功名，飘然出世，在山中修道去了。至今，在庙后的紫柏山上，还相传有他修行过的张良洞呢。

在这些碑文中，我最喜欢的是"英雄神仙"。书家虽不是十分有名，但它深刻形象地提示了一种常人难以企及的人生境界。当然，我认为，这里所指的英雄、神仙，都是人生的一种境界和态度，英雄是积极入世的态度，神仙是超然出世的态度。入世而能获大成功，为人中之杰固然世所罕有；为英雄后又能视功名为敝屣，超然物外，飘逸出世，为万世之师更为凡人所难达到。自古至今，英雄难当，神仙更难当，然而，既为英雄又是神仙的恐怕只有张良一人了。

怀着急切的心情，我们又来到了后面的正殿，这里供奉着张良的神像。可能朋友早打了招呼，殿内倒亮着灯。我趋前观看，只见灯下的张良像神清气朗，聪睿谦和，一副仙风道骨模样。但与我的想象有很大不同的是，神像的模样很新，在灯光的映照下，金光熠熠，一点也没有岁月感、沧桑感。问过留坝的朋友才知道，原来是前几年，庙里的住持接受了东南亚香客的捐赠，将古老的张良像包了一层金。这与张良先生的本意显然是相违的，也使我感到些许的失望和遗憾。

过了后殿，有一个后花园。这时，月亮升高一些了，似水的月光，洒在园中，可见竿竿修竹和石径曲池。四周山峦，默默地矗立着，幢幢楼阁，在影影绰绰的灯光中，显得更为神秘。我们在园中随意走着，张口呼吸着清新的空气，心里感受着庙内的灵气。仰望月空，想到正月十五的上元佳节虽然年年过，但今年过得却不一般，能在千里之外的这儿，在一片清辉和静寂之中，与张良先生做伴，与古时哲人神交，谁能说不是人生的一大乐事、快事呢？

2006 年 2 月

寒溪访古

在留坝夜访张良庙以后，第二天，我们又向汉中出发，想到这座向往已久的历史文化名城看看。

汽车沿着著名的褒斜古道行驶着，山涧始终有一条溪水伴随着前行，大概就是褒水了。冬日的褒水，正是枯水期，清浅的溪流在河床的石头间流淌着，不时发出好听的淙淙声。河边不时能见到古老的栈道。我们边欣赏着风景，边愉快地谈笑着。忽然，我看见道旁闪过一个牌子，白色大字醒目地写着"萧何追韩信处"。这可是我们自小熟知的一个典故的出处啊！原以为年代久远，早已湮没无考的地方，今天忽然不期而遇。我正欲呼叫停车，飞驶的车子早已跑出了老远。转念一想，萧何月下追赶韩信，确是一段千古佳话，但故事发生的地点，经过了这么多年的历史风云，有谁能说得清，再加上现在伪造、假托的"古迹"多了，这个地方，难说不是当地某些人出于种种功利目的而新造的呢，因而也就将信将疑地打消了折回来的念头。车子越走，我的这种看法越强烈。因为从那个地方到汉中有近50公里的路程，在当时的条件下，以萧何这样一个老翁，骑马是无论如何在一夜间追赶不上年轻气盛的韩信的。

但是，萧何月下追韩信的故事太有名了，在我脑海中留下的印象也太强烈、深刻了，对于这个故事发生的地点，我还是不能忘怀。在从汉中回来的时候，我提前留意，让司机师傅停下了车，细细地探访了一番，这才解了心头的疑惑。

原来，这个地方叫马道，原是古时一处著名的驿站，也是两条河流的交汇处。东面，顺着大路而流的是褒水。横着呈丁字状的河流叫马道河，也叫寒溪，它看样子是一条季节性很强的河流，源头出自大山，在马道这儿注入褒水，因而进出汉中必须要从寒溪通过。在寒溪旁边的山坡下，有一座十分简陋的小亭子，我们走过去一看，亭下立着三方石碑，看起来已经有些年头了，都比较残破。右边的书着"汉相国萧何追韩信至此"十个大字，上款为"大清乾隆八年知褒城事万世漠"，下款为"咸丰十年马道士庶人等重立"。中间的石碑稍矮，中间书着"寒溪夜涨"四个大字。上款有一行小字"汉赞侯追淮阴侯因溪夜涨到此故及之"。落款为"嘉庆十年马道驿丞黄绶"。碑后有人胡涂乱抹着一些文字，有两句咏道："不是寒溪一夜涨，那得汉家四百年。"不知是什么人的题咏，倒说得贴切。左边的一方石碑高大一些，为道光十五年"恭记邑侯贺太老爷新建樊河铁索桥德政碑"，好像与前两道石碑无关，不知怎么也一起摆在了这里。看罢石碑，很明白了，它们已经把这件事讲得很清楚了。于是，在我眼前，就出现了这样一幅鲜活的画面：在某个月光皎洁的夜晚，怀才不遇的韩信，愤懑地策马奔出了汉中。离开了这片希望之地，又能到哪里呢？又有什么地方可投奔呢？正在马蹄踌躇之时，夜涨的寒溪又横阻在面前，平时涉水可过的路径在哪里呢？这位青年英才，虽然胸怀经天纬地之才，这时也是一筹莫展，走投无路，只能满怀愁绪，牵着马在月光下巡逡徘徊。恰在这时，闻讯驱马追来的萧何赶到了。在暴涨的寒溪河边，在皎洁的月光之下，两位开创了汉代历史的风云人物，一会儿激烈地诉说和争辩着，一会儿又娓娓地劝慰和恳谈着。最后，他们可能在马道驿的酒肆中畅饮了一番后，双双回到了汉中，从而留下了一段萧何月下追韩信的千古佳话。

　　然而，当我为萧何的慧眼识人、大胆荐人的气度和胸怀所敬佩、所向往时，又不能不想起另外一句著名的成语，"成也萧何，败也萧何"，又不能不为韩信不公的待遇和悲惨的命运而慨叹。

其实，且不要说韩信的盖世战功，就是以他惊人的才华、韬略，也不会落个三族被诛的结局。关于韩信悲剧命运的原因，后人纷纷说三道四，有人说他谋划不周，有人说他确有反心，有人说他不知功成身退，有人说他牢骚太盛。就连判人极准的太史公司马迁也说他若会"黄老之道"，"不伐其功，不矜其能"，也不会落得那样一个下场。其实，我认为，韩信命运失败的最根本、最主要的原因，是他的性格。在那个皇权至上、"成者王侯败者贼"，以成败论英雄，且周围都是毫无道德标准的一伙无赖时代，他还保持着自己良心的底线，还残存着知恩图报的幼稚幻想，还不失忠厚的做人本色，那么，他怎能不失败呢？

当韩信摧枯拉朽般地攻下齐地的时候，这时，天下的形势，都在他的掌控之中，他也面临着自己人生的一个转折点，在他面前，有一个千载难逢的机遇和如何选择的问题。这时，人人都想拉拢他，人人都想争取他。先是楚王派使臣游说，说韩信本是楚臣，应再回归于楚。楚王比汉王厚道。否则，死心塌地跟着汉王，将来下场肯定不会好的。应该说，从韩信个人的立场来说，这些话是有道理的。但由于性格使然，韩信听不进这话，在他心中还浓厚地存有知恩图报的思想。他回说："今汉王用我为大将，解衣衣我，推食食我，言听计用，亲信于我如此，虽至死而此心不易。"话说得慷慨激昂，也推心置腹，但只是他单方面的想法。如果说，楚使的话听不进去的话，那么，他对自家谋士的话，也是听不进去的。蒯彻为他着想，曾三次劝他自立。先利用韩信的迷信思想，说自己幼年曾遇异人，授以相法，连日相足下之面，不过封侯，相足下之背，贵不可言。喻示他造反，韩信不为所动。后又以天下大势劝说："今楚汉相争，二王命皆悬于足下，足下助项王则项王胜，助汉王则汉王胜。莫若两利而俱存之，保持中立，鼎足三分，待机再图天下。"但是，韩信还是听不进去，说："汉王待我甚厚，岂可以利而背义乎？" 蒯彻又苦口婆心地劝说道："天与不取，反受其咎，时到不行，反受其殃，勇略震主者身危，功盖天下者，不赏，今足下戴震主之威，挟不赏之功，怎么会有好下场呢？" 但韩信虽有动摇，还是难以丢掉对刘邦的幻想。最后这番谈话，不但没有成为韩信忠贞不贰的证据，反而成为了刘邦、吕后一伙谋杀他的口实。因而，韩信在拒绝了稍纵即逝的难得机遇的同时，也把自己的命运放在了任人宰割的砧板上。一代军事奇才，在政治上这么幼稚，其后来的下场也就不难解释了。"性格决定命运"，这话看来一点不谬。

而韩信以忠从之，以诚事之的刘邦、吕后之流，却不像韩信那样有情有义了。刘邦曾三次在危急的时候，将自己的儿女推下车，以图逃得更快；为了争夺天下，他可以置自己父亲的安危于不顾，厚颜无耻地喊叫，"若烹太公，分我一杯羹"。而吕后，则比刘邦更是有过之而无不及。她长期被掠作人质，韩信可以说是她脱离困厄的直接恩人。可是为了自己的一家之私，却用卑鄙的手段将一代军事奇才杀害。杀死韩信倒也罢了，竟残忍地夷其三族。这生动地说明，忠厚只能是忠厚者的墓志铭，卑鄙往往是卑鄙者的通行证。可惜，忠厚者们往往不是不懂这个道理，而是人生观决定了他们只能那么做，"非不能也，实不为也"。因而，他们的悲剧命运，就总是难免的了。

至于萧何，虽然刘邦说他与有功劳的"功狗"不同，是"功人"。但绝顶的聪明，使他清楚，在志得意满的刘邦、吕后眼中，在强大的皇权面前，他仍然还是一个走狗。在人人自危的大环境下，自保都很困难，他怎么会出手援救一个最高统治者必欲除之而后快的韩信呢？

经过了两千多年的历史风云，如今的马道是那么的清寂。褒水和寒溪的水都很浅，浅得甚至没不过河床的石头。寒溪上面已经架起了一座坚固的石桥，来往的车流如飞般地驶过。能够专门停下来看看这古迹，在石碑间仔细寻觅历史的，也就是我们寥寥几人。我爬上亭后的小山，放眼望去，四周一片静穆，田野上空腾着薄薄的轻霭。今天是个好天气，虽是冬日，阳光明媚，照在身上还暖融融的。我忽地感到，历史与现实是那么地相近，又是那么地遥远。在这历史与现实交汇的天空下，在这祥和安定的大地上，四周的风景是那么地美好，眼前的视野是那么地寥廓，心头十分轻松愉悦，于是招呼同伴，又驱车上路了。

2006 年 2 月

从玛多到玉树

　　三江源在我心中，曾经是一个遥不可及的梦。一提到这里，我眼前出现的就是那如闪电般飞掠的草原精灵——藏羚羊，那圣洁端庄、晶莹剔透的皑皑雪峰，那无边无际的缀满鲜花的茫茫草原，那神秘莫测、原始自然的蓝天白云。

　　2005年夏天，我终于实现了这个愿望，走进了三江源地区，开始了令我回味无穷、终生难忘的三江源之行。

　　7月24日，乘坐汽车驶出西宁，穿过由金黄色的油菜花镶嵌的绿色大地和草原，越过几座白云缠绕的高山，中午就到了海拔4000多米的玛多县。刚过了县城，就见道路前方有一座桥，旁边矗立的牌子上写着"黄河第一桥"。尽管到了玛多，就可以说是到了黄河源头了，但看到了黄河源头的第一桥，我们还是惊喜地叫了起来。于是赶紧停车，向黄河桥下冲去。到了桥下，只见一条3米多宽的小河静静地躺在那儿。这就是哺育了我们民族的伟大的母亲河吗？这就是在中原地区汪洋恣肆、横行无羁的那条大河吗？在这里，它静静地躺在蓝天白云之下，无声无息地流淌着，是那么地安详，那么地温柔。几个当地的小孩在河边快乐地玩耍着。有个小孩手上扯着一根线，线上挂个渔钩，再随意地拴一块石头，连渔竿都没有，就在河边钓起鱼来。我走近一看，他们还真是钓了不少，有的鱼个头还挺大。我们的母亲河，就像一个慈祥的母亲，敞开胸怀，奉献着自己的所有。

　　从黄河第一桥上驶过，汽车行不多远，忽然看见前方无垠的草原上，竟然有无数的湖泊，像一只只清澈的眼睛，在炯炯地注视天空；更像一颗颗明亮的星星，在顽皮地闪烁。我脑海蓦地一亮，星宿海！原来这就是古代典籍中常提到的星宿海，是古人探寻黄河源头最远的地方。在古人的记载中，这儿是黄河的源头，也是古人传说中天上的星星睡觉的地方。传说星星晚上到天空为人间照明，白天就落到星宿海休息睡觉。过去，在古诗中我曾多次读到过它。今天，真的来到了这地方，真的看到了星宿海，亦真亦假，亦梦亦幻，我被深深地陶醉了。不知是这仙境来到了我的梦中，还是我走进了这梦的仙境之中。

由于临近玉树的路段正在修整，我们很晚的时候才到达玉树州的所在地结古镇。州里的朋友已经苦苦地等了半夜，见我们好不容易来了，自然要拉着客人先到餐厅里去，尽一尽地主之谊。他们都是藏族康巴汉子，不仅豪爽，而且幽默，劝我们喝了不少酒，也介绍了许多情况。从他们的谈话中，我更清楚了，玉树的平均海拔4000多米，海拔在4000米以上的山峰有两千座，是著名的万山之宗、江河之源和歌舞之乡。玉树还是著名的康巴文化之乡，康巴文化是藏族文化中充满神秘色彩的一种文化。康巴人是生活在西藏昌都、青海玉树及其他使用康区方言的藏族人。康巴人体格高大、威武勇猛、习俗独特、生性浪漫、喜欢游走。康巴男人喜欢将红色或黑色丝线和发辫编在一起，盘于头顶上，称之为英雄结，显得潇洒剽悍，因此，"康巴汉子"在藏区很有名，很得女人喜欢。

朋友们在酒桌上谈得很高兴，一位朋友还即兴演唱了自己创作的歌曲："草原里响起的，是五彩的歌；乳汁里飘起的，是甜美的歌；彩袖里甩出的，是激情的歌；心窝里唱出的，是欢乐的歌。"

第二天，我一大早就醒来了，匆匆洗漱后，便随上车队，去看一年一度的赛马盛会。

汽车傍着一条水流湍急的小河走了二三十公里，就见前面彩旗飘扬，歌声如潮。到了近前，盛装的藏族群众排成两行，手捧哈达，跳着欢乐的舞蹈，唱着动听的歌儿，欢迎着远方的宾客。纵目望去，只见四周都是欢乐的海洋。在绣毯般的草原上，到处是穿着节日服装、洋溢着欢乐笑容的藏族同胞。远处，像蘑菇般绽放的，是各种颜色的帐篷。再远处的山头上，冒着一股股的白烟，这是藏族人民在盛大节日或重大活动时用芬芳的松柏树枝燃起的"煨桑"。湛蓝的天空，有大朵大朵花瓣似的云团，还有一群雄鹰也赶来助兴，在天空中划出一道道优美的弧线，久久地盘旋着。主席台是大红的色彩，被装饰得格外漂亮。到了这会场，你不能不为藏族人民对传统文化的热爱所感动，你不能不为这欢乐的气氛所感染。

　　望着还在不断涌来的人群，我想周边地区的人们大概都来了。有的是扶老携幼，有的在周边搭起了帐篷，妇女们更是穿起了节日的盛装。在这之前，藏族朋友就告诉我们说，藏族人的财富，都穿在妇女的身上，现在看起来果然是这样。只见每一位妇女，都穿着鲜艳的锦缎藏袍，领口、袖口和下摆上缀着华贵的皮毛，身上挂满了各种珍贵的宝石，就连佩带的藏式腰刀，也都用黄金、白银和宝石装饰着。据介绍，有的藏族妇女的服饰，价值高达上百万元。想来也是，藏族同胞长期过着逐水草而居的生活，积累起来的财富没有固定的场所保存，便要换成各种各样的首饰，让自己心爱的女人戴在身上最保险。而且作为男人，这样做也很有面子，值得骄傲和自豪。再加上藏族有尊重妇女、爱惜女儿的古老、美好的传统。女儿出嫁，父母亲要陪嫁许多珍贵的首饰。一代代传下来，妇女身上佩戴的财富，也就可想而知了。

　　赛马会正式开始了。当身着民族服装的县长用藏语宣布开幕后，最震撼人心灵的就是入场式时那越跳越热烈的玉树歌舞了。这实际上也是一种竞赛，各个代表队在入场时，就展开了激烈的角逐，他们仿佛把攒了一年的劲儿都使了出来。无论男女，一到表演区域内，就伴随着震天动地的歌声和锣鼓声，在草地上纵情欢舞，跳得激情洋溢。特别是那些康巴汉子，头打英武的英雄结，脚穿锃亮的牛皮靴，腾空旋舞，舞姿刚健有力、大方舒展，激越的脚步声和着铿锵的鼓声，震荡得草原发出咚咚的回响，使每个人的心不能不激荡起来，不能不兴奋起来，也不能不为藏族人民的豪情所感染。

开幕式后，是精彩的各种马术表演与比赛。只见一个个矫健的康巴汉子，骑着一匹匹威猛的骏马，疾如闪电般地从远处奔驰而来，或弯腰将地下摆成一行的哈达逐一捡起，或上下翻飞地在马背上做出各种高难度动作，参观的人群中不断爆发出热烈而持久的掌声。

看完开幕式后，我们随意地在草原上走着，不失时机地拍摄着各种美景，以及漂亮的藏族姑娘和小伙子。草原上到处洋溢着节日的欢乐，到处都是临时驻扎起来的各种颜色鲜艳的帐篷，似乎全县的人都来到了会场。他们全家出动，男女老幼都来到会场上，在草原上观看比赛，然后在帐篷里喝酒吃肉。青年男女则趁着这大好的时光，互相寻找和追逐着自己的意中人。而且这时，你可以随意走进任何一个帐篷，里面的主人都会拿出他们认为是最好的食物请你吃喝。据说，到了一年一度的赛马节，藏族同胞要放假七天，这七天，可以纵情地在草原上玩个够。

参加完赛马会后，下午我们又专门驱车，到长江的上游通天河去看了看。通天河也是我十分向往的地方，特别是通过古典小说《西游记》，对这条河流充满了无限神秘的想象。其实，昨晚我们进玉树时，已经从通天河跨过，不过当时天已很晚了，周边漆黑一片，什么也看不见，只听见隆隆的水声在静夜里格外响亮，倒更能诱发人的好奇心。今天到此一看，果然是名不虚传，激越的江水在两岸陡峭的山峰间咆哮奔腾向前。江面虽然不是很宽，但水看起来极深，一个个漩涡，划出一条条弧线，急速地拥挤着向下流泻去，使人不能不生出敬畏之心。通天河旁，是一座高耸的三江源自然保护区纪念碑，造型是两只巨大的手掌，合拢地捧着一颗明珠，然后高高地伸向蓝天白云，伸向空幽的苍穹，似乎在祈求着什么，也似乎在宣告着什么，自有一种震撼人心的力量。我想，这应该更多的是宣告，宣告着这儿的人民对保护三江源地区生态的决心，宣告着这儿的人民守护中华水塔的坚定信念。

第三天，我们一早就出发了，兴冲冲地前往囊谦县。囊谦是玉树最南边的一个县，紧靠西藏的昌都地区。这儿气候温和，氧气充沛，是青海有名的小江南。

行前就听人说，这儿的景色美得惊人，到了囊谦一看，果然处处景色秀丽，令人惊叹。这儿也是高原，海拔平均也有 4000 米，但山势较为平缓，而且山上都覆盖着一层绿茸茸的植被，远远望去，如锦绣一般，格外好看。再加上湛蓝湛蓝的天、大朵大朵乳白色的云团，使得这儿真像人间仙境、世外桃源，令人心旷神怡、尘虑顿消。

一路上，但见有一条小溪逶迤相伴。一问，方知是澜沧江的源头，这又使我大吃一惊。澜沧江在我的印象里，也是一条汹涌澎湃的大江，可在这儿却显得文静秀丽，水深不过膝，竟是千娇百媚的一支弱水。小溪的两岸缀满了黄色的小花，在她的臂弯里偶有一顶蘑菇般的帐篷，一群花朵般正在嬉戏的藏族儿童。正是这条娇如少女的涓涓细流，不仅养育了这里的人民，也养育了下游境外好几国的人民。

囊谦格萨尔的传说也特别多。在朋友的热情陪同下，我们继续南行，翻越了好几座高峰，来到一座雄伟的大山面前，朋友指着山脚下一座小村庄说，这儿是格萨尔的丞相出生的村庄。这是一座小小的、非常古朴而简陋的村落。几座藏式的房子，一个不大的玛尼堆，但身后的大山雄伟峻峭，像座屏风似的护卫着这小村落。山的高大与村落的简陋形成了很大的反差，倒更显出这小小村落的不凡。这小村落，一下子就把神话与现实、远古与今天连接起来。

在囊谦，我们还去了一个梦境般的地方。这是一座异常秀美的小山，山是绿茸茸的，长满了天然的松柏，松柏树上挂着长长的红色和白色的经幡。一条不知名的江水，静静地深情地半围着这神奇的小山。山腰上，一座不知什么年代修建的色彩鲜艳的莲花生大师的塑像，在蓝天白云之下慈祥地俯瞰着小村庄。向导竖起大拇指，用半生不熟的汉语极其自豪地告诉我们，这是藏族的神山之一。我们也满怀着崇敬的心情，绕山一周。走在曾被无数朝圣者踏出的崎岖小径上，不知是什么原因，在海拔4000米的高原上，竟一点也不觉得心慌气喘，看来这神山确有灵气。站在这山坡上，向前方望去，但见满目锦绣、一片祥和。远处的群山绵延起伏，峰顶罩在乳白的祥云之中。近处的村落人家却没有鸡鸣狗吠之喧闹，只有袅袅轻烟升盈于蓝天丽日之下。面对此情此景，使人不由得神清气爽、物我两忘，不知身外之世事，不知岁月为几何，顿生不虚此行、乐不思归之感。

2005年8月

晶莹剔透的巴颜喀拉山

巴颜喀拉山——提起这个名字,我就不由得感到惊心动魄。这是因为少年时,在我所读的地理课本上,有一幅中国地形图,图是彩色的,上面自东而西,色彩逐渐加深,先是嫩绿,后是土黄,再到西南一片褐色的地域,就是青藏高原。而这腹地一条看似十分狰狞、恐怖的暗褐色的地带,上面赫然写着——"巴颜喀拉山"!当时老师还告诉我们说,黄河、长江就发源于此。从此,地图上的这片暗褐色就被牢牢地记了我的心里,并且在悚然心惊的同时,还充满了神秘和好奇。时常涌起这样的念想,这片地带人能进去吗?什么时候我能进去看看呢?

后来,随着年龄的增长,知识的扩大,才进一步地了解到:巴颜喀拉山从地质上说,是大名鼎鼎的昆仑山脉的一支,蒙古语意为"富饶青(黑)色的山",藏语意为"祖山"。根据科学考察的最新报告,巴颜喀拉山准确地说,是黄河的发源地,长江与黄河的分水岭。它的北麓是黄河源头所在,南麓是长江北源所在,是涵养了黄河、长江两个中华民族母亲河的山脉。从而,巴颜喀拉山在我心目中的地位更重要了,到这个地方去看看的念头更加强烈了。

少年的念想,在心头萦绕了几十年,一直到了知天命之年,方才得以实现,而且竟然去了两次,幸运地见识了它神奇的面貌,多变的色彩。

第一次去巴颜喀拉山,是在 2005 年的夏天。当时,我们从青海西宁出发，一路上过青海湖，穿花石峡，在玛多看弯弯曲曲小溪似缓缓流淌的黄河，在星宿海看星星点点如珍珠般洒落的万千湖泊，总觉得路长得永远走不到头，总感到前方的路永远插向云端。到了傍晚的时候，原本晴朗的天空一下子阴沉了下来，山色如黛，浓云似铅。不久，又下起了淅淅沥沥的小雨。这时，路上只有我们一部车子孤零零地行驶着。虽然公路两边的山峦变得平缓，甚至是低矮了起来，但是大野茫茫，一片空寂，天地相连，暮云四合。我们明显地感觉到海拔已经很高了，谁都不说话，静寂中甚至游荡着一丝恐怖的气氛。大家真切地感觉到，在这广袤的高原，灰暗的天空下，人是那么地微不足道，那么地渺小无助，油然而生出对大自然的敬畏，对这座大山的敬畏。终于，同伴中有人发出"巴颜喀拉山到了"的呼叫，打破了车内压抑的氛围。我们睁大眼睛，向前方望去，只见在铅灰色的浓云中，蓦地露出一块亮色，仿佛是天开了个口子似的。笔直的公路，正从这亮色中穿过，真像是穿行云间的天路。原来，山头下着阴雨，一片灰暗，但山那边还是晴天，从山头望去，前面自然是一片亮色。公路旁边，是色彩鲜艳的玛尼堆，为这座大山增添了浓重的神圣色彩。公路上方，挂着一块大牌子，上面赫然标着"巴颜喀拉山海拔4824米"。终于见到了向往已久的巴颜喀拉山了，我兴奋得不能自已，连忙要求停车，下来照了几张相，便被同伴拉上车，说是天色已晚，在神山路口不便久留，便匆匆下山了。

那次的巴颜喀拉山之行，给我留下了永生难忘的印象，并且以为，像这样的经历，一辈子只能经历一次，以后再也不可能涉足此地了。但没想到，四年后的又一个夏天，我又一次踏上了这座大山，欣赏到了它的另一番面貌。

这次，我到西宁举办一个展览，隆重的开幕式后，距撤展还有好几天，到哪里去呢？朋友提出到玉树州去。一提到玉树，我首先就想到了巴颜喀拉山，难免心有余悸。但想到那精彩的赛马节，只好心痒痒着又去了。

这次还是 7 月 24 日出发，一路上，明显地感觉到今年的雨水比那年好多了，草原一片碧绿，而且一路上拍了许多好相片。路过温泉乡时，碰巧有藏族群众在举行小型宗教活动。在花石峡镇吃午饭时，又在附近看到了乡村举行的小型赛马会。就这样边走边拍，不知不觉又到了巴颜喀拉山口。这次经过巴颜喀拉山时，一方面，我早有了心理准备；另一方面，天色尚早，没有上次那种恐怖的感觉。路还是那条路，挂在上方的牌子还是那块牌子，甚至路边的玛尼堆也还是以前的模样。但是，头上蓝天白云，四周群峦起伏，远处还有一群群的牛羊在静静地吃草。而周围山坡上的草，明显地可以看出来，与山下的草不太一样。这儿的草色比较嫩黄，比较纤细，像黄毛丫头似的，也更加惹人怜惜。放眼望去，青色的山，嫩黄的草，巴颜喀拉山连绵的山包上毛茸茸、暖洋洋的，焕发着无限的生机和青春气息，色调十分柔和美丽，与我上次看到的灰暗色截然不同，使人不能不慨叹这座大山的面貌多变。

我本来以为，巴颜喀拉山的美就到此为止了。没想到，在从玉树返回的路上，再次经过巴颜喀拉山时，我才算是真正见识了它率性本真的面目，才算是真正领略了它惊世骇俗的美，并被它的这种美所深深地震撼，并由衷地折服。

到玉树后，下了几乎一天的雨，第二天返回时，雨还在时断时续地下着，走着走着，这雨水就变成了雪，就见远处已开始有雪峰出现。在大夏天见到了雪，这让我们欣喜不已。渐渐地，近处的草原也开始铺上了一层薄薄的雪。一洼洼明亮的水泊，一座座披着白色纱巾的山峦，一片片白雪遮掩不住的绿色草原，还有一丛丛在风雪中照常开放的红的、黄的、紫的野花，构成了雨雪中巴颜喀拉山麓大美的奇景。我们边冒着风雪在草原上拍照，边驱车赶路。待到了前两次经过的巴颜喀拉山山口时，一幅我从未见过的，也根本想象不出的绝美

的奇景蓦地闯入眼帘。只见整个巴颜喀拉山脉，凡是我们视线所及的
地方，银装素裹，耀人眼目，全部是一片洁白的、白玉一般的冰雪世
界。更妙的是，眼前虽还飘着零星的雪花，而天上却是艳阳高照。这
一瞬间，巴颜喀拉山，这座本意为青黑色的山，在明媚阳光的照耀
下，变得奇妙无比，美丽非凡。仿佛是琼山玉宇、神话世界，是那
么地晶莹剔透，熠熠生辉；是那么地冰清玉洁，纤尘不染；是那么
地广阔无垠，恢宏万象；是那么地庄严圣洁，摄人心魄。站在这接
近 5000 米的巴颜喀拉山巅，望着这难得一见的神姿仙态，绝世奇观，
使人不能不油然生出一种睥睨天下、傲视群山的豪气。眼前那种静谧
安详、大美至美的绝世景象，那种纵目所及，一览无余，晴空万里，
雪原无垠的博大、雄浑的气势，不能不注入于自己的灵魂，产生容纳
天地、浑一自然的胸怀和视野；不能不强烈地荡涤着自己的心胸，从
而洗尽尘世的杂念和烦恼，极大地提升审美品格和精神境界。

望见恍若梦境——不，就是梦境中也想象不到的绝美景象，我
们瞠目结舌，心灵震撼得说不出话来。同行中的小伙子、姑娘们，本
来有的还有点高原反应，这时一下都好了，惊叫着冲下路基，纷纷拍
照留念。

过了山口后，无垠莽原，还是一片冰雪，好在现在还是盛夏时
节，公路上的雪都化成了水，汽车并不难走。这时，我看见远远的山
坡上有大片的牛羊，为这雪中的神山增添了许多生气。这时，一位身
穿藏袍的年轻小伙子走了过来。他手拿牧鞭，一看就是这群牛羊的放
牧人。我连忙下车，想跟他攀谈几句。谁知，他除了脸上堆满憨厚的
笑容外，却并不会汉语。于是，我也只好向他露出真诚的微笑后上了
车。告别了这位可敬的风雪中的牧人，也告别了给了我神奇印象和终
生启示的这座晶莹剔透的圣山，继续上路了。

2009 年 8 月

多彩神奇的高原

2009 年的秋天，我利用国庆长假，又上了一次三江源。这次主要去的是果洛地区，是三江源的另一片重要区域。

在去之前，有在果洛生活过的朋友劝我，那儿海拔不比玉树低。夏天草原上牧草茂盛，可产生大量氧气。秋天草木枯黄，不但没什么风景好看，高原上的含氧量会减少一半。而且这时候雨雪多，路途危险，还是明年夏天再去为好。可是，三江源地区巨大的美的诱惑，使我怎能再等到来年呢？于是，我还是按捺不住地上路了。

到西宁后，听从朋友的劝告，我们先上了一趟祁连山。"祁连山下好牧场"，现在正是祁连山风景正好的时候。一路上，天气好，风景好，心情更好。我们实际上是沿着祁连山一直往前走的。绵延不绝的祁连山上，山峰覆盖着皑皑白雪，山麓点缀着被秋色染红的林木，山脚路旁排列着叶片金黄的白杨树，就像一幅幅色彩明快的油画，看得人心旷神怡。

山坡上，是连绵的草原。这时也是一派繁盛的气象。有的草场上，有大片的牦牛和羊群静静地吃草。有的牧民，正忙着转移草场，牦牛驮着帐篷，藏狗护送着羊群，男人在驱赶着牛群，妇女怀抱着孩子。就这样，他们从一个草场转到另一个草场。草场在哪儿，家就在哪儿。

第二天，我们从西宁出发到果洛州的所在地玛沁县大武镇。本来从西宁到大武，应该从贵德一路走，但我们却走错了路，绕了个大弯子,从贵南穿过去,才找到去玛沁的正路。但这样,也使我们深入到了人迹罕至的高原腹地,看到了更为原始、自然、神秘的草原景色。只见在秋天的艳阳照射下,在蓝天白云的映衬之下,山坡上的大片草原上,牧草不但格外茂盛,而且这时竟然变得一片金黄,透着晶莹明亮的光泽,随着微风,荡漾出一片片金色的涟漪。虽然没有夏日草原的繁花似锦,但这纯粹的色调使人觉得更为圣洁;虽然没有青草的旺盛,但那挺拔的身姿更显示出生命力的顽强。这一片片、一块块,绵延不绝、空旷寂静的金色草原,在远处峙立的雪山怀抱中,静静地延伸着,自在自为地任意生长着,是那么地辉煌,那么地耀人眼目。用"金牧场"来形容,真是再恰当不过了。

边如醉如痴地欣赏着秋日的美景,边沿着蜿蜒的溪流向前走去,只见地势越来越高。这时,也不由得感到有些心慌气喘,但眼前的美景吸引着我们。汽车穿越黄河峡谷军功峡,经过著名古寺拉加寺,直向果洛州的所在地大武镇驶去。果洛州靠近著名的阿尼玛卿雪山,这座著名的大山海拔6000多米,是藏族人民极其崇拜的神山之一。到了玛沁县境内时,见到前侧面有座大山,山岭崇峻,积雪洁白,应该就是阿尼玛卿雪山了吧。我们不顾心慌气喘、微微头疼的高原反应,兴奋地忙下车拍照。就这样,我们边走边照,一直到了晚上9点来钟,才到达了大武。

大武海拔4000米左右,是州府、县府的所在地。晚上摸黑住下后,也就早早地睡了。第二天上午,适逢十一国庆节,这可是中华人民共和国成立60周年的大庆啊。此时北京花团锦簇,披红挂彩,正在举行盛大的国庆典礼和阅兵式。我们虽在青藏高原边远偏僻的小镇,但这旷世盛典岂能错过。于是,当下决定,推迟行程,在旅馆里看完阅兵式再走。打开大武小旅馆的12英寸电视机,就着方便面,高原反应再加上激情难抑,心脏跳得鼓点似的。就这样,在远离首都、远离家乡的地方,我们可以说是捧着自己的一颗心,看完了新中国60华诞的阅兵式，度过了终生难忘的一个上午，有生以来最有特殊意义的一个国庆节日。

看完了阅兵式，我们继续出发，往达日方向走。国庆节的天气，真是好得出奇。一路上艳阳高照，天蓝云白。金色的牧场铺展在山麓，一直延伸到天际。达日毗邻黄河发源地玛多，是著名的黄河谷地。这儿不但有大片茂盛的金牧场，还不时可见蜿蜒的黄河伴随着我们一路前行。跨过据说是黄河第二桥的达日大桥，就到了达日县城，也是一座简朴的小镇，正在修整街道，路面尘土飞扬。穿过县城，就见黄河流成了一面扇形，许多牦牛在河中饮水嬉戏。

金色的牧场不但风景很好，而且道路很好。于是我们想趁天黑前多赶点路，到相邻的班玛县再休息。谁知道，这一疏忽，差点出了大乱子。走着，走着，天就快黑了。这时，我们的头上还是晴天，有满天彩霞，但身后已是乌云滚滚，电闪雷鸣了。正在我们庆幸躲过了雷雨，下车想拍照时，忽然头顶一声炸雷，豆大的冰雹从我们的头顶倒下来了，刹那间，刚才在夕阳下还金黄色的山头就变白了。要命的是，此时，我们正行驶在海拔4453米的莫坝东山垭口，这是巴颜喀拉山东南端的一个山口，也是达日到班玛的路上最高的一个山口。而这时，山路沿着山脊不但长得不断头，而且还在往上延伸。头上是令人极其恐怖的雷电，眼前是路面上蹦豆似乱跳的冰雹。我们进也不得退也不能，只能提心吊胆地硬着头皮开着车一点一点地向前蹭。这时候，在巴颜喀拉山的东南端，在这座著名的令人恐怖的大山的山脊上，在倾盆而下的冰雹中，在撕裂长空的雷电声中，蹒跚蠕动的只有我们这辆白色的小车，车内人的感觉可想而知了。那一瞬间，不仅让我们见识了巴颜喀拉山的另一番面目，其实是它露出的真正面目，而且也明白了许多东西。有生以来真正感觉到在天地之间，人是那么地渺小无助，大自然的威力是那么地强大。也理解了藏区的人们，为什么要对大自然那么尊崇，对神秘的神圣力量那么膜拜，为什么要那么笃信宗教了。

　　但是，经过这一劫，第二天清晨，我们上路时，一夜雷电、冰雹洗礼的天空，空气格外澄净清新。大地上的金色牧场，也散散落落地铺上了洁白的雪花。望着这铺金洒银、分外妖娆、分外瑰丽的原野，昨晚的劳累和惊悸顿时无影无踪。而且好像是大自然特地慰劳我们似的，一路上的美景一个接着一个，隆格山、扎拉山、红山口、乱石头……晴天丽日下的金银相错的美丽草原，白云缠绕的青黛色的峥嵘山峦，天地相连的高原奇观，不知从哪儿冒出的曲折蛇行的高原小溪，令人目不暇接，流连忘返，加倍补偿了我们昨晚的精神打击。我们由衷地感到，与眼前所得的享受比较起来，昨晚的遭遇，不但是微不足道的，是旅途中可遇不可求的一个意外的惊险刺激，而且是人生的一段难忘经历和珍贵记忆，是伴随自己终生的一笔特殊的精神财富。

2009 年 10 月

拉卜楞的盛会

2010 年的正月，甘肃拉卜楞寺举行传统的"毛兰姆"祈祷法会，并有神奇的晒佛、跳法舞等活动。这儿紧邻三江源地区，文化习俗大致相近，我就专门赶去参加了。

拉卜楞寺位于甘肃省甘南藏族自治州夏河县，是藏传佛教格鲁派 6 大寺院之一，在甘、青、川地区都有着很大影响，而且是著名的佛教学府，目前保留有全国最好的藏传佛教教学体系。全寺共有 6 大经堂，最大的是闻思学院经堂，又称大经堂，可容纳 3000 僧人诵经。拉卜楞寺每年正月都要举行祈祷法会，藏语称为"毛兰姆"。自正月初三晚起，到正月十七止，历时 15 天。主要活动有正月初八的放生、正月十三的晒佛（又称"亮佛"）、正月十四的跳法舞法会、正月十五的酥油花供灯会等。

被各种琐事所累，我到达拉卜楞时，已是正月十二，也就是公历的 2 月 25 日了。在我向拉卜楞赶时，四周的藏族群众也以各种方式向拉卜楞涌去。最令人震撼的，是在公路上不断见到磕着长头去的那些虔诚的信众。他们有单独的，也有一家老少一起的。三步一磕，五体投地，每一个动作都满含热忱，每迈出一步都诚心实意，朝着既定的方向，以血肉之躯，在冰冷坚硬的沥青路面上，用这种方式，日复一日，毫不懈怠地行进着。不知经历了多长的路途，度过了多少日子。这是多么坚韧的意志，多么坚定的信仰啊！

拉卜楞寺为藏语"拉章"的转音，意为"佛宫所在的地方"。它坐落在大夏河旁，坐北向南。西北山似大象横卧，东南山松林苍翠，寺前开阔平坦，大夏河自西向东北蜿蜒而流，形如右旋海螺，可谓山清水秀，风光宜人。我们晚上到达后，住在寺旁边的一个招待所内。据说，这是寺主嘉木样呼图克图活佛招待客人的地方，十分幽静整洁。谁知，刚刚安顿下来，大家作好了各种准备，摩拳擦掌，打算明天好好拍摄一顿时，忽然外面纷纷扬扬下起了雨雪来。明天的晒佛活动还会如期举行吗？我们的拍摄会受影响吗？带着这些不安和高原反应，我几乎一夜都没睡安稳，只是在天快亮时，才迷糊了一会儿。

谁料，清早起来，这些雨全变成了雪，四周的山头上、原野上，全都披了一层洁白的轻纱，显得更加圣洁，更加美丽，映衬得红墙金瓦的拉卜楞寺，更为巍峨，更为壮观。奇妙的是，雪花还在纷纷扬扬地下着，太阳却同时出来了，投射着暖暖的光芒，照射得半空飞舞的雪花格外晶莹、格外灵动。这可真是难得一遇的拍摄的好天气啊！一夜的雨雪，等于将大地的空气过滤了一遍，空中飘浮的灰尘，都被清理干净了，这样拍摄出来的东西，清晰度特别好。在我们兴奋地这样说着的时候，招待所的服务员也说，这对晒大佛也是很好的。这么盛大的活动，难免会扬起灰尘，落在佛像身上，雨雪盖在地上，佛像就沾不上灰尘了。

匆匆吃了早饭，我们来到了专为晒佛而修建的晒佛台前。台下的广场上，已经有不少人聚集在那儿。四周的道路上，人们扶老携幼，满怀期待，正兴冲冲地向这儿赶来。不知不觉间，雪停了，太阳露出了笑脸，晴空万里，一丝风也没有，人们的心情也格外舒畅。藏民们身着民族盛装，个个脸上洋溢着自豪、喜悦的笑容，趁晒佛仪式还没开始，有的到煨桑台前煨桑，有的到佛殿前上香献供。

快到 10 点钟时，听到一阵嘹亮的鼓号和诵经声。随之，从寺门前走出了一支队伍，人们立即涌了上去。队伍的前面，是十几个穿着古时藏族武士服装的喇嘛，他们骑在高大、装饰华美的骏马上，手执皮鞭，在前面开道，表现出佛法的威严。后面，是一队身穿大红僧衣的喇嘛，打着黄罗伞盖，彰显出了仪式的尊贵。队伍中间，是百十个精壮的年轻喇嘛，抬着巨大的卷起的佛像，边大声诵念着佛经，边齐心协力地向晒佛台走去。见佛像抬出来了，人群顿时沸腾了起来，纷纷涌向佛像。无数哈达，像空中飘舞的雪花般飞向佛像。不少人奋不顾身地冲破阻拦，以头顶礼，以手抚摸佛像。抬佛像的喇嘛们不受干扰，大声诵念着佛经，顽强地向山坡上的晒佛台走去。一会儿，他们将佛像抬到了晒佛台上，徐徐地展开。大家以为，这下可以一睹大佛的真容了吧。谁知，展开的佛像上面，笼罩着一层金黄色的纱幔，大家只好耐心地等待。这时，有几个喇嘛，引导着佩饰鲜花的"花神""土地"，从山坡上下来。在举行晒佛仪式前，他们要绕行晒佛台一周，这样，可带来一年的丰收和吉祥。同时，台上、台下的活佛、高僧一起诵读起佛经。在响亮的佛经声和鼓号声中，罩在大佛上的纱幔自上而下，一点点地褪下。慢慢地，大佛露出了曼美曼妙的真容，在临近正午的明媚阳光的照耀下，是那么地神采奕奕、庄重大方，那么地光彩夺目、撼人心魄。

这时，广场上已经聚集了几万人，除藏族群众外，还有不少汉族人，甚至还有许多外国人。见到这样壮丽的图画，这样激动人心的场面，一时间，大家一起欢呼起来。虔诚的藏族群众，更是激动万分，有的边拭着泪水，边念诵着佛经，有的倒身下拜，磕起长头来。

我仔细欣赏、瞻仰着佛像，发现那是一幅巨大的绣毯式的唐卡。宽30多米，长约100米。上面的绣像色彩艳丽，工艺考究，佛像惟妙惟肖，面容慈祥，真是一幅罕见的工艺品。不仅在中国美术史上，甚至在世界美术史上，都应该是一个奇迹。

晒佛仪式进行了大约半个小时，喇嘛们又照原样，将佛像收了起来，顺原路抬回寺内。我们也回到了招待所吃饭休息。但神奇的是，这时候，原本晴朗的天空突然又阴了下来，虽没下雨雪，但也不见一丝阳光。见我们诧异，旁边热心的藏族老人告诉我们说，每年的晒佛节都是这样的。不管天气多坏，晒佛像的时候，都会出太阳，晒过佛像后，天气就很难说了。

第二天，是传统的跳法舞法会，这是拉卜楞寺正月"毛兰姆"祈祷法会的另一个重要内容。据介绍，跳法舞由寺院专门组织的法舞队进行，人数一般 30 左右，他们头戴各种夸张的传统面具，上演一出以正驱邪的故事，最后由大法师率领舞者和僧众，将用糌粑捏成用以供神施鬼的食品，送至寺郊焚烧结束，以预祝一年平安、吉祥、如意。跳法舞在拉卜楞寺的主要建筑大经堂前举行。我们虽然早早就赶到了那里，但已有不少藏族群众围成了一个大圈子在那里等候。听说 11 点时才正式开始，我也赶紧抢占一有利地形，在那里耐心地等待。这时，四周的藏族群众越聚越多，他们身上散发着好闻的酥油香味，在我的身边挤来挤去，也在争抢着好的位置。我就像浪涛中的一叶扁舟一般，高举着相机，被人群推来拥去，累得够呛，好不容易到了开始的时候，拍了几张相片，实在坚持不住了，只好退了出来。虽然被拥挤的藏族群众挤了出来，但我心里还是很高兴，因为我毕竟和他们是心息相通的，都有着共同的心愿，那就是祈望吉祥如意、天下安康。

2010 年 2 月

狮龙宫殿与年宝玉则

2010年8月5日，我第五次踏上了这片神奇的高原。

这次是青海朋友来电话说，果洛州的达日县要举行格萨尔文化节，还有系列民俗活动展示，说得我怦然心动。正好，我想再看看果洛藏族人文方面的东西，于是，料理好手头的事务就出发了。

这次，为了尽量不走重复的路，我们从西宁出发，经花石峡，绕过大武直接到达日县。

由于路远，再加上沿途停顿拍照，车到达日时，天已黑了。

当地的朋友嘉熙东强在路口接上了我们。他遗憾地说，由于我们来晚了，民俗展示活动下午刚结束，格萨尔文化节也由于种种原因，没能如期开展。尽管如此，我还是很开心，因为我又一次来到了这片神奇的土地，这片给人以灵性和激情的土地。上次由于是路过，没能好好在这儿看看，这次可以补上缺憾了。至于能看到什么、拍到什么，那就随缘了。

嘉熙东强是当地的藏族人，三十多岁，高高的个子，黑黑的脸膛，在内地上过大学，现在是县民族中学的校长，也是个摄影发烧友。他为了安慰我们，热情地建议：格萨尔文化节虽然没看到，格萨尔的狮龙宫殿在县城附近。县里还建有以格萨尔的王妃命名的珠姆广场，每晚都有自发的群众文化活动。还有著名的查郎寺，黄河滩流谷地，藏族牧民的放牧生活，都可以拍。最后，他说，他妻子下午参加县里的展示活动，按照民族风俗，头上梳了好多小辫子，很费事的。

他特地没让她卸装，明天可以当模特让我们拍。对于这样的爽朗、热情、坦诚，我们还有什么可说的呢。当下决定，明天一切听嘉熙东强的，他带到哪儿，我们就去哪儿。

第二天清晨 7 点整，按照约定的时间，嘉熙东强就来接我们了。坐上车，一起向城外的格萨尔塑像驶去。格萨尔塑像是达日的标志性建筑，在县城旁的一座小山上。上到山上，那面可俯瞰全城，这面可看到壮美的黄河冲积谷地。只见在晨曦的柔和光线的照耀下，脚下的黄河，一路上伴随我们曲折穿行的小溪似的黄河，在这里竟然瀑布般地散开，洒成若干扇面形的支流，闪烁出明亮的光波，上面飘浮着哈达似的轻白云雾。河面和河岸，有簇簇黑色的牦牛在饮水吃草，构成了一幅天作之画。嘉熙东强说，这儿距黄河源头只有 70 公里。大家说可谓是黄河第一滩了。但我想，在距源头这么近的地方，出现这样壮美的景观，真不知黄河源头那貌似瘦小的身躯蕴涵了多少水量，也想不到它怎能焕发出如此的能量。

拍完了黄河，嘉熙东强带我们到路边的一户藏民帐篷前去采风拍摄。这户藏民家庭正好坐落在公路边，四周用铁丝围着，中间的白帐篷上罩着黑色的牦牛毛的编织物，还挂着颜色鲜艳的经幡。刚到大门口，里面的几只藏狗就凶猛地狂吠了起来。嘉熙东强嘱咐我们千万别靠近，他用藏语大声呼喊着。一会儿，一个年约五十岁的中年男子走了出来。听嘉熙东强校长说明来意后，笑容可掬地做出了请进的姿势，并反身抱住了狗，将它们一一拴在了木桩上。见狗都拴上了，没有了后顾之忧，我们也就放松了警惕，进入到帐篷前，忙着拍摄他们生产、生活的可贵相片。拍着拍着，我见拴着的一只黑狗，很像藏獒，就想将它也拍下来。见我端着一个黑粗的家伙对它"咔咔"地拍照，这只藏狗大概感受到了威胁，对我一个劲地扑跳着狂吠咆哮。我想它已被铁索拴住了，也就没有太在意，还是照拍不误。谁知，这狗到底是藏獒，只见它猛地往上一跳，竟然将地上的木桩拔了出来，一个箭步，就蹿到了我的面前。猝不及防的我后退两步，就跌坐在草地上了。那狗见我跌倒，冲我身上扑来，张嘴就咬。在这万分危急之际，我不假思索兔子蹬鹰般地两脚交替着向它的头部和眼睛蹬去，藏獒只好停住了脚步，将咬住我小腿肚子的嘴松了开来。这时，周围目瞪口呆的人们才反应过来，一拥而上，把狗赶跑，将我扶了起来。低头一看，裤腿虽被撕得稀烂，所幸腿上只划破了一层皮。为了安全，还是和大家一起坐车到县里的疾病控制中心去打疫苗。到了疾控中心，正好有一群年轻的藏族青年在门口举行什么活动。东强校长说他们就是医生，将情况给他们一说，这伙年轻人关心地围了上来，看过伤势之后，却个个都说没关系，在牧区是常事，不用打针。于是，我也就放心了，继续驱车，去到查郎寺和狮龙宫殿拍摄。

狮龙宫殿和查郎寺相距不远，都在距县城十几公里的地方，据说都是在格萨尔活动过的遗址上所建。这两处地方，特别是狮龙宫殿，给我留下的印象十分深刻。过去，我一直觉得，家喻户晓的格萨尔大王，是神话传说中的人物，到了这儿，才真实地感觉到了这个伟大藏族英雄无所不在的身影，并深深地感觉到了藏族人民对他的由衷热爱。据说，狮龙宫殿是格萨尔少年时神奇地让许多小狮子搬运石料垒砌围墙，神虎神龙修建屋顶而成，因而命名为"狮龙虎顶宫殿"，简称"狮龙宫殿"。据介绍，宫殿坐落在藏区的中心，四周呈现八宝如意图山形，1000多条山沟犹如连心的叶纹，东南西北都朝向狮龙宫殿。到了那儿一看，周围的山势确实有这样的特点，仿佛可以呼吸到格萨尔时代的气息。使人好奇的是，宫殿里有一个陈列大厅，陈列着许多珍贵的文物，还有几个镇寺之宝。其中有几只开口花纹都右旋的白海螺。白海螺本身就是佛家之宝，右旋的白海螺更是至宝了。我看过一个资料，这样的白海螺十万个中才能找出一个。清代宫廷曾收藏有一个，被奉为宝物，这右旋的白海螺的珍贵就可想而知了。更惊奇的是，还陈列着据说是格萨尔王时代的遗物，有刀剑、弓箭、铁盔……这一下子拉近了历史的距离，使我们由衷地相信，格萨尔不只是一个神话传说，而是真实的历史人物，达日是格萨尔文化的重要发祥地。

晚上，在宾馆住定以后，我挽起裤腿一看，不由得倒吸了一口冷气，被藏獒咬的地方已经黑肿了起来，露出了5个狰狞的牙印。想想藏区的狗应该没有传染病，我也不至于那么倒霉，为了不影响下面的旅程，不惊动同行的伙伴，决定还是不要声张，到有条件的地方再采取措施吧。第二天，我们早早起来，告别了嘉熙东强校长，赶往格萨尔文化的另一个重要地方，也是果洛藏族的发祥地——年宝玉则。

其实我上次来时就去过年宝玉则，当时，它那惊世骇俗的美和厚重深远的文化蕴涵就已经给我留下了深刻的印象。这次，我们兴冲冲地向这块圣地赶去。年宝玉则在与达日相邻的久治县，路不是很远，但要翻好几座大山。第一座就是我们上次差点遇险的莫坝东山，这是巴颜喀拉山的一部分，也是黄河、长江水系的分水岭，山势十分雄壮陡峭。这次虽是白天，而且天气很好，再次翻越时，还是给人以惊心动魄之感。经过垭口时，路牌上标志着是4453米。可它与我经过的其他大山不一样，其他大山，过了垭口，就开始下坡了。这儿却不见下坡，仍旧沿着山脊向上、向前攀升，而且旁边几乎都是陡峭的山崖。一直过了10多公里，路面竟陡然下降，连续急拐弯，使得我们的耳膜都嗡嗡直响，有些疼痛。想起那天的经历，大家都有些后怕。

过了莫坝东山，再次翻越的山垭口就是隆格山垭口了，海拔有4300米。上到隆格山垭口时，一幅绝世美景蓦地闯入我们的眼帘。只见在大团的浓云之下，一道由无数山峦组成的青黑色的山梁矗立在前方。这山犬牙交错，峥嵘雄峙，阴晴有致，气势非凡，仿佛是突然从地底下冒出来似的，与周围的草山形成了强烈的反差。路边矗立了两块大石头，一块写的是"嶙峋怪石"，一块写的是"高原古夷平面"。前面是文学语言，后面应该是地质学名词。后来我查辞典方才得知，"古夷平面"是指造山运动时，地平面或海平面整体抬升，造成山峰高度大体一致的一种地质现象。这是青藏高原演化的形象珍贵化石，有幸看到，也使我们增长了不少知识。

又过了扎拉山垭口，就到了年宝玉则了。年宝玉则又称"果洛山"，属巴颜喀拉山，是青海三江源自然保护区一个重要的湿地核心区，其主峰海拔为5369米，终年积雪，形似花瓣。山下有无数冰川融雪而形成的美丽湖泊，形成了冰川景观和高山多层次的自然生态系统，以其重峦叠嶂，雪岭泛银，严冬打雷，盛夏飞雪，风吹石鸣，月明星灿而闻名。

年宝玉则是果洛草原藏民崇拜的一座神山。传说很久以前，这里有个猎人，他救了化为小白蛇的年宝玉则山神的独生儿子，后来，年宝玉则山神化为白牦牛与恶魔激战，猎人应邀射死了恶魔。年宝玉则山神为了感谢猎人，将他的小女儿许配给猎人，两人婚后生下三个儿子，现在的果洛上、中、下三部落就是他们的后裔。因此，年宝玉则是人、神与自然共守的一方净土，是格萨尔王曾经征战、生活过的地方。

这次来虽然是第二次，但我们仍然被年宝玉则那令人震撼的美所深深地陶醉。只见夏天的年宝玉则，比我上次来时，又呈现了另外一番模样。仰望上空，是那么地清澄明净，纤尘不染，天是那么地蓝，云是那么地白，而且浓淡相宜，各成景致。浓的像大块的棉团，淡的像轻柔的羽毛，看得人心里干净极了，清静极了。再看脚下的路，铺满了锦绣似的绿草，上面缀着各式各样、各种颜色的野花，像一块美丽的地毯，一直伸展到湖边。远处，波光粼粼，奇峰高耸，深远幽静的高原湖泊映照着圣洁的雪山，给人以人间仙境、世外桃源之感。而这时，湖边正在举行祈祷仪式，煨桑台上，一股清烟正在袅袅升起，散发出松柏特有的香味。巨大的经幡塔前，一群身穿红色僧衣、头戴黄色僧帽的喇嘛正在诵经转行。待我赶到湖边时，法事已经结束。往湖中望去，真不愧是藏族群众崇奉的圣湖，湖水碧绿清澈，一眼见底，水中自由自在游着无数不知名的鱼儿。这些精灵个头不大，晶莹透明，见人不惧，反而迎向前来，摇首摆尾，煞是可爱。我伸手在湖中掬了一捧水，水质冰凉清冽，擦了擦手脸，顿感身心俱爽。转身回到湖岸草地，仰面躺下，身下花草的清香扑鼻而来，四周的虫儿在无序地歌唱。我惬意地躺着，竭力放松一路疲惫酸痛的身躯，一无所思，亦无所想，静静地享受着这份安谧，这份安详。呆呆地望着那蓝得水洗似的天空，白得纯净的云朵，不禁有不知身在何处，身为何物，了无挂碍，飘飘欲仙之感。一时间，觉得自己与自然融为一体，与天地合为一气，灵魂得到了净化，心灵得到了洗礼，整个人变得空明澄净起来。

2010 年 8 月

第 三 辑

游美日记

2001年6月1日至14日，我有机会到美国进行参观游览，沿途潦潦草草地记了一些日记，回来后因为忙，也就搁置一旁了。前些天忽然有所触动，翻出当时的日记来，觉得还有些意思，看了一下日历，正好是6月1日，游美两周年的日子，遂把它整理了出来。

旧金山（6月1日至2日）

到美国游览，第一站就是旧金山。

飞机是昨天上午北京时间9点50分从北京出发，途经东京，小憩了一会儿，中午3时又从东京成田国际机场起飞后，一直在浩瀚无垠的太平洋上飞行。从机中舷窗望出去，到了5点半时，天就已经大黑了，到了10点钟时，天却又渐渐地变亮了，这倒使我当了一回现代"夸父"，体会到了"逐日"的感觉。12时，到了旧金山，导游告诉我们，按照当地时间，得退回去一天，手表也得倒拨回去两个小时。这样，好像我们又多过了一天，心里还是很高兴的。

走出机场，阳光灿烂，导游说，这就是著名的"南加州的阳光"，既然现在是上午10点多，阳光又这么明媚，还去旅馆睡什么觉，赶紧到旧金山看看市景吧。

旧金山与我过去想象的不一样，街道并不是很宽，两旁大多是

二、三层的小楼，一个个都很漂亮、别致，阳台没有封着的，上面垂满了鲜花，墙面上刷着各种颜色的涂料，没有我们国内常见的"蓝玻璃、白瓷砖"。导游介绍，旧金山市政府有一个规定，你盖房子什么式样我不管，那是你的自由，但相邻的两幢房子颜色、式样不能一样，这就使得旧金山市区看上去那么地赏心悦目、富有个性。

旧金山的人不是很多，但都显得十分轻松、惬意。有并肩长跑的男男女女，也有骑着自行车锻炼的青年。屋前的草坪上，公园的空地中，到处可见仅穿着三点式趴着、躺着在晒日光浴的女人。导游说，这叫"晒肉"，并说，中国妇女总是以白为美，但在美国人看来，中国女人的黄肤色是最美的，所以，姐妹们啊，千万再别劳民伤财地涂什么这个霜、那个膏了。在旧金山我们还参观了市政厅，这是一幢金色圆顶的高大建筑，说是一个富翁的住宅，象征性地卖给了市政府。市政厅外面广场的草坪上，杂七杂八地躺着几个人，他们有男有女，裹着破旧的毯子，一点不顾及市政厅的"观瞻"，惬意地晒着太阳。据说，这也是美国式的"民主"，有人愿意当这样的流浪汉，那他就有整天什么事不干，这样躺着的自由。广场边上，有一幢不起眼的大楼，导游指给我们看时说，这就是当年董必武代表中共出席第一次联合国大会的地方，这倒使我们肃然起敬，拍了一些照片。

其实，旧金山和中国的联系是很多的，下午，参观旧金山艺术宫时，我看着顶部的圆穹形建设十分眼熟，似曾相识，直到导游介绍说，那是1918年举行巴拿马万国博览会的旧址，我国的茅台酒就是在这儿获得金奖，因而过去茅台酒商标上的徽记就是这个建筑的穹顶时，这才恍然大悟。旧金山也是当年大多数中国华工踏上美国国土的第一站。下午，驱车到双峰山俯看市容，这里，因有两座山峰酷肖女人的乳峰而得名，据说是旧金山的移民登高思乡的地方。踩着山上松软的泥土，我想，当年，不知有多少中国劳工，在这儿向着东方泣血而望啊。

旧金山也是对同性恋者最开放的地方。据说，每四十户家庭中就有一户是同性恋。出于好奇，我们请导游带着，专门到著名的同性恋大道兜了一圈。只见大街上静悄悄的，没有几个人，也看不出谁是同性恋者。倒见街两旁挂了不少小旗子，颜色大致像彩虹，但只有赤、橙、黄、绿、蓝、紫六色，缺青色。导游告诉我们说，这种六色旗是同性恋者特有的标志，之所以没有青色，是他们认为，青色代表着黑夜，同性恋者没有黑夜。

芝加哥（6月2日至4日）

芝加哥是美国著名的工业城市，但我们在这儿很少看到传统意义上的工厂，倒是沿途看到了不少鼎鼎大名的跨国公司的总部，如麦当劳公司、箭牌口香糖总部等等。芝加哥可谓是世界工人之都，五一劳动节、三八妇女节源自于此，八小时工作制、每周五天工作制也都源自于此。芝加哥也号称是世界建筑之都，它不但有许多世界建筑史上的第一，而且建筑风格也是很讲究的，艺术风格既有乡村的温柔，又有都市的浪漫。我们在这儿先是参观了白金汉喷泉，这是英国女王送给芝加哥的礼物。这确实是我见过的最漂亮的喷泉，一群造型各异的巨狮口中，喷射出无数道互相交叉着的巨大水柱射向天空，显示出一派雍容华贵的皇家气派。然后又上到曾是世界第一高楼、现在还算是第二的大厦去参观。令人惊奇的是，一百多层的高楼，乘电梯几分钟就到顶了。站在这上面远眺，芝加哥市容尽收眼底，还是令人心旷神怡的。

芝加哥的建筑固然漂亮，特别是站在密歇根湖旁边，远眺前方的楼群，那种现代大都市的感觉确实是很迷人的。但开车的司机告诉我们，其实，城里除办公大楼外，有钱的美国人是不住在这里的，他们大多住在郊外，只有黑人和没钱的墨西哥人才住在城里。黑人的

第
三
辑

居住条件并不好，黑人区是最脏、乱、差的地方。出于对美国社会另一面的好奇，我们提出到黑人区看一看，那位热情的司机连忙耸着肩说，这不行，太危险了。但我们在街上见到的黑人并不像他说的那么可怕，有的还非常热情。在白金汉喷泉游览时，我们见到了几个美国警察，感到十分新鲜、好奇。因为美国警察和我们国内的警察不一样，他们身上荷枪实弹，丁零当啷地挂满了武器。于是，我们中的几位女士就上去邀请那位英俊的警察合影照相，他虽然公务很忙，但仍愉快地接受了邀请。刚照完，就听后面两个黑人大汉在喊，边喊还边从背着的包中掏出一张画像举在胸口。我们不知道出了什么事，翻译告诉我们说，那黑人青年喊的是，"嗨、嗨，你们为什么不和我合影，我可和乔丹照过相啊。"原来，他手中举的是大名鼎鼎的乔丹的画像。我们当然求之不得呢。和他俩合完影后，他俩与我们礼貌地道过别，文质彬彬地走了。

芝加哥给我印象深刻的还有它的市政府。美国的市政府是可以参观的，但休息日是不接待游客的。那天，我们在市政厅旁边的广场上参观毕加索的雕塑时，感到有些内急，想上厕所，告诉了导游后，他不假思索地说，到附近市政厅上去。当我们一行半信半疑地到市政厅门口时，却只见一男一女两个腰上挂着枪的警察在把门，原来，今天恰巧是休息日。正在我们想着没戏的时候，只见导游上去，轻轻地向他们用英语说了几句，那警察就微笑着带着我们穿过一排排敞开的、桌上还堆着文件的办公大厅到卫生间门口了，然后，又在他的"看守"下，带着我们出来。当我们中有人要与他们合影时，他们也是愉快地满足了我们的要求。

纽约（6月5日至6日）

我们是在晚上到纽约的。纽约，美国的象征；纽约，我心中充满好奇的地方。从机场出来，车子向市区飞驰的路上，远望着前方灯火灿烂的帝国大厦，我心中不由得浮现出前几年看过的《北京人在纽约》电视剧中的台词，"假如你爱一个人，把他送到纽约；假如你恨一个人，把他送到纽约"，今天，我来了，将会看到一些什么呢？

果然，等第二天吃早饭时，就见饭店大厅里有一个中国人在急得团团转。一打听才知道，他昨天在外面一不小心包让人偷走了，里面的美元丢了不说，连护照都丢了，现在正急着跟我国使馆联系，看怎么办呢。这下，可让我们加倍小心了，吃饭都不敢让包离身了。

不过，到了街上，纽约还是一派繁荣、祥和的气象。我们参观的第一个景点是著名的洛克菲勒广场，那儿是繁华的市中心之一，有一个著名的基督教大教堂，有哥白尼的铜像，还有一处小小的墓地，据导游说是美国独立战争时死亡战士的墓。最有意思的，是洛克菲勒广场边上的景象，我们见那儿围了一圈人，走过去一看，才知道，是美国有线广播公司正在现场录制电视画面。摄影师扛着机子，像一个国王似的，扫到哪儿，哪儿立刻爆发出一片欢呼声，也有不少人高举着标语牌，极力地想让摄进去。经询问导游，才知道，这是他们的一个著名传统，每次录完整点新闻节目后，都要在这儿扫一圈，既有现场感，又吸引了游客。所以，许多到纽约的人都要在这儿露一脸，若电视中出现了自己的画面，回去后也有一个可向周围人炫耀的资本。当然，也有人借此表达自己的政见，那些举标语牌的人，大概属于这些人。这让我们对美国式的新闻自由，又多了一些了解。

接下来参观的是自由女神像，这又是一个慕名已久的景点。自由女神像在一个小岛中，我们在码头边排着长长的队伍等候的时候，这才真正地体会到了纽约这个国际大都会的眼花缭乱，不仅排队的人中什么肤色、什么国籍的人都有，而且旁边充满了各种各样的杂耍、卖艺的人们。令人惊奇的是，他们好像哪国的语言、音乐都会。当我们排队走近一个拉小提琴的黑人时，他马上熟练地拉起了中华人民共和国国歌，在满大街飘着星条旗的地方听到我们的国歌，心中还是很自豪、激动的。美国人有时也真单纯，当有个翻空心跟头的黑小伙要求几位美国妇女弯腰排成一排，让他从上面翻过去时，这几个兴高采烈的胖女人真的排成一排，让他从上面翻了过去。这让那几个女人乐不可支，脸上洋溢着十足幸福的笑容，看起来还真有点傻乎乎的可爱。

终于，我们上了船，向矗立着自由女神像的小岛驶去。自由女神像是当年法国人民送给美国人民的礼物。据说，她是以法国农妇的模样塑造的，向美国人民送来这尊塑像时，法国一位著名的诗人还同时写了一首诗送了过来："假若你穷困交迫，假若你走投无路，到这片土地来吧……"这反映了当时法国和美国人民对自由的深切渴望，这也说出了一切热爱自由的人们的心声。然而，时代到了今天，美国记住了当年这呼唤自由的声音了吗？世界真的实现了这种自由的理想了吗？这只能由美国人民来回答，由世界人民来回答了。

接下来，我们又参观了华尔街、世贸大厦、联和国总部和时代广场等。这些，都是纽约很有代表性的地方。当时，参观这些地方的时候，感觉十分兴奋、十分新鲜，只是睁大了好奇的眼睛，到处看，到处拍照，倒没留下多少印象。回来后，看到了世贸大厦被炸的新闻，惊叹之余，倒是勾起了不少回忆。记得那天参观世贸大厦时，我是不太在意的，因为已经在芝加哥登过了曾是世界第一的高楼，所以上世贸大厦时，是没有多少新奇感的。可是在排队入内时，却碰到了一点小麻烦。一个黑人女保安看到我手中拿的照相机，实际上还是一个傻瓜相机，接过去审视了半天，用英语叽里咕噜问我，我不懂英语，又怕她把我机子里的胶卷给弄曝光了，赶紧说照相机、照相机，怕她不懂，还拖着洋腔。可她还是不懂，示意让我留下来，转身走向在一边站着的一个腰带上挂着枪的像是警察的大个子黑人，那位警察先生倒是懂行，接过来略看了看，一扬手，我也就"拜拜"了。入口处受阻，虽无大碍，但多少让人有些不愉快。下了电梯，要进到屋顶观光层时，又遇到一层关口，原来，这是一个摄影的地方，带有商业性质，每个游人从这儿经过，都被这儿的漂亮黑人姑娘拉住，给你照张相，等你下来时，相片已洗印好挂在那儿，你若要，就付钱拿走，若不要，也照走自己的路。这儿的黑人姑娘倒会说汉语，一见我们走过来，马上热情地招呼："帅哥，来。"就熟练地拉我们摆姿势。我们虽明知这是一种商业行为，但在世界旅游者云集的这种地方，听到这亲切的母语，看到这灿烂的笑脸，心里还是十分受用的，于是一个个顺头顺脑地被拉过去，由她摆好姿势照了相。那时，也是上午九十点的时光。"9·11"事件后，我倒一直惦记着，不知那天给我照相的、安检的那些黑人姑娘罹难没有，我衷心地祝她们安康！

华盛顿（6月6日至7日）

前些天，我们到美国各城市时，都是乘的飞机。美国的航空业是十分发达的，而且航空的拥挤也是令我意想不到的。在各大城市起降时，在空中，要坐着飞机在空中排着队边兜风，边等待降落，要起飞时，也是一架飞机接着一架排着长队等待。这次，从纽约到华盛顿，是坐大巴车去。美国是一个汽车文化国家，有机会能在美国坐汽车作一次长途旅行，我们还是很高兴的。美国的公路很好，高速公路都是 20 世纪 30 年代修的，而且都是国家投资。由于用的是纳税人的钱，所以也没有国内常见的收费站。从纽约到华盛顿的公路两边都是草坪，一路绿草如茵，路上的行人也都比较友好，有的小姑娘看见我们，还高兴地从车窗伸出手来，热情地和我们打招呼。这样，早上 8 点半出发，下午两点多就到华盛顿了。华盛顿虽是美国的首都，但城市规模并不大，人口也只有 90 多万人，给人的感觉像是个大公园，到处是如茵的绿草，美观的树木，没有大都市的喧哗和躁动。而且它这儿也没有一般首都的森严和戒备，所有的地方都可以参观，所有的

第三辑

博物馆、展览馆都不收门票。华盛顿也是美国黑人比例最高的城市，黑人比例高达70%，这在以白人为主体的美国，也是一个让人有所感触的反差。到了华盛顿后，我们先到白宫参观。白宫规模并不太大，是按华盛顿的要求，以苏格兰乡村别墅的式样建的。由于他少年时，对官府衙门曾有过神秘和好奇，所以，他理解一般人们的心理，要求总统府必须允许人们入内参观。据导游介绍，不要说白宫，就是五角大楼，也可以入内参观，不过保密措施极为严格，陪同你参观的军官都是倒着走，以便能面向参观者，随时防止你超出参观范围。本来极想进白宫看看，但那天不巧不是参观日，所以我们没能入内，只是在白宫外面看了一会儿，照了几张相。然后，又到美国国会参观。国会山是华盛顿的中心点，这天倒是开放，但排队的人多，我们在外面看了看，觉得不进去也罢，就到附近的国会图书馆、联邦法院、艺术馆进去参观了一番。

据导游介绍，在美国，总统任过两届，死亡后50年，如若仍经得起历史的检验，可以在首都为他们建纪念性的建筑。所以在白宫和国会山附近，有美国几位著名的总统的纪念碑、纪念堂。除华盛顿外，还有杰弗逊、林肯和罗斯福的。华盛顿纪念碑是一座似利剑般直插云霄的白色石雕，高度169米，为华盛顿市最高建筑，碑前有他骑着马的青铜塑像，尽显其军人气质。但我更敬佩的，还是他的平民意识和坦荡胸襟。美国独立战争结束后，他作为立有不朽战功的统帅，把那些一同打天下的将士召集在面前，对着这些身上伤痕累累的老兵，用低沉、充满内疚的语气说，战争已经结束，国家没有钱，也没有能力安排他们，我们还是回家去吧。这些和他出生入死的老兵听了这话，虽有暂时的骚动，但在他巨大人格魅力的感召下，仅用湿润的眼睛望着他，郑重地敬了最后一个军礼，便默默地转身，自动解散回家了。他自己也卸下一切公职，交回一切荣誉，回到自己的农场老家务农去了。到后来美国人民需要他，国家需要他时，他当了第二届总统后，又不恋栈位，坚决彻底退休，这也是他为美国人民和世界人民崇敬的原因。我坐在他的青铜塑像前，一边歇足，一边遐想，内心涌起了无限思绪。

在华盛顿对我触动比较深的，还有韩战纪念碑。在参观林肯纪念堂时，导游就告诉我们，在这附近有韩战纪念碑和越战纪念碑。这两处都和中国有关系，而且都是纪念失败的战争。所以我很想去看看是什么样子。因时间关系，我选择了一处，到韩战纪念碑。一看，出乎我的想象，这儿只是一处草坪，在草坪后面立着一面黑色花岗岩的墙壁，墙壁上用激光照排着 2000 余位美国士兵的面孔，似隐似现，仿佛正透过历史的帷幕，悲愤地向人们诉说着什么。下面的基座上，赫然刻着一组数字，是美军在这场战争中死亡的人数，且精确到了个位，充分反映了对每一位个体生命的尊重。墙壁前的草坪上，塑着 19 位正在泥泞中溃退的美国士兵。他们身披雨篷，全副武装，神情惊悚，小心翼翼，似乎脚下随时有地雷爆炸，身边随时有弹雨飞来似的。没有记录仇恨，没有铭刻耻辱，着力表现的是对战争的恐惧和反思。我觉得，对这场战争，用这样的方式纪念，还是很能警醒后人的。

拉斯维加斯（6 月 7 日至 8 日）

早上，从华盛顿登机出发到拉斯维加斯，下午 4 时就到了。过去，就知道拉斯维加斯是美国有名的赌城，但没想到，刚下飞机，就听到机场大厅里叮叮当当的硬币敲击声，放眼望去，机场里凡是有空隙的地方，都安着老虎机，我们抵制住诱惑，跟着导游快步走出机场大厅。

拉斯维加斯位于内华达州东南角的大沙漠之中，原本只是印第安人的居住地，1830 年，西班牙探险队发现此处后，不断有居民来此开垦。但这儿土地贫瘠，很少资源，和我们西部的有些地区一样，也是既不沿边，又不靠海，很难发展起来。为了发展这块地方，美国联邦政府一方面大搞基本建设，为这儿修了铁路、高速公路，修了大型水电设施，另一方面给了特殊政策。美国当时的总统说："为了摆脱你这儿的困境，我可以允许你这儿开赌，但你必须要保证其法制化。"此令一出，市区的赌场纷纷成立，赌城之名也就逐渐传开。陪同的导游告诉我们说，拉斯维加斯没有工业，国民经济主要靠赌博业和旅游业，现在不但成为美国西部中一颗璀璨的明珠，而且每年上交联邦政府300亿美元，由国家财政的补贴户变成了上缴户，这样，随着经济地位的提升，政治地位也就自然提升了。

导游还说，拉斯维加斯也是美国最安全的地方之一，在这儿，一切都是法制有序的，每个赌场都有电视监控系统，你赢了多少钱，都可以提走。不过，他也善意地提醒我们，在赌场上赢钱的概率很小，输的总是大多数。真要想玩，花个一二十块钱，寻求一下刺激就行了，千万不能指望赢钱，更不能沉溺不拔，否则，你会赔光的。

我们这些人不是赌徒，也没那么多钱去赌，大家的兴奋点还是在拉斯维加斯美丽的景色上的。所以略事休息后，我们就在导游的带领下，乘车出发观光去了。到了拉斯维加斯我才知道，世界上最高级的酒店，是在这儿，世界上最美丽的夜景，也是在这儿。由于拉斯维加斯大量的旅游人口，世界上大的投资也在这儿。世界十大酒店中，有九家在拉斯维加斯，而且其富丽堂皇的程度，真是令人难以想象。我记得观光了一家叫恺撒宫的酒店，已经很难用星级来衡量了。进去以后，简直就不知道自己进了一家酒店，而是时空倒流，如同进入了中世纪的威尼斯商市。宫殿穹顶上的人造天空，一会儿蓝天白云，一会儿晚霞高照，如同置身于美丽的室外自然之中。下面，是一条清水流淌的小河，小河上荡漾着一只只小船，船上，年轻英俊的水手唱着动情的歌曲，不时有胖胖的美国妇女爬上小船，如同跟自己的情人幽会般，脸上洋溢着幸福的傻笑，仿佛在追思着自己年轻时的梦。小河两边，是各种眼花缭乱的店铺，不时有装扮成种种角色的人物走来走去，或是一个幽灵，冷不丁到你面前吓你一跳，或是中世纪的一个美丽的少女，为你献上一个香吻。而且，她们还可以随时陪游客照相，只要你提出要求，她们都是很乐意满足你的。

不只是恺撒宫，拉斯维加斯的各个酒店，为了吸引客人来赌博，都使出了各自的绝招。有的陈列着价值上亿美元的凡·高的真迹，有的把酒店布置得就像是一个美丽的花园。更令人称奇的，是在各酒店的门前，都有自己耗费巨资的大型表演，这构成了拉斯维加斯的五光十色，绚丽多彩，也构成了拉斯维加斯的不眠之夜。一阵轻柔的音乐，把我们吸引到一个巨大的水池边，迷蒙的气氛中，音乐喷泉在轻曼地扭动，水面上荡起的雾在缠绕着我们，雨丝在轻拂着我们。忽然，音乐变得激昂，无数晶莹的水柱倏地喷向天空。水的精灵在尽情地舞蹈，变幻多姿的韵律使人流连忘返。水的表演还没看够，那边又火光冲天，每隔 15 分钟一次的火山爆发表演又开始了。只见一座水池中假山的顶部升起一股赤红的雾气，雾气在慢慢地向四周扩散，隆隆的闷响在耳边由远到近地传来。突然"轰"的一声，一股夹着烟、带着雾的赤红岩浆喷涌而出，它在山顶涌动着，翻滚着，大股大股的岩浆从山顶流淌下来扑向水面燃烧起来，水面在沸腾，大地似乎也在颤抖，一声爆响，引起了巨大的轰鸣，一座火山爆发了，映天的火光烧红了半个天空，翻滚流淌的赤红液体从天而降，悚然而至的内心震颤反而给人们带来了别样的快感。

洛杉矶（6 月 9 日至 11 日）

昨晚贪看拉斯维加斯的夜景，1 点多才睡，今早要坐汽车到洛杉矶，中间又要绕道去看著名的科罗拉多大峡谷，导游说要走 1400 公里，所以早上 5 点半就出发了。

汽车平稳地行驶在美国辽阔的土地上，这是美国西部的土地，也是在美国大片中看到过的神奇的土地，周围的景色既熟悉又陌生。一路经过不是平坦的高原，就是广袤的沙漠，都绿化得很好，草长得很茂密，但遗憾的是，见不到心目中的西部牛仔。

中午到达科罗拉多大峡谷，这里原是印第安人生活的地方，至今还有少量的印第安人在这儿。大峡谷地貌有点像我们西部黄土高原的沟壑，但要壮观得多，感觉到地球在这儿裂开了一条巨大的缝隙，长不见头，深不见底，深红色的沟壑，巉岩般壁立，犬牙般交错。深蓝的天空中，有雄健的苍鹰在盘旋，沟壑的底部，隐约可见印第安人的小屋。这一切，使人在惊叹大自然鬼斧神工的同时，不由得产生出一股神秘、敬畏之感。

从大峡谷出来，汽车沿着平整的高速公路一路疾驶，晚上就到了洛杉矶。洛杉矶是美国西部最大的工业中心，制造业居美国第三，但它的城市建设为城镇群组合体，大而分散，由近百个小城镇组成，市区人口约 350 万。这也是西方国家城市建设的新思路，在经历了大都市的喧嚣和不便后，开始改为更适合人类居住的小城镇。

到洛杉矶的第二天一早，我们便按捺不住兴奋的心情，去参观慕名已久的好莱坞。好莱坞是娱乐业的统称，其代表性的参观地是好莱坞环球影城，位于洛杉矶的西北角。上世纪初，一些电影制片家在这儿发现了理想的拍片环境，便陆续在此拍下了不少影片。以后，一些电影人逐渐集中于此，使之成了举世闻名的影城。40 年代是好莱坞的鼎盛时期，在这儿摄制出了大量成为电影史上代表作的优秀影片，同时好莱坞也成了美国的文化中心和著名的游览胜地。一进影城大门，门口的雕塑就鲜明地标示出了这儿的特点。在一个地球模型前面，是一组正在紧张工作的电影人的铜像，有导演、摄影、演员，主要的工作人员个个栩栩如生，全神贯注。进了大门里面，可就像时空倒置，迷失了自我，不知自己置身于何时何地了。在一座神秘的洞窟前面，立着一位漂亮的阿拉伯少女，当我们为她惊人的美丽所吸引，进入那座洞窟之后，才惊呼大上其当，在迷幻的灯光中，美丽的少女不知去向，从拐角处猛向你怀中扑来的却是一具狰狞的骷髅。其后在弯弯曲曲的穿行中，不断听到的是受到恐怖惊吓的尖叫声，我们真正走进了中世纪恐怖的东方魔洞中，在不知会遇到什么样的灾难中拼命找寻逃生的机会。走出魔洞，惊魂未定，我们又到了中世纪的海盗船前。一声尖厉的呼哨，海盗袭来了，火光冲天，厮杀正酣，风浪中飘摇的小船上的水手拼命地向远处高空中的海盗开火，不时有海盗从高空中弹坠入火海，但最后英勇的水手还是战胜了疯狂的海盗，一个个把海盗打死。逼真的表演使人屏声静气，高科技的声、光、电组合更是使人如临其境。

最有趣的，是乘影城的电瓶车在各景点游览。一会儿是中世纪的乡村民居，体味到一股浓厚的怀旧情绪；一会儿是上世纪美国西部的小镇，使人联想起西部开发的场景；一会儿经过怪兽出没的湖泊，倏然发出巨吼、伸出巨颈喷水的怪兽会浇你个浑身湿透；一会儿经过正在发生地震的隧道，座下的电瓶车剧烈摇动，头顶的石壁破碎坍塌，让你在黑烟滚滚中尝试绝望的感觉。

走出了让人惊心动魄的环球影城，我们来到了好莱坞明星大道。奇怪的是，大道中心处却是一座大红大绿，题写着"中国戏院"四个大字的建筑，说是中国戏院，但其建筑风格却更像一座怪异的古庙，这在让我们有几丝自豪感的同时，也生出了许多的迷惑。我想这可能反映了美国人追求荒诞不经的美学趣味吧。中国戏院的前面，不但在地砖上镌刻着许多电影艺术家的名字，而且地面上有许多明星亲自印上去的手模、脚印，许多各国来的影迷蹲在地上抚摸着自己心中偶像的模印，寻找着与明星们的心灵感应。

从明星大道出来，在参观了奥斯卡颁奖会现场和1984年洛杉矶奥运会主会场后，我们来到了著名的比华利山庄。这里是美国闻名遐迩的高级住宅区，许多明星、大腕、富豪住在这里。美国各处的环境算是够好的了，但是到了这里仿佛又到了另一个天地。精心栽培的树木，整洁的草坪，蜿蜒的小路，怒放的不知名的花簇，清澈的水池，都给人分外愉悦的审美享受。如茵的草地上，坐着一对青年男女，男的英俊，女的漂亮，不知是不是电影明星，我们中有人上去请求合影，他们也愉快地答应了。草坪周围散落的一座座别墅式的房屋倒没有豪宅的气派，从外表看都是很朴素的，且极静谧，只有门口漂亮的鲜花似灿烂的笑脸在迎接着客人，至于里面是什么样只能凭想象了。

夏威夷（6 月 12 日至 14 日）

夏威夷地处南太平洋中心，是火山爆发形成的群岛。过去，我在电影、电视中见过夏威夷的画面，总认为那是一个非常蛮荒、神秘的地方。今天，能够到这儿旅行，心中是充满了期盼的。中午从洛杉矶机场起飞，整整飞行了 5 个小时，到了梦想已久的夏威夷。一下飞机，就闻到一股浓郁的花香，我们的导游小何老早就等候在那儿，用当地传统的礼仪，见到我们每一个人，就在我们的脖子上挂上一个漂亮的花环。跟着身穿花布衫的小何步出机场，坐在大巴车上，小何先是按照当地时间，要求大家把表往后拨 3 个小时，然后介绍说，夏威夷是世界上有名的彩虹城市，雨水很多，但在这儿出门不用拿伞，雨不太大，一会儿就停，而且总是一块一块的，这个地方下，那个地方就不下，所以雨过天晴后彩虹就多。这儿的气温也是极好的，四季都几乎保持在二十四五度左右，一年都可以下海游泳。由于环境美丽，气候温和，这儿很少有吵架、打架的，所以这与我们在电影、电视中看到的夏威夷是不一样的。他还讲，夏威夷人是"三花"，身上穿的衣服花，身上带着花，心更花（爱玩）。果然，走在夏威夷的大街小巷，我们看到的，到处是花团锦簇，不但人们身上穿的衣服色彩极其鲜艳，而且到处是花花绿绿的商品，到处是五光十色的店铺，几乎是通宵达旦地开着。

我们在夏威夷还发现了一个有趣的特点，这儿的椰子树很多，但没有一个挂果的。问了一下导游，他说，夏威夷的椰子很大，但有一次，一对青年游客到这儿旅行结婚，正当这对新人要甜蜜地接吻时，一颗硕大的椰子从树上掉了下来，正巧把新娘砸昏了，从此以后，为了游客的安全，夏威夷街道上所有椰子树的椰子没等长大，全部被摘除了。

我们住的地方是 WTT 酒店，面临着著名的 WTT 海滩，傍晚时，走在 WTT 海滩温暖的沙滩上，看着海滩上嬉戏着的各种肤色的人群，眺望着美丽的太平洋海水，不由得回味起猫王唱的"蓝色的夏威夷"来。

我们在夏威夷参观的第一个景点是卡美哈美哈国王铜像，他是夏威夷历史上第一个统一全岛的国王，他的铜像坐落在市中心。卡美哈美哈国王铜像身上穿着象征王权的羽毛披肩，左手持着长矛，右手伸展作欢迎状，身上和脚下挂满了鲜花。据说，每年他的生日，就是夏威夷的州庆日。这说明了美国对当地传统和历史的尊重。

第二天，我们去参观闻名已久的珍珠港，这也是我久已想去的地方，因为正是那起事件，不仅使美国遭受巨大损失，而且使美国参战，从而改变了战争的结局。到了那儿一看，整洁优美的环境，平和安谧的气氛，使人很难和那场激烈的战事联系起来，唯有陈列馆前锈迹斑斑的导弹，似乎还在提醒着人们莫忘那场罪恶的战争，莫忘战争的威胁。珍珠港现在已经建为美国的爱国主义教育基地，在这儿的所有参观一律免费开放。我们乘上小艇，向远处的"亚利桑那"号沉没的地方驶去。这儿不仅有在那次偷袭中沉没的战舰，而且长眠着1177 名英勇牺牲的美国官兵。为了纪念在事件中殉难的战舰和官兵，美国没有打捞它，而是在它沉没处建了一座类似于战舰的白色建筑，里面有一座黑色的大理石纪念碑，上面镌刻着殉难的官兵名字，游客可登上去凭吊。远处停靠的是日本投降时在上面签字的军舰。我站在上面，向下俯瞰，浩渺的海水中，"亚利桑那"号军舰清晰可见，海水在军舰的巨大船体间，冲击出一个又一个漩涡，仿佛战船的巨大喘息，好像战舰没有死亡，仍有生命似的。

而上面，两名美国士兵正在虔诚地升着美国国旗。这也是一种传统，"亚利桑那"号虽然沉没了，但美国军人认为它永不沉没，因而每天照常升起美国国旗。后来，美国游人纷纷购买在"亚利桑那"号上升起过的国旗作纪念，且供不应求。于是，美国军人每天都把一面面美国国旗升起在这儿的旗杆上，然后整齐地叠好，每天这样的动作虽重复无数次，但我们在旁边观察，每一次升降动作，他们都做得严肃认真，一丝不苟。

晚上，我们乘船做环岛一周的游览。夏威夷群岛的主岛是欧湖岛，它的面积虽是夏威夷群岛的第三，但人口却是第一，因而也是夏威夷文化和经济的中心。乘船环绕一周有50多公里，在海风习习的晚上，围岛环绕一圈，尽可饱览岸上的旖旎风光，应该是很惬意的。我们上船后，尽管船舱内也很舒适，但大家还是拥到上层的甲板上，拍照留念，欣赏美景。这时，绚丽的彩虹出现在前方的天空，分外漂亮。岸上，万家灯火，霓虹灯闪烁着迷幻的色彩，把岛上映照得分外好看。正在我们迷恋于上面的美景时，下面船舱内的土著歌舞表演开始了，我们回到自己的座位坐好，在欣赏激情似火的草裙舞的同时，船上的乘客也纷纷被点燃了激情，下场与那些演员同舞了起来。

14日早上，我们就要乘机离开夏威夷、离开美国了，尽管昨晚睡得很晚，我还是早上5点来钟就起来了，径直到WTT海滩，跳进大海，任温暖的南太平洋的海水浸泡着我，在边半浮半沉地游着，边清理着这半个月的感受和思绪的同时，忽然有了想家的感觉。他乡虽好，但终究是人家的，离家半个月，感觉已经是很长很长时间了，现在我想的，就是尽快回到自己的家乡去。

2003 年 6 月

南联盟文学之旅

参加中国作家代表团出访南联盟是去年就决定了的，但加上这次，已经是第三次出发了。去年 10 月，当我拎着行囊，怀揣着护照和机票，正要踏入机场大门的时候，北京那头的电话追来了，说是由于米洛舍维奇在大选中失败，南政局不稳，访南任务取消了，我只好沮丧地拉着箱子回家了。过了十来天，中国作协通知，可以到北京出访了。这次比上次幸运，还没到机场，就又通知，那边局势还是不稳，任务又被取消了。有了这两次的遭遇，当今年又通知到南联盟的时候，我都有点没有兴致了。可是，当我在单位同张贤亮主席谈起此事时，这位到过世界许多地方的作家却认真地告诉我，南联盟可是个值得去的地方。话虽这么说，当我又在作出去的准备时，周围同事、朋友仍在为我担心，家人也在耳边嘀咕："那边那么乱，有什么好去的。"怀着好奇、疑惑及不无担忧的心情，我踏上了前往贝尔格莱德的旅途。

美丽、迷人的贝尔格莱德

我们一行一共 4 人，团长是鲁迅研究专家陈漱渝，团员除我外，还有江苏的小说家储福金、中国作协外联部的肖惊鸿。10 月 17 日，我们登上了前往贝尔格莱德的飞机。飞机是德国汉莎公司的，先到法兰克福，在那儿候机 4 小时，再转乘南联盟航空公司的飞机到贝尔格莱德。在法兰克福宽敞、明亮的候机大厅里待了4个小时，乍一进入南航的机舱内，明显地感到了落差。不但乘机的人的衣装档次不如人家，就连机舱内也是黑乎乎的。经过了两个小时的飞行，飞机平稳地降落在贝尔格莱德机场。一出大厅，我国驻南使馆文化参赞刘永宏早在那儿迎接了，使人在陌生的异国他乡顿时有了家的温暖。前来迎接我们的还有我们的翻译、一位南斯拉夫汉学家普热萨，他是一位热情的小伙子，在南京大学留过学，学的是老庄哲学，并成功地娶回了一位漂亮的杭州姑娘。自家的女婿自然是自家人了，因而彼此一见，都十分亲热。在南联盟的十来天里，我们始终把他当作可信赖的朋友，因为什么事都依赖他，因而有时戏称他为"菩萨"。

"菩萨"开车带着我们，穿过灯火阑珊的大道，住进市中心的诺维萨旅馆。诺维萨，在英语中是"娱乐"的意思，但这家旅馆却是一个古老、陈旧且讲究的旅馆，和我在欧洲电影中看到的差不多，很有古典味道，因此，我们还是很喜欢的。尽管时差向前拨了6个小时，但从清早起来，整整折腾一天多，现在也是当地时间的10点多了，我们也就压抑住新到一个陌生国度的好奇和兴奋，早早地睡了。

第二天一早，我们在香港著名诗人、柏杨先生的夫人张香华女士的带领下，兴致勃勃地到贝尔格莱德市看一看。贝尔格莱德到底是一国之都，规模不小，分新旧两个城区，叫新贝和旧贝，中间由萨瓦河把它们一分为二。我们住在旧贝，也是人口稠密之处的商业区。到街上一看，贝尔格莱德并不像想象的那样破败，反而处处显露出一种宁静的典雅，街道旁虽没有簇新的建筑，没有炫目的色彩，更没有国内到处可见的瓷片的反光，相反却显出一种大气的稳重和凝固。建筑物虽不高大但却个个不同，讲究艺术格调，城市的色调虽略显陈旧但不显寒碜，街道虽不很宽阔但却整洁、宁静。特别是在街道的两边，到处都有供人休息的座椅，到处是可以喝啤酒、喝咖啡的地方。无论是在大街边的人行道上，还是在拥挤的步行街上，更不要说在宽阔的中心广场，到处都是一排排的座椅，有闲适的休息的人们，从中可以看出这儿人们的悠闲和对生活的享受。

在贝尔格莱德生活几天后，我们更深地了解了这儿人们的悠闲。每次活动，虽然也有时间的约定，但那是弹性很大的，整个活动的计划也是随意性很强，你今天定的计划，明天有可能完全不用，甚至连解释都没有。据"菩萨"介绍，贝尔格莱德人就是这样，有时你跟他约好了，上午 10 点钟见面，他到 11 点才来，一句轻飘飘的"对不起"，也就可以搪塞过去了。他们上班好像也是比较随意的，上午九十点起床，喝点蜂蜜之类的饮料就上班了，中午随便吃点东西，下午随情况和兴致有时工作到很晚，晚餐才像样地做顿饭吃。后来，受他们生活节奏的影响，我们晚上十一二点吃饭也是常事了。

给我印象更深的，则是贝尔格莱德的人了。他们对人很和善、很友好，而且与人讲话时，态度都很认真、诚恳。我们在下面进行文学之旅时，他们不管认识不认识，都很热情地与你说话，希望彼此能成为朋友。说话时，和你距离很近，有时几乎头挨着头，说话的声调也非常轻柔，如果是异性，不知道的，还被人认为是一对亲密的恋人。真难以想象，这样热情、温和、浪漫、热爱生活的一个民族，会打了十来年的仗。姑娘们长得很迷人，而且个个风度翩翩，很会打扮。据说，在过去生活好时，这些妇女每天的打扮都是不一样的。就现在看来，她们也是非常迷人的，皮肤白皙，个头适中，走路一耸一耸的，是街头的一道亮丽的风景。

贝尔格莱德的风景也是非常漂亮的，不但街上到处有一种古典式的美，宁静中透露着一种贵族气息，而且它的自然景色也是非常迷人的。从我们住的旅馆出去，下地下通道坐自动扶梯过马路，穿过琳琅满目的商业步行街，就是幽静的公园。公园绿树成荫，著名的多瑙河、萨瓦河在这里交汇，中世纪的古堡高高地矗立在上面。这是贝尔格莱德一处著名的名胜古迹，高高的城墙、雄壮的拱门，透露着无尽的历史沧桑。站在古堡上，俯瞰这闻名已久的多瑙河，只见宽阔的水面上，群鸟飞翔，迷蒙的水汽中蓝色的波光氤氲闪烁，叫蓝色的多瑙河真是名不虚传。古堡中央，立着青铜塑的独立自由像，这是一个持枪的战士塑像，下面是第一次世界大战的青铜胜利塑像，比较写意，似一个飞翔的战士。这些塑像，以传神而夸张的手法，表现出了南联盟人民酷爱自由的民族精神。在塑像的周围，是大片的鲜花和稠密的树木。树木中间，随意地摆放着南斯拉夫的历史文化名人的青铜塑像。公园的长椅上，坐着许多聊天的、谈恋爱的人，从这也可看出南斯拉夫人民的随意和闲适。

塞尔维亚的文学之旅

我们这次到南联盟是参加第 38 届贝尔格莱德作家笔会。这个笔会是 1964 年庆祝贝尔格莱德解放 20 周年之际开创的，这在南斯拉夫已经成为一项多年的传统了，每年的 10 月，在这金色的季节，操着不同语言，不同年龄、不同国度、不同肤色，甚至是不同主张的作家聚在一起，一起讨论、一起交流、一起读诗、一起旅行，这不仅成为世界了解南斯拉夫的窗口，成为南斯拉夫人民的盛大文化节日，而且也为世界作家的交流提供了宝贵的机会，成为世界文学的一大盛事。正如塞尔维亚作家协会介绍的那样，"金色的 10 月里，和操着不同语言、不同年龄、不同看法的作家一起讨论，一起读诗，或是一起在塞尔维亚去作文学之旅，那时，总是会有一阵自然的和谐，或是某种相同的看法和带有启示性的争论。这里面有年轻的、未成名的作家，也有诺贝尔奖的得主，可能还有将来诺贝尔奖的获得者，与会者的名单是一份当代世界文学代表全集，这里完全没有必要具体地一一举出姓名，因为任何想区分重要代表的企图，肯定会导致产生片面性和局限性，因为这种性质的笔会是一种持续不断的、代表全球作家当前流行精神和思想的汇集"。

我们到笔会上后，才知道这话果然不谬。尽管南联盟目前还处在比较困难的时期，但他们还是克服了种种困难，以极大的热情举办了这次笔会。这届笔会到会的有 25 个国家的 50 多名作家。这些作家中，有许多是久负盛名的。但是在与他们交往和交流中，处处可以看出他们对中国作家的尊重。而且在这儿，明显地可以感受到南联盟人民尽管在经济上比较困难，但他们在精神上还是很有追求的，对艺术更是热爱。在这儿无论开什么会议，或是举办什么活动，必以音乐开场。这届笔会，就是先以当地两位民歌手为代表唱当地的民谣开始的，古老、悠远、深情的声调，一下子就使嘈杂的会场趋于平静，把人们的心境拉入到了规定情境之中。

我不是诗人，除了年轻时写过诗外，这些年读的诗都不太多，这次出国以前，我国驻南使馆那边就发来电传，要我们每人准备两首诗传过去。到了笔会后，真感谢我国使馆人员考虑得周到。南斯拉夫人民酷爱诗歌，每次活动，必少不了朗诵诗歌。正如同行的小说家储福金所说的"逼得鸭子上架"，每人都成了诗人，并大大地过了一把诗人瘾。

第一次朗诵，是在贝尔格莱德市图书馆的罗马宫的"中国文学之夜"上，这个地方不大，但那晚来的人不少，满满当当的，有不少还是站着的，我们介绍了中国文学之后，就分别朗诵了自己的诗作，我朗诵的是《无题》："当落叶铺地的时候／我们在歧路中分手／款款的一声珍重／绵绵的秋雨／打湿了你的衣袖／／当绿草如茵的时候／我们在阳光中聚首／轻轻地握一握手／氤氲的花香／似那久违的问候"。

现场由"菩萨"翻译，他也是事先把我们的作品翻译成塞尔维亚文的译者。我们不懂塞尔维亚文，不知道他究竟把格律严整的中国诗歌翻译成了什么样子，但从下面那些人凝神的倾听和会心的微笑中，可以得知翻译得不错，他们听懂了，并得到了某种共鸣。

第二次朗诵可就正规了，也是笔会最隆重的一次诗歌朗诵，是在一个叫什么文化中心的正规剧院里，不知为什么，选中让我代表中国作家朗诵。当主持人介绍到我时，在热烈的掌声中，我上台朗诵了题为《跋涉》的小诗，先念了前面的一段小序："我从黄河边的沙滩上捡到了一方石头，暗红色的画面像一峰正在艰苦跋涉的骆驼。"后朗诵了诗："或许是跋涉得太久太久／你的身影深深地嵌入了／这方石头的中央／／身后是无边的瀚海／前方有无尽的沙梁／那绿色的微笑不属于你／四周拥蹿着燃烧的阳光／／你的双峰早已塌伏／似两只被吮尽奶汁的乳房／你的头颅却依然高昂／鬃毛飘扬着一面旗帜／在狂风中猎猎作响／／啊／石头上的骆驼／骆驼似的奇石／与其说这石头永恒了你的形象／不如说你的意志／如这石头一样刚强"。

朗诵完后，由在场的专门请来的职业女演员用塞尔维亚语进行朗诵，到底是专业演员，她朗诵的音韵悦耳，娓娓动听，比我朗诵的效果好多了，因而也获得了长时间的掌声。

笔会结束后，开始了传统的"塞尔维亚文学之旅"，这本是笔会最诱人的一个活动项目，但刚开始，我们都有点发愁。原因是，塞尔维亚作协要求我们四个人必须分成三组分别参加三个地方的活动，这对不懂任何外语的我们真是出了个大难题。团长通过"菩萨"向塞作协提出，我们几个人最好不要分开，但塞尔维亚作协的负责人态度很坚决，说："不行，因为各地的人们都想看看中国作家。"于是我们只好一分为三了，团长和台湾诗人、著名作家柏杨先生的夫人张香华女士是老朋友，张女士会英语，就与她在一组。我由于是回民，有个饮食习惯的问题，故把我和会英语的小肖分在了一起，算是特殊照顾吧。最紧张的是老储，他一个人在一组，但也无可奈何了。

深秋的塞尔维亚，风景实在优美。坐在高大宽敞的"奔驰"旅游车里，郊外的美景像一幅幅流动的画一样，从玻璃窗外闪过。但是，我们的塞尔维亚同行们似乎对这美丽的风景并不太感兴趣，他们的心绪只在文学上。无论在什么地方，他们只要一坐下来，就会热烈地讨论起诗歌来，甚至于当来到一座风景优美的大山里，一个著名的风景区里，他们还是一坐下来，就滔滔不绝地谈起来，一聊就聊了四个小时，这固然有他们可能来过这里的原因，我想更多的是出于他们对文学的热爱。由于语言的障碍，我们不能参加他们的交谈，但这反而给我们欣赏美景的机会。只是他们占用的时间太多了，等到下一个目的地——一座在塞尔维亚非常有名的名胜古迹时，天几乎黑了，这样在中世纪的古堡上，看见的只是晚景了，虽然夕阳把多瑙河的野草镀得一片金黄，景象十分凄美、壮观，但对于我们来说，毕竟是一个遗憾。

我们这个小组回来后，团长也回来了，但老储还没回来，一直到第二天很晚，他才回来，我们原本就为他担着心，现在一见着他，就着急地问："怎么样，怎么样？"他却笑眯眯地说："有趣得不得了，等我慢慢跟你们说。"原来，他虽然一个人出去，收获却比我们都大。塞尔维亚作协专门派了一个叫安娜的女士照顾他。每到一地，安娜就运用最原始的图画与他交流，画个小人躺着，旁边写个数字，就表示是睡觉的时间，再画一个小人站在床边，旁边的数字就是起床的时间，再画个小人站在汽车旁边，旁边的数字就告诉了他是上车出发的时间。就这样，他不但生活中没遇到任何麻烦，还学了好几句塞尔维亚语回来。

热情、友好的南联盟人民

无论是在南联盟的首都贝尔格莱德，还是在遥远的黑山，在南联盟各地，我们都能感受到南斯拉夫人民对中国人民的热情、友好。在贝尔格莱德独立公园游览的时候，在静谧的树林一角，几个正在读书的姑娘看到我们，竟用中文和我们热情地打招呼："你好，你好！"

在黑山一条偏僻的小道，一个正在匆匆行走的老人见到我们，边停下脚步，边竖起大拇指，用生硬的汉语说："中国，中国！"更令人难忘的是，那些到过中国的南斯拉夫作家，他们一提起中国，总是那么兴奋，那么激动，那么动情。在贝尔格莱德市图书馆举办的"中国文学之夜"上，当我们都朗诵完自己的作品之后，一位长满大胡子的南斯拉夫作家发言，他滔滔不绝，激情难抑。从"菩萨"断断续续的翻译中，我知道了他讲的是到中国访问的经历，最后他说："不要小看中国，中国的蚊子比我们的飞机都大，中国的土地有多大，中国人民的胸怀就有多大。"这句颇含文学色彩的话自然博得了满场热烈的掌声。在塞尔维亚作协为我们举行的小型宴会上，他们提起中国来，也是充满了深情。作协主席，一位仪表堂堂、令人尊敬的长者，即席动情地为我们朗诵了他访问中国时作的诗篇。作协的另一位负责人特地拿来他在中国西安访问时带回的兵马俑和中国青花瓷的画册，请我们在上面签名后，珍重地收好，一一与我们深情地拥抱后，竟有些激情难抑地哽咽了起来。

在黑山，接待我们的作协负责人既不懂中文，也不懂英文，而我们也没有塞尔维亚语翻译，就这样，我们共同生活了三天，凭的也是两国人民、两国作家之间的传统友谊。正是这种友谊，突破了地域、人种、语言之间的限制，促进了发自内心的交流。我想，只要彼此之间是真诚的，心灵就会是相通的，这种无语言的交流也是令人愉快的。这也是我这次访问南联盟的收获之一。

2000 年 10 月

金字塔的落日

　　到埃及看看是我久有的愿望。不仅仅是那儿有巍峨的金字塔、神奇的木乃伊，有谜一般的象形文字、狮身人面像，是著名的文明古国；还在于她是世界最大的阿拉伯国家，是阿拉伯人的故乡。记得被誉为世界"史学之父"的古希腊作家希罗多德在公元前 5 世纪时说过："现在让我们多谈一点埃及，因为埃及非常令人钦佩。我们在那里看到的一切，都远远高于其他任何一个国家。"2016 年年末和 2017 年新年相交的时候，我终于来到了这块古老神奇的土地。

尼罗河畔的开罗

　　埃及可以说是尼罗河的礼物。这条世界上最长的河流，穿越世界最大的沙漠——撒哈拉沙漠，横贯埃及全境，孕育了古老的埃及文明。埃及与我国不同，一年只有三个季节：一是河水泛滥期，那时尼罗河水暴涨，挟带着大量泥沙，呈扇面冲击着两旁的河谷地区。二是种植期，河水退去后，留下大量肥沃的土壤，埃及人开始种植作物，主要是小麦和长绒棉。三是收获期，待到作物成熟后，收割储藏，以待来年的收成。开罗，就是尼罗河畔的一颗耀眼的明珠。

　　当我们兴致勃勃地乘车行驶在开罗街头时，穿城而过的尼罗河水虽然是那么静美，但街头的景象却令人失望。这座埃及的首都，非洲最大的城市，在新闻和小说中经常出现的都市，并非想象的那样繁华，那样壮丽。相反，除市中心的一些地方外，都是那么地拥挤，那么地破败不堪，甚至许多楼房，不仅外观简陋、粗劣，而且挤在一起，相距仅有一两米宽，不要说阳光晒不进来，就是邻居间串个门，都可以从窗户上跳进去了。更要命的是，几乎每座楼房，都像是没有封顶的烂尾楼，钢筋还齐刷刷地指向天空。当我们疑惑地向导游发问时，导游解答说，在埃及，只要你买块地，怎么建，是你的自由，别人不得干涉。往往是父亲买块地，先盖一层居住，上面不封顶。待大儿子长大结婚时，在上面盖第二层。二儿子长大时，再在上面盖第三层。就这样，只要你的基础足够结实，就可以一直盖下去。同时，由于土地很贵，只要这地是你的，只要不越界，和邻居挨得再近，邻居也不能说什么。所以楼房都很挤。我们还看到，街上载客的中巴车，都不关车门。穿着灰色长袍、趿着拖鞋的男男女女，竟然都从行驶的车上跳上跳下。想不到，曾经创造了那么灿烂的文明，《一千零一夜》故事中那么富足的地方，现今的生活却如此将就、如此局促。这不能不引起我们深深的失望和遗憾。

可是，当我们走进开罗国家博物馆时，心头的阴影一扫而光，立即被眼前的辉煌灿烂振奋。首先映入眼帘的，是两座雕琢细腻、表情传神、高达10米的石雕坐像，这是埃及新王国鼎盛时期的法老阿农诺非斯三世和他的爱妻叙利亚公主提侬王后。据导游讲，按照古法老时期严格的等级制度，王后的雕像要低于法老，但这两座雕像，却一般高，平起平坐。这几千年前冲破世俗，跨越等级的爱情，使冰冷的石像充满了温情，充盈了鲜活的生命之美，深深打动了每一位游人。

到开罗博物馆必看的文物是拉希德石碑，这块由拿破仑的士兵在挖战壕时发现的石碑，在考古界却是大名鼎鼎。因为上面镌刻着祭祀体象形文字、流行体象形文字和古希腊文三种文字。正是通过这块不到半米大小的石碑，考古学家才破译了神奇深奥的古埃及象形文字。可惜，原件已被掠走，存在大英博物馆内，我们看到的只是复制品。

开罗博物馆的镇馆之宝是图坦卡蒙的金面罩。当这个在无数画面中见过的金面罩终于呈现在我的面前时，只见它华丽高贵，气度不凡，虽经历了3000多年的岁月风尘，仍然是那么地新奇耀眼，有一种摄人心魄的美。据介绍，这面罩大约由17公斤的纯金打造而成，做工精细，绘制精良，把法老年轻英俊的面庞和威严的表情表现得惟妙惟肖。面罩上面镶有华丽名贵的宝石。面罩的上端，是铸有蛇和鹰的王冠，表明了法老的身份和权力。更神奇的是，当你围绕面罩转上一圈后，会惊奇地发现，面罩的颜色自然地随着光线的改变而幻化出不同的光泽，使你不得不惊叹3000多年前的金属冶炼和锻造工艺的水平。图坦卡蒙十九岁就死去了，他的墓穴在埃及法老中算是较小的一个，即使如此，出土的文物也极其奢华。除了金面罩外，还有许多非常珍贵、令人瞠目的东西。有与他等身的金棺，有镶满宝石的权杖，有华丽到极致的宝座。宝座椅背上绘着精美的图画：在和煦的阳光下，法老微笑地坐着，王后温顺地半跪在法老面前。有意思的是，他俩合穿着一双拖鞋，每人一只，尽显这对夫妇的和睦恩爱。在我国，素有"好得合穿一条裤子"之说，这位法老和王后竟好得合穿一双拖鞋，而且公然绘在象征着王权的宝座上，足见他俩的用情之深。

图坦卡蒙墓中还出土了许多玉器。出于对古玉一贯的爱好，我认真地观赏了它们，发现一些竟然和我国上古的玉环、玉玦是一样的，神秘而静默地躺在那里，不知蕴藏了多少不为人知的秘密。

开罗博物馆吸引人的，还有木乃伊陈列室，里面保存着世界上最古老的20多位法老及其后妃的木乃伊，若要进去，不仅要有足够的胆量，还要另付200埃及镑。出于对古埃及文化的高度兴趣，我怎能放弃这大开眼界的机会呢？遂毫不犹豫地购票进去。这里的木乃伊中，有的有3500年了。其中保存最好的，是埃及著名的新王国时期第十九王朝的法老拉美西斯二世。只见他面容清晰可辨，身材细长，双手交叉，放在胸前，似乎还在紧握着至高无上的权力。有的木乃伊，头骨上裂条可怕的缝隙。据说是在制作木乃伊时，取脑浆留下的刀口，也有说是战争留下的伤口。有的眼窝深陷，牙齿外露，手臂高举在胸前，似不甘心死神的降临，在愤怒地高呼着什么。这些丑陋的木乃伊，与金面罩上那俊美的面容，与纸莎草上威严的法老形象大相径庭，有着天壤之别。我久久凝视着这些干尸，与这些曾经鲜活、曾经高高在上的古老生命对话，不禁百感交集。这些木乃伊的主人，和他们貌美如花的后妃，生前不管怎样享尽奢华，不管怎样不可一世，怎样倾国倾城，但仍然脱逃不了自然的规律，一样要和普通人走向死亡。为了死后继续享受奢华，抽取脑髓，剖开胸腹，剥去五脏六腑，再烟熏药裹，制成干尸，期待着生命重生，万年不朽。但留下的，只是渣滓而已。据说有的还被中世纪的欧洲人制成药粉，带在身上服食、炫耀。倒是当时做了一些好事的，还能被人垂念。如那位拉美西斯二世，因在位期间曾签署了一道法令，停止了一场战争，因而他的墓室，便被称为"战争与和平之墓"。他的木乃伊空运至法国修复时，在机场受到了鸣放礼炮的国家元首般的待遇。

卢克索的朝阳

卢克索是埃及南部重镇，距开罗约700公里，是埃及王国鼎盛时期的都城。古卢克索城跨尼罗河两岸，人烟稠密、广厦万间，城门就有100座。荷马史诗曾把它称为"百门之都"，是当时世界最大的城市。在近700年的时间里，法老们就从这颗"上埃及的珍珠"发号施令，使古埃及的政治、经济达到了辉煌的巅峰，并建造了无数神庙与庞大的墓群。至今，这里仍被称为"世界最大的露天博物馆"，有着"宫殿之城"的美誉。在埃及人的心目中，卢克索古迹的历史地位举足轻重，不在金字塔之下。故他们常说："没到过卢克索，就不算到过埃及。"

卢克索的帝王谷，是世界著名的地方，那儿埋葬有许多著名的法老，有许多精美的壁画和神奇的传说。走进帝王谷，首先被这儿独特的地貌、不凡的气势所吸引。只见相峙而立的崖壁，拔地而起，峥嵘雄伟，撼人心魄，令你顿感敬畏。进入崖下的山沟，曲曲折折，有几公里长，两旁开凿着许多法老的墓穴。据说，有 60 多座法老陵墓。我满怀好奇，从简易的梯架爬上山腰，走进其中的一座墓穴，艰难地挨过几百米狭窄的坑道，进入墓室。眼前堪称是一座地下宫殿，墙壁四周布满壁画和看不懂的象形文字，而且至今仍色泽鲜艳，靓丽如初，令人难以想象。

我还进入了另一座饶有特色的墓穴。入口处的壁画十分生动、有趣。一位狼头人身的神祇，陪着一位静如处子的青年。青年对面是位鹰首人身的神祇，手中持有一柄上为圆环，下为十字的物件。原来，那狼头人身的神祇叫阿努比斯，俗称胡狼，是埃及神话中亡灵的引导者和守护者，主掌审判之秤。人死亡后，心脏要放在天平上，另一边放置羽毛，如果心脏与羽毛重量相当的话，那么这个人就可以升入天堂，与众神永生。如果心脏比羽毛重的话，这人就有罪了，将会被打入地狱，被魔鬼吃掉。而鹰首人身的神叫荷鲁斯，是埃及神话中法老的守护神，是王权的象征，也可视为埃及最重要的神祇太阳神。它手中持着安卡，是埃及最古老的神灵之符，古埃及人用来象征隐藏在一个人身体内的巨大、秘密的力量。它与日轮在一起作为生命的象征，所以也把它称为"生命的钥匙"。法老死亡制成木乃伊后，经阿努比斯神称量，引导至荷鲁斯神面前，由荷鲁斯神用生命的钥匙诵念咒法，为木乃伊开眼、开鼻、开耳、开口，把食物塞进他的嘴里。这样，死去的法老就能像活人一样呼吸、说话、吃饭，并得以复活永生了。看来，法老还是有所顾虑的，不敢有权力的傲慢，生前就畏惧着自己身后良心的审判。

卢克索最引人注目的是尼罗河东岸的卡纳克神庙，号称世界上最壮观的古建筑之一。它始建于古埃及的中王国时期，经历代法老陆续修建，形成一所综合性的巨大建筑群。走进这座神庙，你不由自主地受到强烈的震撼。过去，我曾在电影《尼罗河上的惨案》中一睹它的风采，但这次实地走进这座宏伟的建筑，内心还是感到惊讶。真没有想到，在3500多年前，古埃及人怎么有这么大的人力、物力和技术，修建起这座在今天也属极其宏伟的建筑的。这座神庙有大小20多座神殿，其中最主要的就是大柱厅。面积约5000平方米，有6道大厅，134根石柱，分成16排。其中最高的为23米，直径5米，上面承托着长9.21米、重达65吨的大梁。在柱顶的柱帽处，可以安稳地坐下百人，其建筑尺度之大，实属罕见。

我们穿行在神庙内，斑驳的阳光从头顶倾泻下来，四面森林一般的巨大石柱，营造出一种神秘、幽深的氛围，使我们不由得感到个人的渺小和时光的短暂。在卡纳克神庙的门楼和柱厅圆柱上有大量的浮雕和彩画，既表现宗教内容，又歌颂法老业绩，还有许多表现世俗生活的内容，并附有铭文。其中有座浮雕十分有趣，上面雕着一瘸腿的男人和一群妇女。导游说这是生殖之神。在一场战争中，健全的男人都去打仗了，村中只留下了这位残疾人。但男人们回来后却发现，全村的妇女都怀了孕，怒不可遏的人们处死了那个瘸子。但后来，人们又有些怜悯他，并感念他那超强的生育能力，而封他为生殖之神。不知导游说的是否确有此事，姑妄言之，姑妄听之。但这有趣的浮雕，为神圣庄重的神庙增添了些许喜剧的色彩，也反映了古埃及人豁达的人生态度和价值观念。

卡纳克神庙最值得看的，是神庙中部矗立的两座方尖碑了。这两座方尖碑是世界上第一位女王、古埃及唯一的女法老哈特谢普苏特女王所立的，碑身用整块石头雕成，高29米，重323吨，是埃及境内最高的方尖碑。哈特谢普苏特女王自幼志向远大，秉性刚强，她加冕登基后，为了应天顺人，制成当时全埃及最大最高的两座方尖碑，沿尼罗河长途运输 150 公里，立在这座全埃及最大最神圣的神庙里，献给太阳神阿蒙。碑身上用古老的象形文字写着金色的铭文，经专家破译，铭文为："她为她的父亲阿蒙——两片土地王座之主，建造她的纪念物，为他用南方的坚硬花岗石建造了两个大方尖碑，它们的表面镀上了全世界最好的金子。当太阳在它们之间升起时，从尼罗河的两岸看去，它们的光芒照耀着大地。"

的确，当金灿灿的太阳普照这片神奇的大地时，那真是无比壮观、无比辉煌。第二天，我们就领略了这难得的美景。那天，正是 2017 年的元旦。导游说，要带我们乘坐热气球，从高空俯瞰神庙和帝王谷的美景。一大早，我们就摸黑出发了，乘船渡过黑黝黝、凉飕飕的尼罗河，来到热气球营地。这儿倒是灯火通明，熊熊的火焰燃烧着，随时等待着腾上高空。我们爬进宽大的吊篮，下面的工人松开绳索，气球就冉冉升空了。一时间，鱼肚白的天空飘荡着十几只缤纷鲜艳的大气球，似一朵朵盛开的彩色蘑菇，点缀得黎明前的天空格外生动、好看。一会儿，一轮圆圆的、红红的朝阳跳出薄雾，在东方冒了出来，这可是新年的第一缕阳光啊！在几百米的高空上，在几千年的古迹上迎接这可贵的朝阳，我们的心里都无比地激动、兴奋。暖暖的朝阳沐浴在我们身上，给每个人都镀了一层灵光。放眼望去，细长的尼罗河，辉映着朝霞，似一条五彩的锦带，缠绕在宽阔的大地上。河的这边，是碧绿的农田和冒着炊烟的村庄，图画般反映着尼罗河三角洲的富庶和美丽。河的那边，是雄壮的山崖，在阳光的沐浴下红艳艳的，充满着无限的灵性。而在山崖的下方，是一览无余的神庙和帝王陵墓，从高空看去，尽显其奇妙构图和壮丽景象。据说，埃及有座神庙，每到国王生日那天，阳光都能穿过一座座建筑群，照射到最后神殿的雕像。我不知道它是哪座神庙，但我看到，在阳光照耀下的神庙群，座座都是那么雄伟神奇，座座都是那么地熠熠生辉。难怪法老们要虔诚地祭祀太阳神，谦卑地将自己比作太阳神的儿女呢！难怪古埃及人要将太阳神奉为最重要的神祇呢！在这辉煌壮丽的景象面前，谁能不为之折服呢？在这无所不至、孕育万物的大能量面前，谁能不为之生出深深的感恩之情呢？我为自己能够在新年的第一天，在古老的卢卡索上空迎接新年、观赏这瑰丽的景象而感到无比的幸运！

撒哈拉的部落

撒哈拉，是世界上除南极洲外最大的荒地，最大的沙漠。关于撒哈拉，始终流传着许多神秘的传说。台湾女作家三毛写的撒哈拉的故事，更是给这方大漠赋予了许多浪漫、传奇的色彩。沙漠，对于生活在西北的我，并不陌生、新奇。我对它的兴趣，更多的是这儿生活着古老的游牧民族——贝都因人。我对埃及的古阿拉伯人充满了好奇。在我曾写过的文章中，也曾引用过埃及学者对古阿拉伯人特征的描写。如，艾哈迈德·艾敏的巨著《阿拉伯——伊斯兰文化史》中说："阿拉伯人好高骛远，桀骜不驯，意见分歧，争为首领，意志很少一致。""但是，阿拉伯人却容易接受真理和正义，因为他们的性格，没有染上恶劣的习气。""阿拉伯人勇敢尚武，他们要保护自身，不依赖别人，也不信任别人；随时身佩武器，行路之时，左顾右盼，以防不测。他们似乎'好战'成癖，'勇武'简直是'他们的天性'。""阿拉伯人口才锋利，擅长辞令，自古至今见称于各民族……"

贝都因人是阿拉伯民族的一支，而且是生活在沙漠中以游牧为主的部族，他们身上体现的古阿拉伯人的特征应该更典型、更集中。因而我迫切地想走进撒哈拉大漠，去拜访这些部落的人们。

我们坐的汽车是辆老旧的竖排座的吉普。当我们6人挤进车厢后，司机师傅就一路狂奔，向沙漠深处驶去。由于几乎没有什么路，汽车随着沙垣上下左右颠簸着，我们的身体也像筛豆子般摇晃着。大家呼吸着撒哈拉的带着灰尘的空气，兴奋、好奇地坚持着。大约过了一个来小时，车子停了下来，导游让大家透透气，并爬上前面的一座小山，体验沙漠的乐趣。我费力地登上沙山，放眼望去，近处，一圈石头，围成了一个长方形，我们的司机师傅，虔诚地进行着每天必不可少的礼拜。远处，连绵不断的都是起伏的沙丘，没有一棵植物，颇像进入了火星表面。这荒无人烟的地方，何处有贝都因人的踪迹？这莽莽的大漠，怎么会适合人类的居住？

我们滑下沙山，登车又行进了一段时间，终于走进了一个小村落。说是村落，其实是贝都因人的一个居住点。这是个古朴宁静的地方，一片空地上，散落着二三十座用木杆支撑的棚屋，一些拉着骆驼的男人从村中进进出出。村旁有一间用石头垒的小小石屋，从上面竖着的一柄木制的月牙来看，应是一座清真寺。

我们走进一户人家，高高的木杆围成一个圆锥形。四周用黑色的纱布罩着，感觉颇为凉爽。棚内没有男人，一个老太太抱着孩子坐在铺着布的地面上，一位年轻妇女正在烙饼。只见地下有个坑，坑里生着火，上面用石头支着一块铁板，她将擀得薄薄的大饼放在铁板上，熟练地用一根长长的树枝翻挑着，大饼在空中飞舞了几下后，便散发出了诱人的香味。她们都穿着黑色的长袍，头上、脸上用黑色的纱巾包裹着，只露出两只大大的、黑色的眼睛。见我们进来，眼中露出了警觉的表情，导游用阿拉伯语向她们说了些什么，她们露出了些许笑意，示意让我们吃饼。我掰了一块，细细地咀嚼着，确是纯正的小麦味，极其香甜。走出这家棚屋，导游又带我们到另一户人家，只有一位妇女，身材颀长，同样穿着黑色长袍，戴着黑色的面罩，眼里同样闪着警觉的目光。她的屋里，摆着一架纺车，墙上挂许多纺织品。导游介绍说，这些织物，都是这妇女用羊毛、骆驼毛纺织的。我看这些织物，工艺古朴，风格独特，有着浓郁的阿拉伯风格，都是很好的纪念品。看来，这儿的人们仍然过着原始、传统、平静而怡然自得的生活。

出了这家棚屋，导游又带我们到村后的一处有着绿荫的地方，四周用石头高高地围起，中间低洼处，却是一口古井。导游说，村中的人，全凭这井生存。我爬到井边一看，黑咕隆咚的，根本看不到底，不知这井有多深。上面的辘轳轴上，磨出了深深的凹痕，也不知使用了多长时间。看来这小小的一眼井，造成了这方绿洲，养活了这村落里的人。撒哈拉沙漠，并非是荒漠一片的，在这大漠深处，仍然有着勃勃生机。

在返回开罗的路上，我们饶有兴趣地问了导游阿位伯人婚姻、家庭的一些问题。我们问："阿拉伯青年如何恋爱呢？"他说："有相识后的自由恋爱，也有长辈、朋友介绍的相亲。但是，不管哪种形式，必须要双方自愿，否则，则是非法的。"我们又问："那女孩子戴着面纱，如何相亲呢？"导游说："第一次见面时，女方见你有诚意，会揭开面纱，让你一睹芳容的。"又有人问："在埃及，是否女人地位很低？"他讲："我们的女人地位并不低，而男人不仅要负责结婚的主要费用，而且要承担起养家的责任。就是在婚后，女人的钱男人也无权过问。男人若对女人不好，女人有权利将其告上法庭，那男人就惨了，会受到严厉的惩罚。"又有人问，在埃及可以娶四个老婆吗？他回答说，按照传统，虽然可以娶四个妻子，但真正这么做的人很少。因为你若有两位以上的妻子，则必须要做到绝对的公正、公平。不要说房子、财物要绝对的一模一样，就是陪她们每人的时间也要一样。要是你做不到，妻子告状，后果同样很严重。看来，对于与自己不同文化的认知和理解是何等的重要！每个民族有每个民族的传统和生活方式。凡是现实的，都是合理的。高高在上的孤傲带来的，只能是无知和盲目。我们若用自己的思维习惯评判人家，难免是要出错的。

金字塔的落日

埃及最著名的景点就是金字塔了。我们到埃及最想看的也是金字塔，但却是在旅程的最后一天才安排到这儿参观。埃及已发现的金字塔有近百座，其中最大最有代表性的是位于开罗西南面的吉萨高原的祖孙三代金字塔。它们是胡夫金字塔、哈夫拉金字塔和门卡乌拉金字塔，其中最高的胡夫金字塔，建于公元前 2500 多年，距今有 4000 多年了，原高 146.5 米，由 230 万块巨石组成。石块大小不一，重达 1.5 吨至 160 吨。据考证，为建成这座金字塔，至少动用了 10 万人，花了 20 多年时间。在巴黎的埃菲尔铁塔建成以前，这座金字塔一直是世界最高的建筑，被誉为世界八大奇迹之首。

关于金字塔，一直有着太多太多的谜团，以至于人们认为是外星人建造的。首先，它的建造方式就引起了人们的种种猜测。在距今约 5000 年前，古埃及人是用什么方法、什么力量、什么技术建成了这些宏大建筑的呢？据历史学家推算，当时的埃及根本无法供应那么多人的食物。还有就是胡夫金字塔塔底为正方形，四边正好对着东南西北四个方向，偏差只有 0.015%，塔高乘以 10 亿正好是地球到太阳的距离，塔重乘以 1015 是地球的重量。还有延长在塔底中央的纵平分线，就是地球的子午线，这条线正好把地球的大陆和海洋平分成相等的两半。谁能相信，这一系列的数据，仅仅是偶然的巧合，还是精心计算的结果。

围绕着金字塔，还有许多神奇的传说。有的生物学家宣称，塔内已经死了几千年的埃及公主，她栩栩如生的躯体上的皮肤细胞，仍具有生命力。如果你牙疼，只要在金字塔形建筑物中睡上一觉，便会止住。蔬菜、水果、肉类放在金字塔形的构造中，可以经久不腐，保持新鲜颜色。把咖啡放在金字塔形的构造中储存，其味道比普通咖啡要好得多……

更可怕的，还有"法老的诅咒"。据说，胡夫金字塔内，有一段可怕的铭文："不论是谁骚扰了法老的安宁，死神之翼将在他的头上降临。"为此，有人统计，那些胆大妄为，爬上金字塔顶的人，都很快出现昏睡现象，无一生还。

我们游览金字塔的那天，正赶上阳光灿烂的好天气。进得景区，但见高大的金字塔，山一般屹立着。塔基周围，游人如织，蚁团般在各处流动着。导游讲，如果不怕法老的诅咒的话，可以自费进入金字塔内部参观，但是很累很辛苦，年龄大的最好不要进去。我对著名的金字塔早就充满了好奇，很想进去一探究竟，想我和法老无冤无仇，又没做什么亏心事，怕什么呢，便报名参加了。

爬上十几层巨大基座的石阶，我伸出手在这些坚硬、光滑的石面上抚摸着，感受着这让骤雨疾风、烈日沐浴了约 5000 年的物体的神韵，想起埃及人那句古老的谚语："人类怕时间，时间怕金字塔。"不由得生出无限感慨。沿着显然是后人开凿的洞门进去，没几步，就体会到了导游所说的"很累很辛苦"。前面的通道只有一米见方，而且坡度很陡，人几乎半爬着才能前行。我坚持着爬走了大约 100 米的样子，豁然开朗，面前有一条高大、宽畅的梯形甬道。虽还是陡坡，但可以直起身子，走起来舒服多了。想来这应该是金字塔原有的通道，法老的石棺可能就是从这条通道运往墓室的。在甬道内走了约 200 米后，又开始往下走，便到了一间石室。四周都是石壁，密不透风，却空空荡荡，仅中央有座硕大的石棺，也是空的。猜想里面的木乃伊和殉葬品应该都移出去了。室内有几台通风机嗡嗡运转着，空气还不算太差。据说，金字塔内的房间不只这一间，在很深很深的地下，还有三四个墓室。墓室另有通气孔通到塔外。死者的"灵魂"可以从这些小孔里自由出入。令人称奇的是，有两条气孔，一条对准浩瀚星空中象征着永生的天龙座，一条对准象征着复活的猎户座。这么精巧的构思和计算，约 5000 年前的古人怎么完成的呢？我站在室内，站在金字塔的中心，体味着四周厚厚的巨石包裹的感觉，并没有孤单、被隔绝的想法，反而觉得自己与外面的星空，与浩瀚的宇宙结为一体，一时竟有处于时空中心的想法。

正在我发呆之际，一位管理人员向我走来，示意可以拍照，并将手中拿着的花花绿绿的钞票向我扬了扬。进来以前，导游不是严格告诫我们，金字塔内绝对不允许拍照的吗？看来，只要付给小费，就可以不管规定了。

走出厚重的墓室，重新回到蓝天丽日之下，感觉还是活着真好，沐浴在阳光下真好。

在哈夫拉金字塔的旁边，兀然而静默地矗立着的就是著名的狮身人面像了。狮身人面像和金字塔一样，也缠绕着种种难解之谜。因它外形酷似希腊神话的怪兽斯芬克斯，故有时也被人称为斯芬克斯像。什么年代，什么人，什么原因建造了这座巨大的雕像，至今都没有一个明确的解答，埃及古文献中也没有任何记载。

关于狮身人面像，除了大家熟知的斯芬克斯之谜外，还有一个神奇的传说。说是古埃及的一个王子，在狩猎途中困倦了，就在沙漠中小憩一会儿，竟做了个梦。一头人面狮身的怪兽对他说："如果你将我从你身旁的沙漠下解放出来，我就使你成为世上的王。"醒来后，王子便命人在沙漠中开挖，果然挖出了巨大的斯芬克斯雕像，他果然也当上了埃及的法老。后来，人们竟然在狮身人面像的两爪间，挖出了一块石碑，上面记载着这个故事和王子的功德，埃及人叫它纪梦碑，现仍立在出土的地方。

狮身人面像我虽然在相片上、在影视中见过无数次，但实地观赏它，还是只能用惊奇来形容它了。它人面、狮身、牛尾、鹫翅，头戴蛇冠。其构成原理与我国传说中的龙一样，也是由多种动物特征组合在一起，是否也象征着古部族的图腾崇拜呢？遗憾的是，经过几千年的岁月磨砺和人为的破坏，狮身人面像已不完整。鼻子凹塌，胡须脱落，使它更像是历尽沧桑、垂暮之年的老妇人，在眯着眼，打着瞌睡回忆昔日的辉煌。

晚餐时，我们坐在金字塔旁的一间埃及风味的餐馆内，坐在舒适的椅子上继续欣赏金字塔和狮身人面像。这时正是傍晚时分，远方一轮大大的落日，正缓缓地向地平线落去，金色的余晖，将塔体镀得熠熠生辉，更加名实相符了。而狮身人面像，却处于日光的阴影处，黑黢黢的更像是一位蹲踞的神秘怪兽了。忽然荡起股股烟尘，由远而近，是收工的马队和骆驼队。高大雄健的阿拉伯骏马上，骑着身躯雄壮的阿拉伯男子。头缠方格头巾，身穿阿拉伯长袍，留着浓密的青胡楂，高高扬着马鞭，腾云驾雾般由远而近地向我们疾驰而来，如同一队骁勇的阿拉伯骑士。望着他们的飒爽英姿，那疾驰的马蹄荡起的滚滚烟尘，一时间，恍惚时空穿越，又回到了古老而辉煌的过去，使我一时间竟不知道自己置身于何时何地了。不由得，又想起了那个著名的斯芬克斯之谜："一个物体，早晨四条腿，中午两条腿，傍晚三条腿。"我想，这谜语的谜底绝非一个"人"字那么简单，它包含了多少隐喻、多少哲理、多少暗示啊。记得埃及德尔菲神庙前的石碑上镌刻着这样几个大字："认识你自己"。我想，这应该是斯芬克斯之谜的正确答案。"认识你自己"，这个命题看似简单，却是摆在人们面前的一个严肃的话题，将永恒地考验一切政治家、哲学家、历史学家和文学家的智慧和良知。正如揭晓了这谜底的俄狄浦斯掌握不了自己的命运一样，今天我们的人类，真正掌握了自己的命运吗？为什么曾在历史上辉煌了3000多年的文明古国埃及，今天风光不再呢？为什么几千年前就创造了这样灿烂文明的人类，今天仍然摆脱不了战乱、饥饿、欺凌、压迫呢？斯芬克斯曾对埃及王子说，谁能将我解放出来，我将使谁成为大地之王。相信有着辉煌历史、饱经沧桑的埃及雄狮一定能够苏醒过来，相信今天的人类一定能够更好地认识自己，更加理性而成熟，像金字塔的落日般，经历短暂的黑夜，迎来更加绚丽美好的黎明！

2017 年 1 月

伊斯坦布尔的魅力

在土耳其旅游的最后一站，就是伊斯坦布尔。

在这之前，我们游览的地方，都是这个国家的自然景观。它们是那么地神奇而瑰丽！在卡帕多奇亚，那蛮荒的地貌和一座座蘑菇般耸立的峰峦，真像是到了地球之外的某个星球。在棉花堡，那眼前突然出现的白色的世界，棉花团似的山包，若不是坡上汪着的蔚蓝色的池水和周边的绿树，还真以为是到了北极呢。

如今，乍一进入这号称为"城市中的城市"的伊斯坦布尔，看着这高楼林立，车水马龙，一城千面，闻名遐迩的都市，难免会有乡下人进城的感觉。这也难怪，伊斯坦布尔本来就是"在城里""进城去"的意思。据说它的名字来源于希腊语的音译。当时，遇到有人问路，人们总会指着伊斯坦布尔的方向，说："那就是城市。"

拿破仑曾经说过："如果你到伊斯坦布尔待一天，你会写首诗；待一周，你会写本书。"他还有一句名言："如果世界上只有一个首都，那便是伊斯坦布尔。"伊斯坦布尔的历史和辉煌，只有罗马可以与她媲美。早在公元前 7 世纪，曼加拉人就根据预言家的启示，开始在此建城，并以其族长的名字，命名为拜占庭。由于这座城堡连接着欧亚大陆，是黑海通达地中海的咽喉，因而迅速发展为东西方贸易的中心，也是各方争夺的焦点。公元 330 年，君士坦丁大帝迁都于此，号为"新罗马"。他从罗马各地运来大量青铜、大理石，将城堡扩建了好几倍，并以自己的名字命名为君士坦丁堡，意为"君士坦丁之城"。15世纪时，奥斯曼帝国崛起，在此建都，改名为伊斯坦布尔至今。1924年土耳其建国后，为了保护这座历史名城，迁都于安卡拉，伊斯坦布尔遂完整地保留至今。

伊斯坦布尔是公认的"拜占庭与奥斯曼文明独一无二的见证"。作为拜占庭和奥斯曼帝国长达约1600年的首都，留下了极其宏伟的建筑和举世无双的珍宝。第二天，我们就去奥斯曼帝国的王宫参观。

伊斯坦布尔保留着两座奥斯曼时期的王宫，一座是建于15世纪的托普卡帕宫，俗称"老王宫"，一座是建于19世纪的多尔玛巴赫切宫，俗称"新王宫"。我们去时，很不凑巧，老王宫维修，不能参观，只好退而求其次，到新王宫一睹称雄中世纪的伟大帝国的风采了。

多尔玛巴赫切宫坐落在博斯普鲁斯海峡的欧洲沿岸上，宫殿建筑顺着海峡绵延600米，宏伟壮丽，气势恢宏，尽显奥斯曼帝国的辉煌与奢华。我们由导游带领着，游走于那犹如迷宫般、金碧辉煌的一个个房间。只见门口陈列着中国、日本的精美瓷器，四周悬挂着名家绘制的巨大油画，厅中陈设着由优质木材雕刻的家具，地上铺着华美的手工编织的地毯。据说，修建这座王宫时，光黄金就用了十来吨。所有的门、窗和天花板都精心装饰，有的还用黄金点缀。其中最大的厅堂由56根圆柱支撑，吊着一个重达4.5吨、巨大璀璨的枝形纯水晶灯，堪称是世界之最。

我们的导游，一位美丽的土耳其姑娘，特地带我们参观了皇帝的浴室。它全部由纯白大理石建造，里面有蓄水池、蒸汽孔、衣帽间、吸烟室，整洁讲究，气派宽敞，当年应该是皇帝的惬意休憩之处。现在人去屋空，静寂而落寞，不能不使人慨叹岁月的无情。

导游还在一个厅堂内停住脚步，特地介绍说，这间厅堂，可是至关重要的一个地方。当每一位皇帝去世时，太后都会按照事先商定的，将他诸多皇子中的一个带到这间厅内，准备继位，而其余的则要统统杀死。听了这话，不免使我们个个倒抽一口冷气，"最是无情帝王家"，古今中外皆然，但残酷如此，则是没有听说过的。我们的一个团友就自语道："看来，帝王生活并不值得羡慕，还是做个普通老百姓更安稳惬意一些。"

在多尔玛巴赫切宫参观的最后一个大厅，是被尊为土耳其国父的开国总统凯末尔曾经生活、工作过的地方。凯末尔在他生命的最后一段时光里，在这里处理国事，接待来宾。我望着这间与其他地方相比并不特别的地方，不禁十分感慨。凯末尔不仅在 20 世纪 20 年代初就带领人民建立了土耳其共和国，而且采取了一系列正确的政策措施，奠定了今天国家发展的基础。他短暂地在伊斯坦布尔居留后，毅然决定将首都迁到安卡拉，使这座历史文化名城不至于遭到人为的破坏，堪称是一位智者。为此，怎能不受到土耳其人民和世界人民深深的尊敬和怀念呢?!

由于多尔玛巴赫切宫紧靠着博斯普鲁斯海峡，在王宫的阳台上，我们就看到了这泛着粼粼波光、穿行着各种船只的美丽海峡，吃过午饭后，导游就带着我们乘船去畅游了。

博斯普鲁斯海峡又称伊斯坦布尔海峡，是沟通黑海和马尔马拉海的一条狭窄水道，海峡的这边是亚洲，那边是欧洲，全长 30 公里。它在希腊语中是"牛渡"之意。传说古希腊万神之王宙斯，曾变成一头雄壮的神牛，驮着一位美丽的人间公主，从这条海峡游到对岸，因此而得名。在曾获奥斯卡九项大奖的电影《英国病人》中，男主人公奥尔马希被女主人公凯瑟琳颈下那美丽迷人的凹处所吸引，昵称其为"博斯普鲁斯海峡"。所以后来，人们便叫这海峡为"情人的胸骨上凹""情人那迷人的锁骨"。

博斯普鲁斯海峡是沟通欧亚两洲的交通要道，也是黑海沿岸国家出外海的第一道关口，因而自古是兵家必争之地。地中海沿岸国家，为了争夺这出海口，打了几百年的仗，死了不知多少人。庆幸的是现在是和平年代，我们可以优哉游哉地坐在船上，沐浴着和煦的海风,尽情欣赏着沿岸欧亚两大洲的旖旎风光。只见两岸的差别并不是很大,都是风景如画,海峡的自然风光与历史古迹交相辉映。罗马帝国和奥斯曼帝国遗留下来的巍峨王宫,由宫殿改造的博物馆,豪华的五星级酒店,傍水耸立,古堡残垣,矗立岸边。在海峡的中段,山峦起伏,绿树成荫。可以看见,两岸各有一座中世纪的古堡,似一对威武的雄狮,昂首挺立,拱卫着古城。一栋栋风格迥异的建筑错落有致,不时映入眼帘。在海边的丛林中,在桥梁的基座上,有大大小小的咖啡馆、酒吧、茶馆、餐厅和酒店,人们热热闹闹,进进出出,享受着休闲时光。沿着海岸,还可以看见一道巨大、宏伟的石墙,时断时续地屹立着,虽经千年的风雨沧桑,仍然是那么地雄伟,那么地坚固,这应该就是古城的遗存了。

在海峡南端的最窄处,飞架着世界第四大吊桥、欧洲第一大吊桥——博斯普鲁斯海峡大桥。它气势雄伟,宛若一条长虹飞架在海峡两岸,沟通了欧亚两大洲的交通和运输,方便了两地人民间的交流。

当我们从大桥下穿过时,忽然下起了暴雨。只见疾雨如瀑,直泻墨绿色的海面。一时间,原本平静的海面波涛汹涌,小船也颠簸了起来,我们的心头不由得一紧。但看远方,那浓密乌云笼罩下的伊斯坦布尔城,可能是没有雨的缘故,在夕阳的斜照下,却显得分外娇媚,飞红点翠,宛如海市蜃楼。大家纷纷指看着远方的美景,竟完全忘了眼前的险境。一会儿,风停雨歇,海面恢复了平静,上空又是蓝天白云。导游指点着船下的海水说,大家看,那海水的颜色,就是著名的土耳其蓝。我们纷纷低下头去,只见清澈的海水卷着浪花,蓝中有白,白中有蓝,泛着绿松石般的美丽光泽,因而又增添了出海游的兴致。

第二天,我们到著名的蓝色清真寺参观的时候,更加深切地体会到了土耳其蓝的艺术魅力和土耳其人民对这蓝的爱好。

蓝色清真寺,原名苏丹艾哈迈德清真寺,土耳其著名的清真寺之一。17世纪初由著名古典建筑师锡南的得意门生赫迈特·阿伽设计建造。因它内外墙壁上用土耳其瓷器名镇伊兹尼克烧制的、刻着丰富花纹和图案、以白色为底的蓝彩釉瓷片镶嵌，使得整个清真寺似乎都充满了蓝色，所以人们称为"蓝色清真寺"。它是伊斯坦布尔最重要的标志性建筑之一，也被人们认为是世界十大奇景之一。

建造蓝色清真寺未使用一根铁钉，建筑结构严谨，外观造型独特，400年间历经数次大地震安然无恙。200多个小窗、2万多块蓝色瓷砖、数百块地毯和众多阿拉伯书法艺术品装饰的这座清真寺美轮美奂，尊贵无比。特别是作为清真寺重要标志的6根高达43米的召礼塔，比一般的清真寺多两根，显得十分特殊。相传蓝色清真寺在兴建时，建筑师将艾哈迈德一世"黄金的"命令，听成了"六根的"。因在口语中，两者的语音相近，因而蓝色清真寺就逾规地有了6根尖塔。

蓝色清真寺的大门口，由一根铁链拴着，据说，这是提醒人们，到此必须下马，就是贵为皇帝也必须如此。走过大理石构建的三道门，便进到内庭，里面粉红砾石、大理石和斑岩的大石柱之间以拱门相连接，拱顶着30个圆顶。用于洗礼的喷水池占据了内庭的中心，四周是6根大理石石柱。中央圆顶通过角穹靠在4个突出的拱上，角穹则依次倚托在4个直径1.6米、巨大圆形有凹槽的角柱上，4个半圆顶各占中央圆顶的一方，各个角边的小圆顶则构成了清真寺的底座。

我们进去时，照例要求脱鞋，每人发一个小塑料袋，可以将自己的鞋子装上拎着。踩着松软的地毯，置身这神秘的空间，仿佛时光倒流，一下子回到了中古的时代。在一根根廊柱之下，有人正在默默地祈祷。从透光性不好的窗户上投射进来的光线，笼罩在他们身上，一个个像中世纪端坐至今神秘而朦胧的雕像。从寺内出来，在外墙的边上，有一排排白色大理石的石凳，前面有水龙头，以供人们坐在上面做"小净"洗脸洗脚。看到前面搁脚的白色大理石磨出了明显的凹痕，不知这儿历经了多少年代，有多少圣者在这儿小净过。我怀着崇敬的心态打开水龙头，用温热的清水洗了手、洗了脸，又洗了脚，不由得有种与前人相会，与信者交流的感觉，觉得不仅身体舒服了，心灵也清亮了许多。

蓝色清真寺对面，就是著名的圣索菲亚大教堂。它是君士坦丁大帝为供奉智慧之神索菲亚而建，始建于公元 325 年。它代表了拜占庭文化的典范，是当时的城市中心。在 17 世纪圣彼得大教堂完成前，它一直是世界上最大的教堂，被人们誉为"最向往的八大教堂之一"。

圣索菲亚大教堂在建筑形式上推崇圆顶天窗式，而罗马人又善于建造圆顶，因而这座教堂的特别之处在于，平面采用了希腊式十字架的造型，在空间上，则创造了巨型的圆顶，而且在室内没有用柱子来支撑。君士坦丁大帝请来的数学工程师们发明出以拱门、扶壁、小圆顶等设计来支撑和分担穹窿重量的建筑方式，以便在窗间壁上安置又高又圆的圆顶，让人们仰望天界的美好与神圣。由于地震和战乱的毁坏，圣索菲亚大教堂经历过数次重修，尤其是公元 532 年查士丁尼大帝投入 1 万名工人、32 万公斤黄金，用 6 年时间修缮了圣索菲亚大教堂。当完工后，查士丁尼皇帝走进教堂，不由得感叹道："感谢上帝，让我创造了这个奇迹，啊！所罗门，我终于胜过你了！"

奥斯曼土耳其人在进入君士坦丁堡后，一度将大教堂转变为清真寺，并逐渐增加了一些伊斯兰建筑。土耳其共和国成立后，将这座教堂改变为博物馆对公众开放。

当我走入这个教堂，不由得感到深深的震撼。想象不到，在约 1500 年前，人们没用一根木头，怎么会用石头建造出这么恢宏壮观的建筑，而且能够完整地保存到今天啊！圣索菲亚大教堂的存在，说明了古代人们的聪明才智和巨大成就，应该是整个人类都为之自豪的珍贵遗产。

在圣索菲亚大教堂，既可以欣赏到古罗马拜占庭的风采，同样也能看到伊斯兰的风格和基督教风格并存的痕迹。我们登上长长的、宽敞的坡道，来到同样恢宏的二楼，只见一面巨大的墙壁上，用彩色的马赛克镶嵌着一幅画，据说这是圣索菲亚大教堂内最神奇的壁画。正面绘着耶稣的画像，面容端庄，和蔼慈祥，左右两边是圣母玛利亚和浸礼者。这幅画的神奇之处是无论在什么角度，耶稣的眼神始终都跟着你走，好像一直在看着你，似乎在说，你做的什么事，神都是知道的。圣索菲亚大教堂保存最完整的壁画是在镶嵌着黄金马赛克的墙壁上，衣着朴素的玛利亚怀抱着象征知识与智慧的耶稣立在银制马赛克镶嵌的基座上，她的头两边标着"神的母亲"的字母缩写。她的身边是手捧伊斯坦布尔城图的拜占庭帝国的第一位建设者君士坦丁大帝，和手捧圣索菲亚大教堂图的查士丁尼皇帝，表示他们把伊斯坦布尔和圣索菲亚大教堂作为礼物献给圣母和耶稣。

我问导游："这座教堂不是改为清真寺了吗，怎么这些画像还能比较完整地保存下来？"导游说："当时对这些画并没有毁坏，只是在外面刷了一层灰泥，将它们遮盖了起来，这样反而起到了保护作用。否则，不要说是人为的破坏，就是几次大的地震和火灾，画像也难逃其劫。现在，将外面这层灰泥轻轻揭下来，这些文物又重见天日了。"

从圣索菲亚大教堂出来后，我们又怀着兴奋、期待的心情，去了旧城中心具有浓郁土耳其特色的卡帕勒市场，即大巴扎集市。据介绍，大巴扎采取全封闭式的结构，有 500 多年的历史，占地 30 万平方米，有 65 条街道，近 5000 家商店，是世界上最古老、最大的集市之一。

如果说，在蓝色清真寺和圣索菲亚大教堂看到的是土耳其的历史的话，那么，在大巴扎，我们看到的更多的是土耳其的现实，是浓郁的土耳其世俗生活的图景。我这一生中，也算去了不少地方，但到了伊斯坦布尔的大巴扎，还是大吃一惊，大开眼界，从来没有看到过这么繁盛的场面。在圆形的土耳其风格的穹顶下，中心大道富丽堂皇，两旁分出的小巷密如蛛网，一个挤着一个的店铺形形色色，陈列的商品琳琅满目，来来往往的人流摩肩接踵。据说，整个大巴扎集市分为两个部分，一共有 4 个大门，出入口就达 26 个之多，俨然一座规模宏大的王宫。其中最主要的两个大门的横匾上，由苏丹阿布都哈密德二世亲笔书写着"真主喜爱经商的人"。

我们自由自在地在里面闲逛，真使人感觉进入了阿里巴巴的藏宝洞，可以满足你所有购物的欲望。从世界各地运来的商品和土耳其本地的产品：香料、食品、珠宝、首饰、陶瓷、服饰、皮毛、地毯、古董等等，凡是你想得到的，在这儿都能找到，就是那些你想象不到的，在这里也能看到，让人应接不暇，叹为观止。

在这里，东西南北，各种口音，各种肤色，各种服饰的人们，都兴致勃勃地在里面随心所欲地游逛着。有的穿着阿拉伯的传统长袍，有的着基督教修士的服饰，有的从头到脚包裹着，只露出两只眼睛，有的则穿着短裤短裙款款而行。耄耋老者，时髦女郎，帅哥小伙，稚嫩孩童，个个彬彬有礼，人人微笑而行，真可谓是地球的十字街头，尘世里的梦幻世界。

这里的摊贩们，待顾客十分热情。而且他们见惯了世面，似乎哪国的语言都会几句。见了我们，热情地招徕上来，用生硬的汉语说"你好""欢迎""看一看"。有的还招呼你进去，喝一杯他们的土耳其红茶，拉着我们合影留念。

在川流不息的人群中，在各式各样小贩热情的纠缠中，我逛了两个多小时，不但感觉身体累了，审美也疲劳了，便找了十字路口的一家小咖啡馆，坐了下来，要了一杯咖啡，一杯土耳其红茶，边细细品尝着，边观察着眼前的人们。不由想起了司马迁《史记·货殖列传》"天下熙熙，皆为利来；天下攘攘，皆为利往"的名言来。但是，从我面前走过的人流，却仿佛并不是逐利而来，他们观光的感觉远远大于购物的感觉。在这堆满了商品的地方，没有感觉到物欲横流，而更多的是市井生活，流淌着鲜活的拜占庭和奥斯曼两大帝国的传统气息。一刹那，我突然感觉到，这大巴扎，不就是伊斯坦布尔的心脏吗？一条条的街巷，仿佛血管般将各色人们吸引到这城市的中心地带，又满载着欢喜迸散出去，从而成就了这古老城市的生气，使它历经千年，而仍然保留着无限的活力。

这时，咖啡馆的电视里正播放着土耳其的电视节目，其中一个女歌手用活泼、俏皮的动人嗓音唱着。见导游发出会意的笑声，我便问她，唱的是什么，她说歌词大意为：嘘，你给我听好，伊斯坦布尔会喜欢你，只要你喜欢我。伊斯坦布尔会收拾你，如果你让我难过的话。即使你想，你也逃不出伊斯坦布尔，因为你的心在我这儿，而我在伊斯坦布尔。

多么意味深长的歌声啊！歌中的女主人公竟然将自己与这座美丽、伟大的城市紧密地联系在了一起，在她心目中，伊斯坦布尔就是我，我就是伊斯坦布尔。这是对这座城市多么深的感情啊！在来土耳其之前，我就曾经听人说过：对于伊斯坦布尔，如果你不极度向往，一定是不够了解；如果你不被惊艳，那一定是体会不深。在伊斯坦布尔短短的两天，我已经被这座城市深深地吸引住了。她的无穷魅力，足够使我着迷。

此刻，我坐在大巴扎的咖啡馆里，回味着这两天的经历，不禁陷入了沉思，是什么东西，让伊斯坦布尔这么充满魅力而迷人呢？望着大巴扎全世界的各色商品，望着眼前这来自东西方的各色人等，我明白了，正是这包容的气度，使伊斯坦布尔充满了活力；正是这多元的文化，使伊斯坦布尔充满了魅力。这应该是这座古城，历经数千年，而仍让人喜爱、着迷的原因吧！

2018 年 7 月

第三辑

第 四 辑

无花果

　　春节过后不久，家里的一盆无花果树就冒出了嫩嫩的小芽。一天天过去了，尖尖的芽苞慢慢地绽放，绿绿的叶片就伸展开来了。细细看去，枝干上还有许多圆圆的骨朵儿。我还以为它也是叶芽呢，后来发现，竟然是些小果实。这才明白，难怪叫它无花果呢，没见花开，就已早早地结出了果子。它没有炫耀绚丽的色彩，没有招惹喧闹的蜂蝶，就是那么地朴实，那么地顺其自然，默默地奉献出自己的所有。

　　这棵树是父亲生前种植的，住院前让我搬来的。当时，忙于父亲的病事，我也无暇管它。后来，父亲去世，正逢深秋，它的叶子全掉光了。本来，我以为它已经死了，因是父亲的遗物，也就没有扔掉。现在，过了一个冬天，它竟然又活了过来。而且，生机盎然，显示出那么旺盛的生命力，这就不能不使人感慨万千了。每当看到它手掌似的伸展的叶片，看到它那饱满的果实，就不能不想起父亲来。

　　父亲出身农民，解放后参军入党，转业后始终在一个单位工作，虽是政府部门，却没有当过什么像样的官，一辈子普普通通地度过，身后也没有给我们留下多少遗产。但他就像无花果树一样，始终是那么朴实无华，那么热爱生活，那么热爱劳动，那么忘我奉献，为我们这个家殚精竭虑，为我们兄弟们倾注了全部的心血。他在我们心目中，永远是一座倚靠的大山。

　　难忘在他青年时，为了全家能在一起，毅然放弃了去外地当官的机会，而甘于当一名普通的干事。难忘在他壮年时，我大弟患了大病，为了给大弟治病，他东奔西走，半年时间竟然白了满头的乌发。难忘在他老年期间，为了劝阻二弟过度饮酒，甚至在看到报纸上戒酒的文章，写上痛切的批语，不顾腿脚不便，骑着自行车到二弟家，艰难地爬上高楼，将这张报纸亲手送到他手中。

还记得我小时候，又贪玩又淘气。冬天的时候，和小伙伴们在家后的冰湖上玩。那时哪有钱买冰鞋呀，于是就自己想办法，找了两块木板，穿上铁丝，踩在脚下，就成了冰鞋。再用根木棍，头上插上铁钉，夹在两腿间在冰上一杵一杵的，就可以飞快地滑行了。就这样，越玩越高兴，不知不觉间，胯间穿行的木棍竟将母亲新做的棉裤擦烂了，里面的棉花都拽飞了。我本以为闯下了大祸，要挨父亲的一顿臭骂。谁知，父亲让弟弟带着，看了我的发明后，不但没有责怪我，反而不知从哪儿找来了一双冰鞋给我。它虽然已是半旧不新，但那是一双真正的有冰刀的冰鞋，这给了当年的我们多大的自豪和欣喜啊，也给少年的我们带来了多少欢乐啊！而且，父亲的这种宽容的态度，也对我们以后性格的发展和心智的成长，不知起到了多大的作用啊！

提起父亲，许多人都会想起朱自清的《背影》。的确，这是一篇描写父爱的散文名篇。但是，厚重如山的父爱，不仅能从儿子看到的父亲的背影上感受得出来，更能从父亲注视儿子的背影中感受出来。那还是我在上海上大学的时候，一次，父亲到上海出差并看我，回去时，我到车站送行。车开了，我也就回头走了。可是，没过两天，就收到了父亲的一封信，是他在北京中转时写给我的。信中反复叮咛的，是发现我在车站回头走时，腰有点弯，让我以后一定要挺起胸，背不要驼。原来，火车开后，儿子回头走了，父亲并没有收回自己的目光，还在深情地注视着我的背影，关心着我的身姿。这是何等深厚的父爱啊！而且，从那以后，无论我走到哪里，无论我做什么，都能感受到身后有父亲那深情的注视、关切的目光。直到现在，我也一大把年纪了，并且担任了多年的领导工作。每次见面，父亲的话语虽不多，但总要嘱咐我几句，要好好工作，行得正，走得端，挺直腰杆做人，别让人家在背后说闲话。父亲关心的，不仅仅是我走路的身姿，而且是我在人生之路上的身影啊。直至父亲这次病了，一开始去医院就医，还坚持拄着拐杖自己走。不让我陪他，怕影响我的工作。父亲就是这样，时时为子女着想，从来没有考虑过自己，就像那棵无花果树一样，普通而实在，大爱而无言，默默地奉献着自己，朴实无华地度过了一生。父亲给我们留下的，是无尽的思念和基本的做人的道理。

2012 年 3 月

马莲花

马莲花，又名马兰花，是我家乡常见的一种花儿。它肯生韧长，耐严寒，抗干旱，叶条似兰，花型美丽，花色淡雅，花气幽香，默默地盛开于原野上，被推崇为宁夏的区花。

我的母亲名叫马淑花，是一位普通的回族妇女。可在我眼中，她就像宁夏大地的马莲花一样，栉风沐雨，坚忍顽强，在平凡中显示着高贵，于朴实中散发着馨香，从而留给我们子女无尽的思念。

母亲出身于宁夏吴忠的大户人家，三岁时丧母，童年生活很不幸。她曾经给我讲过，小时，她经常独自一人玩耍，玩累了，有时就躺在井台边睡着了，冬天小辫子都冻在了地上，直至她父亲傍晚回家，才痛惜地将她抱回来。为此，她总是喃喃地对我们说："还是有个亲妈好！"

童年的不幸，也造就了母亲要强的性格。她和我父亲结婚后，就承担起了婆家这一大家子的主要家务。母亲没有上过学，但心灵手巧，全家老老少少的衣服，都是母亲裁剪、缝纫的，锅灶上的事情，也是母亲当家。那时正是解放初期，母亲积极参加了村里的识字班，还当上了妇女干部。正当工作队要将她重点培养时，奶奶扯了后腿，这常使母亲快快不已。为此，她下决心要让父亲走出乡村，走在人前头去，鼓励、动员父亲参军，走向了外面的世界。这样不仅改变了父亲的命运，也改变了我们全家的命运。

我童年最早的记忆，是母亲领着我，怀中抱着我弟弟，走在一个陌生的环境。那时天已黑了，周围都是树林，头上乌鸦"嘎——嘎"地叫着，身边是一条黑黢黢的小河，感觉恐怖极了。想起远方温暖的家，想起远方的爷爷奶奶，不由得心中涌满了愁苦。后来长大了，才知道，那是母亲领着我们去到父亲当兵的地方探亲。不久，父亲提干了，可以带随军家属了，母亲带着我们到父亲服役的地方生活在了一起。我依稀还记得，住的是一间小小的土坯房，但是那是一段温暖而快乐的日子。

有两件事至今仍难以忘怀。一次，我不知从哪儿弄来一个拇指大的钢珠，玩着玩着，竟然含到嘴里咽进肚子去了。这下可把母亲吓坏了，又是给我灌香油，又是让我吃韭菜，还成天拿着个小棍子，扒拉我的大便，直到在大便中发现了排出的钢珠，才放下心来。那时的孩子，也没有什么玩具，不知为什么，院子里的孩子时兴起玩蝼蛄来了。蝼蛄我们叫"蝲蝲蛄"。这本是一种害虫，身形褐色，长相狰狞，头上举着两只大铲子。我见小伙伴们将这"蝲蝲蛄"用线拴着，相互逗着玩，十分有趣，也想有一只。但这玩意儿藏于土中，并且有两只可怕的大铲子，可不是轻易能逮着的。一天，我从外面玩回来，就见母亲高兴地迎了出来，手中高高地举着一只用线拴着的"蝲蝲蛄"。原来，母亲知道了我的心思，特地为我逮了一只，只是手指让它给蜇肿了。这可是一件意外惊喜的礼物啊，我高兴地拿着它就出去玩去了，竟然忘了母亲的伤痛。

1958年，父亲转业，到自治区首府工作，我们全家也搬到了银川市生活。这时，全家有6口人，全凭父亲不多的工资生活。但母亲将全家的生活安排得十分妥帖，甚至在那3年的困难时期，我们都没有挨过饿。母亲还常常给人裁缝衣服，挣些钱补贴家用。这时候，母亲总要买些高价的面包点心给我们吃，在我印象中，那可是十分香甜的食物，每次吃时，都像过节似的。母亲对我们生活上疼爱有加，在学习上可要求严格，常常是拿我们和邻家小孩比，总怕我们落到后面去。现在和一些朋友聊起来，他们对母亲也是十分佩服的。一次，一位小时的玩伴、现在是德国一所大学的教授见面后说：你母亲真有意思，那时，我们见你身上用毛笔画着些符号，不知是什么意思，感觉神奇极了。我笑着解释说，后来我才知道，那是母亲吓唬我们的，她怕我们偷着去家后的湖里去玩水，既耽误学习，又不安全，就用毛笔在身上画上记号，回来后若墨迹没有了，就被她发现了，睡觉前自然就给我们洗掉了。

就这样，从小学到中学，母亲一直关爱、激励着我们成长。我报考大学时，正在工厂工作，当时经过 3 年学徒，好不容易成为了二级工，捧上了铁饭碗，挣上了每月 40 多元的工资，这在当时，可不是一个小数目，足可养活一家人了。可是上大学后，这工资就没有了。于是不少人劝我，今年算了吧，明年再上吧，明年就能带工资了。回家和母亲商量，母亲毫不犹豫地说：怎能只看眼前呢？明年还不知啥情况呢。行前，母亲亲手给我做了一套新衣服，高高兴兴地带领全家到照相馆照了相，亲自到车站将我送上了火车，每月都提前将生活费寄来，直至我毕业。

母亲一辈子普普通通，但她引为自豪的，是抚育大了我们兄妹四人。她经常夸耀地说，我这 4 个儿女，挡风都能排成一堵墙。因而，她总是尽力给我们以工作上、生活上的支持。我们成家后，工作忙了，孩子都是交给她带，她也总是不辞劳累，尽心尽意地将孙儿带好，以减轻我们的后顾之忧。有几次不慎跌倒，宁可自己受伤，也要护好怀中的孩子。母亲最开心的是，在节假日，和父亲做好一桌子好吃的菜，招呼我们来家吃。这时，她总是笑眯眯地站在桌子边，给这个夹块肉，给那个添碗饭，看到大家吃好了，比自己吃好还高兴。困难时期，母亲经常将肉夹给儿女，自己啃骨头，说是啃骨头香。其实，我们都清楚，那是她把好的都给我们了。吃饭之余，也会聊聊我们的工作，她虽不多干预，但总是鼓励我们好好工作，正直做人、清白做事。一次，我跟她聊道，有人劝我，不要太死气，应该到领导家里走走，拉拉关系。母亲说："'癞呱子（蛤蟆）跳门槛，又跌尻子又伤脸。'别听他们的。在你们那群小伙伴中，你算是比较有出息的了。今后只要好好工作，问心无愧就好了。"话说得虽然直白，但给我留下了极其深刻的印象，在我以后的人生道路上一直伴随我，更坚定地树立了不趋炎附势的性格。

回族中有句流传甚广的谚语："天堂就在母亲的脚下！"年轻时体会不深，待到上了些年纪，特别是当母亲不在了的时候，才愈加痛切地体会到了这句话的无限内涵和深刻蕴意。

现在，母亲不在了，但她的音容笑貌，总萦绕在我的脑海之中，出现在我的睡梦之中，这时候，总深深地感觉到，世上最亲近、最关心你的人就是母亲了。在母亲面前，不论你多大，总觉得自己还是个孩子。在母亲面前，永远有天堂般的快乐。虽然母亲离去了，尘世的天堂没有了，但母爱是永远存在着的。唯愿在来世，能够与母亲在天堂里相逢，再补上做儿子的缺憾！

2016 年 12 月

高怀见物理　和气得天真

　　在回族历史的天空中，不乏杰出书画家的身影。据一些研究者考证，宋代书法大家米芾、米友仁父子，就是回族先民后裔。元代，大批回族先民来到中原，他们"舍弓马而事诗书"[1]，"日弄柔翰，遂成南国名家"[2]。其中高克恭、萨都剌、马九皋、丁野夫、沐仲易等，不仅在诗文上成就非凡，在书画上也颇负盛名。明清之际，回族也曾涌现了丁鹤年、梁檀、马守贞、金公趾、马世骏、改琦、郑珊、笪重光等名重一时的书画名家。

　　在当代，东西南北各地的回族书画家更是灿若繁星，蔚为大观。而在其中，富于代表性、艺术成就突出、贡献显著的，当数刘正谦先生。

一

　　刘正谦先生出身于山东青州回族世家，父亲刘柏石，北京燕京大学毕业，曾和马松亭阿訇一起创办著名的北京成达师范。抗日战争时，刘柏石举家搬迁至宁夏，刘正谦在宁夏上小学、中学，后到兰州西北师范学院学习。大学未毕业，便遵父命回家与爱国将领马鸿宾的孙女完婚，之后便留在银川工作。宁夏解放后，曾在宁夏干部学校任

---

[1]　［元］戴良《丁鹤年诗集序》。
[2]　［明］毛晋《萨天锡诗集跋》。

教，与后来成为著名作家的张贤亮先生为同一教研室。1958年宁夏成立回族自治区后，刘正谦先生在几所学校当教师。改革开放后，先后在银川市文化馆、银川市政协、宁夏标准草书学社、宁夏书画院工作，1995年，调任宁夏文史研究馆副馆长，2000年退休。

刘正谦先生的一家都有深厚的书法根底。父亲的字写得很好，受其影响和教诲，刘正谦自小就酷爱练习毛笔字，每天临帖习字是从不间断的功课。由于父亲习的是清代书法大家何绍基的字体，正谦先生自小就对何绍基的书体非常喜爱，习练的也是何绍基的字体。稍长，他更知临帖的重要，除苦练何绍基字体外，还习练颜真卿、柳公权、刘墉、于右任诸大家的字体。从幼年习字到老年，无论环境、工作、身份如何变化，正谦先生从未停止过对书法艺术的研习与创新。在当教师写板书时，他也拿出临帖一般的认真劲儿。那一时期，刘老师的板书成为学生们的艺术享受。中年以后，他用功更勤，不求捷径，下苦功夫。据和他亲近的书法同人说，那时，正谦先生依照古法，找来一块大方砖，磨平之后，每天蘸着清水在砖上练字。古人讲，力透纸背，正谦先生则是力透砖背，直至柔软的毛笔将这块砖磨得光滑如镜。那时，他在书法理论上也颇下过一番功夫。他不但认真研读了刘熙载《艺概》中的《书概》，而且还给青年书法爱好者翻译成白话文讲解，使这些青年人深受启发。退休之后，得脱工作之累，正谦先生更是静下心来专注于书法。每天都晨起临帖以承古求新，一写就是几个小时。他七十岁时仍表示："我要衰年变法，在书法艺术上永不停步！"

正谦先生为什么一辈子没有停止对书法艺术的探索？他的回答简单而朴直："我爱书法！我从来没有对自己的字满足过，现在仍觉得某些方面还欠精到。""除非是因为年龄、身体的原因写不动了，只要身体和精力允许，我会一直写下去，这是我毕生的追求！"并说："如今我是在写我自己！"

　　从师法颜真卿、何绍基、于右任等到自由挥洒，经过多年的积累，正谦先生师古而不泥古，创新而不离法度，逐渐形成了自己独特的风格和美学特点。正如宁夏书协评介的那样：正谦先生艺术风格的建构，无不处处散发着"骨势"与"韵趣"的精神与风采。其作品整体笔酣墨畅、奇荡多姿，给人的第一印象无疑是堪称登堂入室的何绍基家法；其用笔行墨的浓重温润处，又于何绍基之外平添了一些刘墉的意味。但进一步审视很快就会发现，正谦先生的用笔已完全不是何绍基的绵软与刘墉的肥腴，而是一种峭拔挺健、顿挫分明的骨势洞达、筋力充溢的特征。所以，正谦先生之书是以"韵趣"为表而以"骨势"为里，有似于古人所称道的那种"外若优游，中实刚劲"的艺术类型。而这"骨势"与"刚劲"，则无疑当是颜真卿、柳公权、于右任这些以"骨势"为尚的书家的法乳。[①]

　　正是这种水乳相融的天然结合，形成了正谦先生书法运笔凝练、变幻多姿、沉着有神、清新爽健、明丽俊快、内韵丰富、脱尘超俗的风格特征。作家了一容说："从老人的字，可以看出他的心很干净，可以看出他的为人是普慈和善的，且对自己却又是极其严谨和自省的。很少有一个书画家能像他这么自律和不断反思自己、解剖自己。从他的字，可以看出他的心完全是安详的、静着的。""他的字充满了朴素、平静与亲切。正谦老人的每一个字只要仔细看，都仿佛是在微笑，都那么平和、安详，很容易让人入静，久了，会觉得有一团气从丹田缓缓升上来，在周身温泉一般流淌。再看上一会儿，你会情不自禁地生发精神的喜悦。老人的字在形式上删繁就简，在精神内涵上，完全是在传达他的无尽的心情，他的难言的机密，他的透悟的真理与道。他追寻着道，谨守着道，他得享着天地之间的大和平。"[②]

　　中国书法家协会第五、第六届副主席，原宁夏书法家协会主席

---

① 见宁夏书法家协会书家推介系列——刘正谦书法艺术赏析 Mp.weixin.qq.com。
② 见《人民日报·海外版》2007 年 11 月 2 日第 7 版。

吴善璋先生对正谦先生的书法艺术，给予了很高评价。他曾对我说过："对于一个艺术家的评价，最主要的是以他的艺术成就为依据的。作为书法家的刘正谦先生，若以他坚实的传统功力、突出的个性特征、独树一帜的创作风格，完全可以同当代的书法大家沈鹏、欧阳中石等相提并论而毫不逊色。但因传统观念的影响，对于书法的评价，习惯地添加了更多的特殊要求，诸如书法家本人的身世、阅历、社会地位、贡献、影响力、知名度以及与书法相关学科的修养、著述……平心而论，正谦先生在这些方面是不占优势的。再加之正谦先生生活在西北宁夏，地处偏远，人口稀少，经济社会欠发达，地方上对正谦先生的创作欠重视、欠推介、欠研究宣传等诸多不利因素，致使这位原可成为当代一流书法大家的人才，止步于攀登的中途，实为宁夏文化的一大憾事！"

二

正谦先生不仅是宁夏书法创作的领军人物，还是新时期宁夏书法事业的开创者和主要组织者。

偏处塞上的宁夏，虽然人口不多，又是个民族自治区，但是这里的文化底蕴非常深厚。解放以后，又有许多文艺工作者由于各种原因，来到宁夏。因而，这里也是藏龙卧虎、人才济济之地。但是，在"文革"时，他们由于受到束缚和限制，没能展现自己的艺术才华。"文革"结束后，文艺的春天来临，这些文艺家得到了解放，急欲展现自己的艺术才华，但是，又缺乏必要的工作和交流条件。这时，正谦先生利用自己在文化馆工作的身份，将散落在银川的书法爱好者组织起来，成立了银川书法学习小组。小组成员涵盖老、中、青三代，老同志如曹佑安、胡公石、安卓三、罗雪樵等，年轻的爱好者如柴建方、吴善璋、郭守中、马学智等。银川书法学习小组成立后，交流学习活动频繁，书法讲座、书法展览、少儿书法培训班等一系列活动陆续开展，银川地区的很多书法爱好者得到了学习交流的机会。1978年，为了开阔眼界、交流经验，正谦先生和胡公石、柴建方、马学智作为宁夏书法界的代表，前往全国各地学习交流。在北京，他们与沈鹏等先生进行了交流。在南京，他们拜访了著名的书法家林散之先生。当时林老已八十高龄，相谈之后非常高兴，虽然老人的手指屈伸很困难，但还是为宁夏书法界写了一幅6尺整张的作品，并为4人各写了一幅字相赠。这固然是老人对远道而来的大西北的书法家的热忱，更是老人惺惺相惜，对遇到知音的感动之情所致。在苏州、杭州，他们拜会了著名书法家费新我、沙孟海等先生，并和苏州的书法家达成协议，举办银川与苏州书画联展。1979年，银川地区成立了书法篆刻小组，这是新时期国内第一个书法篆刻组织，正谦先生虽任副组长，但日常的组织工作都由他负责。1980年5月，宁夏书法家协会早于中国书法家协会正式成立。当时的宁夏书法家协会，是全国三个省级书法家协会中最早成立的。在宁夏书协第一届理事会上，正谦先生当选副主席兼秘书长，日常事务俱由他来处理。

书协成立后没有固定场所，没有经费，举凡开会、研讨、评审，大多是在正谦先生家中进行。为此，正谦先生在自家的小院中，专门建了一座20平方米的平房，收拾得十分雅致，作为在家开会、交流书法艺术的聚会之所。每次聚会前后，为了使大家舒适、开心，正谦先生亲力亲为，总是精心做好后勤保障工作，他那儿自然成了具有强大凝聚力和亲和力的所在。在正谦先生等书家的倡导和努力下，宁夏连续举办了多次书法展览。有银川市书法展、全区书法展，还有宁夏、甘肃书法展，宁夏、青海书法展等。宁夏书法事业呈现出一片红火的景象。

正谦先生始终重视年轻人才的培养，注重一支整体的宁夏书家队伍的形成。很早以前，正谦先生就为宁夏书法事业的发展定下了大目标。他曾多次说:"宁夏只出一两个书法家不行,成不了气候。宁夏要有自己的'扬州八怪',要出十个八个高水平的书法家,宁夏书法才能站住脚!"这些豪言壮语在宁夏书法界广为流传,时时激励着宁夏的书法家们。他对年轻的书法爱好者总是关爱有加,不吝赐教,还亲手刻制了一方印章"人梯"以自勉。宁夏有位书家曾深情地回忆说,20世纪70年代,学习书法的条件很差,一次,他在正谦先生家中见到了一本珂罗版的颜真卿的书法字帖,十分精致,十分逼真,也十分珍贵。正谦先生见他很喜爱,便说,你喜欢,就拿去临摹练习吧。这位先生回家后,精心揣摩,勤奋临习,果然书法水平有了很大进步。但是后来,一位邻居见他有这样难得一见的字帖,也要借去看看,碍于情面,只好借给他了。但是,过了几天,那邻居却说这帖子不小心弄丢了。他只好向正谦先生如实说明,本想要受到一通责备,但没想到,正谦先生只是轻轻叹了口气说,丢了就丢了吧,你也不要放在心上。正谦先生的这种轻物重人的态度,使他十分感激,更激发了他练习书法的热情,后来,成了宁夏书法界的一位名家。

正谦先生对宁夏、对回族书法事业的一大贡献,是他倡导并亲自筹办的"全国回族书画展"。正谦先生意识到,要提升宁夏和回族的书法水平,还要举办更高层次、有全国影响的展览,这个念头随之催生了"西北五省区书法展""黄河流域十省区书法展"和"全国回族书画展"等一连串大型书法展览。特别是"全国回族书画展",代表了当代回族书画艺术发展的最高水平,反映了回族书画艺术的繁荣盛况,使社会各界更多地了解、欣赏到了书画的艺术之美,并为促进全国回族书画艺术的发展搭建了宽广的交流平台。自正谦先生倡导并亲自操办了第一届、第二届后,至今已经举办了四届,不仅在宁夏的首府银川举办,还到青海、河南举办过,并曾在2009年国庆60周年大庆时,到首都北京举办过。因此,可以毫不夸张地说,正谦先生不仅以自己的书法创作,为宁夏和全国回族书画艺术增添了光彩,提升了创作的水平和影响，而且以自己亲自倡导、亲自组织的书画活动，有力地推动了宁夏与全国书画艺术的活跃和交流，为中华民族艺术的繁荣发展作出了自己突出的、不可磨灭的贡献！

三

　　我和正谦先生的交往，记不得始于什么时间了，只记得和先生的每一次见面、交谈，都有如沐春风的感觉。先生年长我许多，可算是我的父辈，但先生从来都是那么和蔼可亲、诚恳坦率，丝毫没有年龄的差距和感觉。我出第一本个人评论集《回族文学与回族文化》时，有人建议，能否请正谦先生题写书名？那时先生已是宁夏书坛的领军人物，而我还是一个初出茅庐的小伙子。先生能答应吗？当我怀着忐忑的心情，走进先生那散发着墨香的书房，说明来意后，先生欣慰地笑了，说："这是好事，这本书很有意义，是我们回族文化的一个收获。我写，你过两天来拿。"两天后，我到先生家中，先生交给我用一小幅宣纸题写的书名，笔酣墨饱，奕奕有神。书名中两个"回"字，为避雷同，还用了不同的写法，明显感觉到先生是认真思考，用心书写的。我非常喜欢，向先生道谢后，便拿走交给出版社了。但是，过了几天，出版社的编辑打来电话，说那幅字装在一个纸袋中，在乘公交车时不小心丢了，让我能否请刘先生再写一幅。没办法，我只好硬着头皮给先生打电话，说明了情况后，没想到先生并没有生气，也没有嫌麻烦，而是轻轻一笑说，没关系，他再写一幅，明天让我去拿。第二天，我再次到先生家中，拿到先生重新书写的字后，心里暖乎乎的，由衷地感到，先生的大度和热忱，是他一贯的对青年人的关怀所致，是他对青年热心文化事业的支持和肯定。

　　后来，我到文联工作，先生虽然已不再主持宁夏书协的工作，但对书协和文联的工作仍然十分热心，对我也是非常关心，对我的工作给予了有力的支持。我凡是有事找他，总是有求必应。先生筹办首届全国回族书画展时，见了我，兴奋地说，这是个大事情，你也应该参加进来，我们到全国跑跑，多征集点好作品回来。但由于回族书画展由文史馆负责，文联为协办单位，我不便多参与，没能帮上先生多少忙。先生亲自筹办了首届、第二届全国回族书画展，都非常成功，可以说是开了回族书画史和文化史的先河。到2008年，开始酝酿筹办第三届时，我调到文史馆工作，正负责此事。先生知道我到文史馆工作后，对我的工作依然十分支持。我到文史馆后主持第一次馆员大会时，先生不仅破例参加，还积极倡议，帮助我成立了馆员、研究员书法组和美术组，并动员得力人员担任组长。小组成立后，先生对我说，有了这两个组，我的工作就好做了，以后有什么事，两个组长就帮我做了。我接手先生筹备第三届回族书画展时，先生积极参与，热心张罗，提出了许多好的建议。他不但亲笔题写了"第三届全国回族书画展"的会标，还不顾劳累，亲自参加并主持了所有参展作品的评选工作。有一次，评选整整进行了一天，老人家不顾劳累，对每幅作品都严格把关，看得十分认真。当看到好的作品时，总是赞誉有加，而当看到一些不好的作品，尤其是书风不正、故弄玄虚之作时，也总是毫不留情。记得当看到特邀作品中，某大省的一位书协负责人写的字时，他生气地说，一位大省的主席，字怎么写成这样？！在他的积极参与和大力帮助下，第三届全国回族书画展于宁夏回族自治区成立50周年之际，在宁夏首府银川隆重举行。后来，我们又选取其中的精华，在中华人民共和国成立60周年时在首都北京民族文化宫隆重展出，并先后出版了精美的《第三届全国回族书画作品展选集》和《全国回族书画展选集》，均由正谦先生亲笔题写会标和书名。这既说明了先生在回族书画领域的领军地位，也彰显了他在这一领域的影响，以及他对回族书画展览盛事的开创之功。

2009年，先生年届八十之时，我们和先生商量，依照文史馆

"敬老崇文"的宗旨，要给先生好好地过个寿，但不搞俗套，主要内容是举行先生的作品展览。先生答应了，但提出，晚上小范围地请大家聚一聚，这个钱由他个人负责。展览在新落成开业不久的银川文化城举行，那时，虽是冬天，但展览非常隆重、喜庆，全区文化界的知名人士群贤毕至，少长咸集。展出的百幅作品更是集中了正谦先生创作的精华，令观众叹为观止。在晚上的生日宴中，我在致辞中，发自内心地说："我们宁夏虽然是个小省区，但有正谦先生这样的艺术家，使我们在文化上充满了自豪、充满了自信，无论走到哪里，都赢得了人们的尊重。这次展览活动，既是正谦先生一生翰墨生涯的一个总结，也是宁夏文化界的空前盛事，在宁夏文化史上留下了浓墨重彩的一笔。"

我和正谦先生的最后一次合作，是 2011 年。那时正谦先生虽然年龄大了，但仍想着为宁夏的经济建设和文化建设出份力量，提出要搞一个"黄河金岸书法作品展览"，并亲自到自治区主要领导的办公室，得到了领导的支持。然后，把我叫到他家里去，对我说："我的工作做完了，下面具体的工作，就靠你了。""先生交代的事情，我自然不敢怠慢，只是说，这事情还得靠您老挂帅。"先生说："没问题，你放手去做。"回来后，我和文史馆的王预先处长认真拟订了一个方案，请老人审定，先生肯定了这个方案，但提出，要充分考虑那些德高望重的老书法家。这个意见十分重要，我们按照老人的意见修改后，便在全国范围内进行了征集活动。但这时，已与过去有很大的不同了，由于受社会上商品经济的影响，许多书画家也开始向钱看了，有的甚至将价格抬得很高。在这种情况下，正谦先生总是及时给我们以很好的意见，有时利用自己的影响，帮我们开展工作。也就是在这时，在一次评审工作时，正谦先生赠送了我一件白玉的貔貅把件。握着这洁白、温润的玉件，我不仅感觉到了老人温暖的友情，更感觉到了老人的殷望之重，因而，也更加努力地投入这一工作。经过一年的努力，终于在 2012 年，成功举行了"'神奇宁夏·黄河金岸'全国书画名家邀请展"，并出版了同名的书画作品集。书画集大 8 开，收录了全国书画名家的 130 幅作品。这些作品，气象万千，各具神采，笔墨精湛，形神兼备，以感恩黄河母亲、歌颂祖国、赞美宁夏为主题，不仅是黄河金岸建设的浓墨重彩的形象画卷，更是书画家们献给黄河母亲的深情厚谊的大礼。书画集署名"刘正谦、杨继国主编"，这是我第一次与老人的名字并列在一起，使作为后辈的我备感荣幸。这次活动后，正谦先生就因年事已高，很少出门参加活动。而我也在这之后不久，便到龄退休。因而，这次活动和这本书画集，既是正谦先生一生书法活动的绝唱，也是我工作一生的一个很好的总结。这本书画集，也记录了我与正谦先生一生的友谊，是我们忘年交的一个很好的纪念。

如今，正谦先生虽已安详辞世，但他的音容笑貌，仍时时萦绕在我的心头。"高怀见物理，和气得天真"，这是先生常爱写的一副集字联。先生的品格、待人接物的胸怀和气度，正如这副对联所述的那样，胸怀宽广，见识卓著，谦虚和蔼，天真正气。我相信，正谦先生的书法艺术，他对回族书法事业的贡献，和他高贵的性情、高尚的人格魅力，将永远铭记在人们心中！

2016 年 1 月

每念当年搭档时

传奇人生传世文，亦师亦友三十春。

每念当年搭档时，教人如何不动容！

听到贤亮兄逝世的噩耗后，我第一时间赶到殡仪馆，向他做了最后的告别。回到家里，心情久久沉浸在悲伤之中，与贤亮兄相处的往事潮水般涌向我的心头。

记得第一次与贤亮单独相处，是在上世纪八十年代初。那时，我在宁夏党委宣传部文艺处工作。有一天，他不知为什么事，蓦地到我的办公室，一进门，就先道歉，说自己由于这些天犯了脚气，刚涂了药，所以穿着拖鞋，不礼貌。他那时已经成名，对我这样的毛头小伙子还这样的谦和，使我亲切感油然而生。那天说了些什么，现在已不记得了，只记着下班回家时，我俩坐一辆车。到了他家的巷口，他便要求下车，司机说离他家还远。他轻松地说，我还没有七老八十，不用送了，走几步正好。后来，他在文坛的名气越来越大，引起的争议越来越多，在当时全国性的政治风浪中，屡屡成为受冲击的对象，家庭生活也颇受非议。有时，他会到我们的办公室，向我们倾诉一番。有时也骑着自行车，到我家来，说说内心的苦闷，相互交换一些录像带看。而我们一方面尽力劝慰他，给以中肯的意见，一方面利用各种机会，为他辩白，尽力给他以支持。

后来，我调到文联工作，先任副主席，后任党组书记，前后有十五年之久。和他相处的时间更多了，闲暇时也常聊天，聊文学，聊他的见闻。一次，他从国外访问归来，告诉我说，国外认为他是中国的左派作家。我很奇怪，说，可是我们国内的看法却恰恰相反啊？他说，大概因为是他们认为我的作品都是跟着国家的节拍走的，国家开始拨乱反正，我反思过去的苦难；国家搞改革开放，我歌颂改革、歌颂爱国情怀吧。有时，他也会聊聊他的家庭和情感生活。说到父亲43岁死在牢房、自己43岁走出劳改农场时，我问他：贤亮，假如上天给你一次机会，拿你今天的荣华换你过去的苦难，你换不换？他立即明确地说：换！我宁愿不要今天的荣华，也不要过去的苦难！还有一次，我俩在宾馆的房间里聊天，夜很深了，他发自内心地说：继国，其实我有时感到很痛苦，很孤独，当我晚上舒舒服服躺在床上时，也会感到苦恼，对自己的一些做法，产生愧疚，可我现在已经回不去了，你说怎么办？他这话使我感到意外，觉得他是一个有责任感的人，完全不是外面所想象、传说的那样。但我能说什么呢？只好说：贤亮，你受了半辈子的苦，既然改变不了，你觉得怎么舒服就怎么活着吧。这也许多少减轻了一些他内心的痛苦，给了他些许的安慰。

我到宁夏文联工作时，正是文联最窘迫的时候，工作条件很差。贤亮作为文联主席，年龄也不小了，还骑着一辆破自行车上下班。一次冬日的傍晚，他骑车回家时，差点被一辆疾驶的小轿车撞上。司机拉开车门，正要训斥时，坐在车内的一位领导却认出了面前的大作家，连忙下车道歉。这事虽有惊无险，却给了贤亮很大的刺激。那时，恰逢小平同志南方谈话发表，全国兴起了经商下海热潮。贤亮遂和我商量，也要下海经商，走"以文补文"的路子。他在报纸以大幅版面发表了《张贤亮睁开了四分之一的眼睛》的访谈，说自己过去只睁开了一只眼睛，用于写作，另一只是闭上的，现在要睁开了，其中的一半用于文联的工作，另一半，即全部眼睛的四分之一要用于经商。为此，他发起成立了"宁夏艺海实业有限公司"，他为董事长，让我担任副董事长，后又兼任总经理，轰轰烈烈地开始了下海经商活动。刚开始，公司曾有被他称为"金""木""水""火""土"的五个分公司，但后来只有属"土"的华夏西部影视城坚持了下来，并成为宁夏旅游业的一个响当当的品牌。当然，下海经商，绝非像他说的睁开了四分之一的眼睛那样轻松，这里面的酸甜苦辣、艰难险阻，不是亲历者，是很难体会到的，若非贤亮出众的智慧和广泛的人脉，再加上多年困苦生活中练就的胆识和坚忍不拔的毅力，他是很难有今天的辉煌和成功的。那时，他常常书写的就是："坚持梦想，争取辉煌！"既用于激励大家，也用于自勉。

当公司开始初具规模、前景看好之时，组织上抽调我去北京挂职锻炼，那时中央又下达文件，要求各党政事业机关一律与企业脱钩。为遵守中央规定，也为了不影响公司的发展，我向贤亮提出了辞去公司一切职务的请求。贤亮劝我说："继国啊，这个官有什么当头啊，当个成功的商人多好啊！"我自忖不是商人的料，也没有脱离体制的勇气，还是坚持己见，见劝说无果，贤亮遂同意了我的请求。

在宁夏文联历任领导中，我算是和他共事时间最长、配合最默契的了。我认为自己比他年轻，资历、水平都比他差得远，没有理由不尊重他。他也始终以兄长般的胸怀，给予我充分的信任和完全的支持。每次全国文艺界的活动，在谢晋等名家、前辈面前，他总是亲切地介绍我为"我的搭档"。而我们搭档共事，也的确创造了宁夏文学的辉煌，取得了前所未有的成绩。宁夏青年作家从"三棵树"，到"新三棵树"，一直到"宁夏青年作家林"，都洒有他辛勤的汗水，都有他独特的贡献。他利用自己巨大的影响和文坛的人脉，热情介绍宁夏青年作家，为他们争取各种有利机会。后辈作家出了书，请他作序，他从不拒绝，觉得是自己这个文联主席、作协主席的本分。我们到北京开"三棵树"的研讨会，他挤出时间参加，在会上做了动情、精彩的发言。为了把宁夏的文学艺术家推向全国，他做了种种努力。

印象最深的是有一次，中国作家协会在昆明举行全国少数民族文学"骏马奖"颁奖大会。我作为评委参加，他作为中国作协主席团成员参加。那次宁夏有两位回族作家获奖，他很高兴。晚上十二点了，忽然给我发来一个短信，说要给获奖的作家每人再发一份同额的奖金。我自然很同意，回信赞同。但过一会儿，他又发来短信说，以后凡是宁夏作家在全国获奖的，由他出资，再同样给一笔奖金。我回复说："您光奖给作家，那艺术家呢，我们是文联啊。"他又回信说："只要是宁夏文艺家，在全国获奖的，都给奖。"我回信说："这可不是小数目，请您考虑一下，资金上能吃得消吗？"他回信说可以。回来后，我们以宁夏党委宣传部、宁夏文联、华夏西部影视城的名义，设立了一个"华夏西部影视城文艺奖"，每年一届，专门用以奖励本年度在全国文艺大奖中获奖、为宁夏争得荣誉的文艺家，为鼓励宁夏文艺家走向全国、发展宁夏文艺起到了很好的作用。

2007年，按照干部任职的有关规定，我交流到宁夏文史馆任馆长，不在一起工作了，贤亮又住在贺兰山下的影视城，我们见面的机会少了，但他对我仍然很关心，曾以亲身的体验，劝慰我说："别管人家怎样待你，要自己提高自己的待遇，过好每一天！"我到文史馆后举办了一个"贺兰雅集"大型系列文化活动，其中有一项是诗词唱和。为了加大这个活动的文化含量，我想只有将它放在贤亮的影视城百花堂，才不负为塞上的文化盛事。与贤亮商量后他欣然同意，给予了全力支持。活动那天，他不但抱病参加，即席朗诵了他的诗作，还亲自用毛笔书写下来展示。由于他的参加，那次活动在银川产生了很大的轰动，被称为是真正宁夏文化人的一次雅会。活动完成后，当我真诚地向他道谢时，他说："谢什么，你的事情，我总要支持的。"更使我感动的是，在我临退休之际，举办了一次我的摄影作品展览，他专门送来贺词，四尺整张的宣纸上，写着他秀劲潇洒的诗句："学者官员两栖之，塞上斯文君为师。高原行走志不辍，捧得硕果报桑梓。——贺继国贤弟作品展。"这样兄长般的勉励，使我内心深感温暖，不由生出高山仰止的感叹！

谁能料到，这样热爱生活、充满生命活力的贤亮兄，竟这样早地走了。送别他那天，天阴沉沉的，还下起了霏霏的小雨。我一天无语，写了下面的文字，以作为永远的纪念：

贺兰山下曾牧马，镇北堡里又著勋。

一支妙笔焕异彩，半生风流有真情。

搭档共事多默契，豁达睿智为贤兄。

君今驾鹤西归去，塞上大旗凭谁擎？

2014 年 10 月

我的复旦老师

在我的人生中，足以荣幸和自豪的是，进入复旦这样的名校学习，得到了复旦名师的教诲和指导。

当我从西北边远小城第一次到大上海，进入神奇、美丽的复旦校园时，就深深地被迷恋住了。这不仅是被她那古朴的气息、典雅的环境所陶醉，更被校内那灿若群星、盛名在外的老师所吸引。当时，还是"文革"的后期，由于邓小平同志复出，大刀阔斧地进行教育整顿，再加上复旦浓厚的学术传统，因而，各位早先被打倒、关进"牛棚"的老师也大多"解放"了出来，有的还下放到了班级，与学生"三结合"。由此，我和复旦的许多老师都有机会接触，能够得到他们的教诲。

记得在开学典礼上，是大名鼎鼎的陈望道校长给我们讲的话。在学校的课堂上，各位名教授也先后给我们授了课。古典文学专家刘大杰先生讲课时，不拿讲稿，随兴地在教室走来走去，侃侃而谈，挥洒自如，尽显大家风范。戏曲史专家赵景深先生授课时，兴之所至，还会从兜里掏出手帕，举在头上，学着古代"踏摇娘"的身段，唱上几句，十分幽默风趣。当代文学大家潘旭澜先生在私下聊天时，绘声绘色地讲述了客家人神奇的丧俗，使人大开眼界。古典文学和佛教研究专家陈允吉先生在学生宿舍，生动传神地讲说了禅宗六祖慧能的故事，颇富哲理。我曾听过朱东润先生的书法讲座，这位著名的古典文学、传记文学的大家，还是一名著名的书法家。他讲道，自己年轻时，字也写得很丑，后来发奋练字，每天再忙，都要坚持至少写一幅纸。这对我启发很大，朱先生不仅讲述的是练字的道理，更是做学问、甚至是做事、做人的道理。临毕业那年，我还参加了研究唐代文学的大家王运熙先生修订《李白诗选》的工作，王老师曾有意留我做研究生，但在当时"哪来哪去"的分配政策下，这也是不可能的事情。

当然，那时和我们接触最多、关系最密切的，还是比较年轻的老师。其中，对我帮助最大、使我获益最多的，是辛子牛老师和唐金海老师。

辛老师是招我进入复旦学门的人，也是直接改变我命运的人。当时，高校还没有恢复招生，上大学都是采取推荐的形式。当听到复旦大学到宁夏招生的消息后，正在工厂翻砂车间当工人的我充满了向往和好奇，但是，又苦于没有任何途径、任何人推荐。经过一夜的辗转反侧后，第二天一早，我打听到了复旦招生老师的住所后，便壮着胆子进去毛遂自荐，讲述了自己想上大学的强烈愿望。让我感到意外的是，对于我的唐突，招生老师辛子牛不但毫不嗔怪，反而十分和蔼，甚至还有些好奇。他笑嘻嘻地让我坐下来，问我都读些什么书，写过什么东西没有？我说自己平时喜欢古典文学作品，也写过一些诗歌。辛老师听我说罢，便随手拿起桌上的一本书，正是复旦大学编印的古代文学作品选，随手翻开其中的一页，问我这篇文章你能读懂吗？我看是《左传》的《曹刿论战》，以前读过，便流利地用现代汉语翻读了起来，当读到一半时，我看到辛老师满脸堆笑，便知道有希望了。接着，辛老师又看了我作的诗歌和为车间写的宣传稿，又亲自到《宁夏日报》副刊部了解了情况，遂到主管招生的文教局要来了原本留给专业文艺团体的名额，破格将我招到了复旦大学中文系。辛老师在校期间，对我也是充满了期待。当我在报刊上发表了好几篇文章后，他既感到由衷高兴，又谆谆告诫我要继续努力。特别难忘的是，在离校前的毕业鉴定会上，同学们和老师对我进行了认真负责的评议。当然说的都是好的，可以说是"高度评价"，这使我很感动。最后，辛老师却意味深长地说："你回去后不仅在业务上要强，在政治上也强就更好了。"

辛老师的意思，是要我不要单纯迷恋业务，要加强综合素质。可是，当时我对辛老师的这话并没往心里去。后来，命运却把我推向了与政治工作分不开的职业生涯之中。对于这，我是毫无准备的。记得一位著名作家有过这样的描述：一个在原野中牧羊的小孩，他朝着一座高高的石门投出了他的羊鞭，石门訇然开启，小孩走了进去，身后的门却关闭了，于是小孩别无选择，只能迟疑举步，踏上这崎岖山路，在黑暗中跌跌绊绊地朝前走。想起了身后的小小羊群和自己温暖的家，眼中不由得涌出了泪水……我这些年的经历和心情大致也是这样。走上了仕途的我，骨子里还是一介书生，常常直来直去，不讨领导喜欢。假若我那时能够听进辛老师的话，认真地思考并主动地选择自己的人生道路，书生气少一些，政治上更成熟一些，少冒些"傻气"，一生中可能会少许多波折，少许多遗憾。现在想起来，不能不佩服复旦名师的高明。

唐金海老师是我们初进校时的授课教师，一开始给我们教戏剧文学课。那时的戏剧文学，就是样板戏了。记得唐老师上课时，抱来了一个石头般又大又沉的录音机，给我们放了不少早期的京剧大师谭鑫培、余叔岩等的演唱录音。这在当时，可都是作为"封、资、修"的东西被禁止的，因而也是十分珍贵的。唐老师不知是有意还是无意，讲解的是样板戏的所谓创新和发展，实际上却给我们补上了传统文化的一课，使我们对国剧的菁华和历史有了实际的接触和深刻的了解。这些过去闻所未闻的京剧大师精彩的演唱，使我们听得如痴如醉，一下子就烙印在心了，对样板戏所谓的"三突出"原则的说教也就弃之脑后了。至今，我仍喜欢京剧，不能不说是受那时的影响吧。

下乡进行"教育实践"的时候，老师们常常和我们吃住在一起，师生们接触得就更多了。记得有一次，我们在乡下"学农"，临结束的时候，要举行一个联欢活动，每个学生小组，都要表演节目。我们小组上去的时候，表演的是一个诗朗诵，朗诵的是什么记不得了。我本来毛发就重，在乡下又懒得刮胡子，因而就一脸胡楂地上去了，只见下面坐着的唐老师笑得十分开心。后来，唐老师对我说："小杨，你在台上一侧脸，一扬手，满脸都是胡子，简直就是一个普希金。"这话虽是调侃，但在那个时代，对我来说也不能不是一个激励，同时也流露了唐老师对普希金的喜爱和师生间的亲昵。

我在复旦中文系学习的是文学评论专业，写文章是最根本的基本功。那时，我虽然在报纸上也发表了一些文艺作品，但都是诗歌，写文章很不在行。唐老师也教我们的写作课，在我印象中，他的文笔很棒。因而，他总是以自己的切身体会，指导我们怎样写文章。他谆谆教导说：写文艺评论，一要善于概括，二要善于分析。但具体如何进行，我总是掌握不好。一次，我的作业发下来后，见唐老师用飘逸的草书体，在上面批改了很多。细细一看，都是教导我这篇文章应该怎样写的旁注。有的段落旁注明，此处应举例分析；有的段落旁写道，此处应展开论述。有的注明，此处写得很好；有的注明，此处应重写。还有不少小段他改写过，并注明，此处似这样写更好。这简直是手把手教我写文章啊。看着这寄托了老师深情厚谊、倾尽心血、毫无保留、亲自示范的作业，我脑海里不由得浮现起了鲁迅先生《藤野先生》中深情讲述的他的老师来。想不到，鲁迅先生经历的事情，在我身上又重现了。感动之余，我更加体会到了老师的良苦用心，更加努力地写作，从而取得了很大的进步。如今，我在报刊上也发表了百十来篇的评论文章，出版了好几部文艺评论集，有的还在全国获了奖。之所以取得这些成绩，应该说是与唐老师那时的倾心传授和耳提面命，从而打下好的基础有很大的关系。

2012 年，我应邀赴校举行我的摄影作品展览，唐老师不但全程参加，还在活动后专门留下来，和几位要好的老师和同学在五角场设宴款待我。记得当时我们没有师生的区别，举杯畅叙，兴致勃勃，虽然大都满头华发，但豪情不减，追忆往事，展望来生，欢声笑语，不绝如缕。可谓是人生一大快事！

我国先贤韩愈说："师者，所以传道受业解惑也。"回忆在复旦学习的经历，老师们的音容笑貌总会情不自禁地浮现在我的面前，他们的谆谆教诲也常常回响在我的耳边。复旦的老师不仅教了我基本的知识和技能，更教了我做事、做人的根本道理。现在，他们虽然大多已经仙逝了，但他们那睿智的学养和人格魅力，他们对我的扶助提携之恩，仍鲜活地留存于我的脑海之中，成为我人生的巨大财富！

2018 年 6 月

第 五 辑

美丽瞬间

近几年来，我喜欢上了摄影，加入了日益庞大的摄影发烧友队伍。摄影是瞬间艺术，我这个人又可算是个唯美主义者，总想在按动快门的瞬间表现出最美的东西，最精彩的画面。但搞了几年后，方知要表现这美丽瞬间的确不易。搞摄影，首先要讲家伙什儿。摄影业内人调侃，要"害"一个人，就教他学摄影。入道之后，方知这话果然不谬。"工欲善其事，必先利其器。"过去不懂，现在才知道，这里面讲究大着呢。耗费的胶卷等不说，光相机就玩不起，顶级的有哈苏、莱卡，一架至少几万、十几万乃至几十万。据说，拿着这套家伙，往摄影堆里一扎，懂行的会自动把好位置让给他。我够不上这份儿，也没那么多钱，弄了套万把块钱的机子，就很高兴了。搞摄影要能吃苦。一瞬间的东西，你得费上多少时间和心力。过去以为旅游般的，边玩边照，就能出来好片子，那就大错特错了。起码要比别人能负重，起得早，睡得晚才行。有时，折腾了一整天，什么收获也没有。但搞摄影更有乐，那种艰苦寻觅后的发现，几经失败后的成功，寂静旷野中的肆意欢欣，都是旁人无法理解的。我这几年，虽谈不上有什么值得大书特书的东西，但有几次经历，还是十分难忘的。

一次，我们到沙漠去拍黄河日落，车子开到一座大沙丘前时，就开不动了，不得不弃车步行。爬到沙丘上一看，天哪，离黄河还有三四里。这时天色已晚，太阳眼看就要落山了，分分秒秒都不等人。我们无暇说话，抄起家伙就在沙漠中狂奔起来，边跑边还不忘抓住时机按动快门。等跑到河边时，太阳刚衔在贺兰山嵯峨的阙口上，一朵祥云，被夕阳浴得如同一只火凤凰般，正扑向落日，如同进行壮丽的涅槃。下面，宽阔的黄河通体泛红，在阳光的照射下闪着金色的鳞光。我们顾不上喘息，操起机子就猛按快门，直到太阳完全落山后，这才散了架似的瘫倒在沙漠上。虽然是极度的劳累，但心里是极端的痛快。回来的路上，月亮已高挂在天上，无垠的大沙漠如同镀了一层白银。月色如霜，好风如水，清景无限。我们歪歪斜斜行走在沙漠中，大声谈笑，大声歌唱。这一瞬间，欢乐得如同回到童真时代的一群小孩。

第二天一早，大家约好了要起大早拍沙漠日出的，可能是昨晚都太累了，早上谁都没有起来。我平时睡得轻，清晨 5 点半时，一睁眼睛，下意识地往窗外一看，一下愣住了，以为自己还没睡醒。只见满窗红彩，如同一幅巨画，仿佛是到了一座壮丽的艺术宫殿。猛地清醒过来了，这不是早霞吗？赶紧趿着鞋跑出去，连鞋带也没顾上系，就边跑边按动快门。这一瞬间，忽见远处沙漠边缘，有半只巨大、鲜红的物体正在冉冉升起，开始认为是只气球，还以为是辆正在驶近的红色轿车。因为我从没看过这么大、这么红的太阳，细看才知正是朝阳。在毛乌素沙漠的深处，半轮红日，满天彩霞，景色如画，壮观极了。这一瞬间，我仿佛与天地融为一体，物我两忘，心醉神怡，一边按动快门，猛拍一气，一边大声呼唤同伴，让他们也来分享我的快乐。可惜，同伴们无人响应，仍睡梦正酣。这难得一见的沙漠美景，只能由我一人独享了。

还有一次，也是在毛乌素沙漠，下午我们正要拍摄的时候，突然一大块乌云飘了过来，原本晴朗的天空一下变黑了，过了一会儿，竟又下起了小雨。没办法，大伙儿只能坐在蒙古包里喝酒。喝了一会儿，我到底心有不甘，走出蒙古包，向沙漠深处走去。走着走着，觉得有点冷，刚想转身回去时，觉得雨丝小了一些，突然看见前面出现了一道彩虹，紧接着上下两道色彩极艳丽、极漂亮的彩虹挂在大沙漠上，像一座七彩的天桥，那么美丽、那么清晰，大大地横亘在大漠深处，使人叹为观止。岂止如此，四周各种沙漠奇观都出现了，前面是半圆的两道彩虹；向右看，是朵朵蘑菇状极洁、极白的云朵；左边，却见一束霞光，如柄闪着白色寒光的利剑，刺向青色的云团；而后面，嫣红的晚霞正从乌云和青山中穿出，似火焰般燃得前面的蒙古包红彤彤的，通体闪耀着神圣的光芒。这一瞬间，什么寒冷、什么劳累，都一扫而光，让我们这些在都市里生活的人看得瞠目结舌、如痴如狂。可是，好景不长。就在我刚拍了一卷后，沙漠上又风云突变，大雨倾盆而至，所有的美景都不见了。沙漠上自然是无遮无拦的，我赶紧收好机子往回跑。虽然淋了个落汤鸡，但心中的高兴是无法言喻的。

现在，我也算是积累了一些自己满意的片子，有些还放大挂在了墙上。每当我闲暇时欣赏着这些片子的时候，不由得回想起了拍摄它们时的那些个难忘的瞬间，那瞬间大自然的美丽。生命因瞬间而美丽，美丽因瞬间而精彩。这一个个美丽的瞬间，记录了我瞬间的发现，瞬间的感受，也连缀出了我有意味的瞬间生命。时间是由瞬间组成的，人生也是由一个个瞬间组成的。有统计说，人的一生有几百万秒。从统计学的角度来说，几百万并不算多。上百万巨款有些人还不是一夜就挥霍光了。几百万秒的生命，一念之差就付之东流的也大有人在。因此，我珍惜这每一个瞬间，追求这瞬间的美丽，为了这瞬间的美丽吃苦受累而无怨无悔。当然，人生的每一瞬间、艺术的每一瞬间，不可能都是美丽的，但为此而应积极准备，积极积累，这样才有可能在瞬间爆发出美丽，创造出美丽。

2003 年 8 月

寻石记

　　黄河母亲对宁夏是如此的厚爱，不仅以她慷慨的乳汁，浇灌了宁夏丰沃的土地，而且以她宽阔的胸怀，孕育出了精美绝伦的黄河石。或许是女娲氏炼的五色补天石流入了黄河，或许是昆仑山盛产的美玉泻入了黄河，使母亲河产出了这天地的精华，迷人的瑰宝。

　　黄河石是石中的明珠，为爱石人心中的宠物。黄河自巴颜喀拉山发源，沿途九曲十八弯，劈山穿峡，百折不挠，经过了多少高山大川，裹挟了多少河沙流石，到达宁夏境内时，河床内翻滚的大大小小的石块，经过不知多少年激流泥沙的冲刷磨砺，变成了一块块光滑、坚硬的鹅卵石。它们沉稳朴拙，坚硬细腻，灵秀斑斓，美丽迷人。在塞上灿烂阳光的照射下，千姿百态，光彩熠熠，充满了无穷的神秘感和吸引力。

　　人与石的关系密不可分，人类学会使用的第一个劳动工具，大概就是石头了，而也正是石头帮助人类完成了关键性的进化过程。因而，人与石头，天生充满了亲切感。古有藏石赏石者，亦有拜石敬石者；有为石著书立说者，更有借石抒发胸臆者。改革开放以来，随着人们生活水平的提高，审美生活的需要，爱石玩石的人就更多了。

　　我喜欢黄河石，这不仅是因为它出自母亲河，为大河之魂，更在于它本身所具有的无穷魅力。我与它的缘分始于几年前，那时，我陪几位著名的作家到黄河沙坡头游玩，在河边洗手时，随手捡了几块，回来后，用清水洗净，见上面的图案清丽可喜，遂做了托架，将它放置在案头。没多久，又有一些北京来的朋友，见了喜欢，我也只好送人了，但自此培养起了捡石的兴趣。以后，或是陪朋友到黄河边游玩，或是为放松疲惫的身心，就利用休息时间，到河边捡石。

到河边捡石，真是人生一大乐趣。当你终于偷得浮生半日闲，来到黄河边时，只见金色的黄河水像一匹不见尽头的丝绸静静地淌过，白云悠悠，似时间凝固了，唯有两岸的虫鸣、羊咩才把人拉回到现实之中。在松软的黄河岸边的沙滩上，凝神静气，心无旁骛地捡着石头，这时万虑俱消，平静松和，那种返璞归真，回归自然的感觉，真是一种莫大的享受。

但千万不要以为寻石都是这般诗情画意，要想寻得好石，更多的时候是历尽艰辛。寻石的最好季节是冬天，那时黄河的水浅了，平时难得一见的河床和河滩都裸露了出来，这时，往往能寻得好石。冬天的黄河两岸可是呵气成雾，滴水成冰，若再有小风刮来，那可真是冷得刺骨。但为了觅得一块好石，我们哪还顾得上什么寒冷，披紧棉衣，顶着寒风，小心翼翼地走在冰面上，探宝般地仔细搜寻着，生怕漏过每一个有价值的发现。冬天也是大搞水利建设的时候，这时，挖掘机要清挖河滩，还有机械在洗沙选石，有价值的石头大都在这时出现。为了寻觅到好石头，我们也顾不上什么形象了，将围脖子的羊绒围巾从头上勒下，系在下巴上好护住耳朵。一手拿块脏兮兮的毛巾，一手拿着一把铁钩子，身上还背着一个装过尿素的塑料编织袋。远远望去，和捡垃圾的没什么两样，紧紧地跟在挖掘机的后面，一俟挖出的石头倒在石料堆上，马上蜂拥而上。看见稍有点颜色、稍有点形状的石头，忙用铁钩子先扒拉到一边，用手中的毛巾一边擦拭，一边观看。若有意思的，先装进尿素袋里，然后再找。到捡得差不多的时候，再把尿素袋背到黄河边，砸开冰面，一边清洗着袋中的石头，一边进行仔细的筛选评比。若是不太满意的，就把它扔到一边去，若有满意的，马上招呼同伴来看。若真出现了精品，那么，感到激动的就不仅是石头的主人了，所有捡石头的人都会欢呼起来，共同分享这一喜悦。这时所有的寒冷、疲惫，全都一扫而光了。

捡回石头，还要忙碌一阵子。先要把它彻底清洗，放在大锅里煮烫，以备在上面打蜡，为这还闹了一些笑话。一次，妻子回家，见煤气灶上热气腾腾煮着一大锅东西，感动得不得了，以为从不做饭的我也会上灶台了，这下可以吃上现成饭了。上前揭开一看，原来煮了一锅石头，又是好气，又是好笑，美美把我数落了一顿。石头煮好以后，将洁净的白蜡烛涂在上面。蜡烛碰到热石头，自然就熔化了。这样在石头上均匀地打上一层蜡后，石头就如同永远在水中一样晶莹好看了。为这，烧坏了好几只铁锅，也没少受老婆的埋怨。后来，又流行不打蜡了，说是现在崇尚自然，石头还是让它保持自然面孔。到要观赏时，喷点水，画面自然就出来了，看完后，又自然恢复以前，这样淡淡地来，淡淡地去，犹如揭开少女神秘的面纱一般，会有更多的情趣。我也认为这样更好，所以后来也就不再浪费我家的铁锅了。

几年下来，我也积攒了一些自己满意的好石。其中一块石头，是我和朋友在黄河边一个渔湖里捡的。一块碗口大的黑石头上，有两只白色的可爱的小动物。一只是猫，神情倨傲，一只是鼠，态度谦恭。绝的是这两只动物界的天敌竟然在握手言欢，更绝的是猫是正面，有两只黑眼睛，鼠在侧面，有一只黑眼睛，三只眼睛恰到好处，可谓是点睛之笔，而且在黑眼睛中还透着微微的眼白。由于这块石头太惟妙惟肖了，所以妻尽管也和我一块参加了这次捡石活动，她还是难以相信这是大自然的杰作，总认为是人加工好了事先搁在那儿的。为了消除她的疑虑，我先把这块石头拿去请宁夏石文化的发起者之一、受人尊敬的老摄影家米寿世先生看。米老一看，说这是一块纯天然的石头。后又请全国著名的赏石专家、宁夏奇石馆的陈西先生鉴定。陈西先生一看，就爱不释手，还欣然为我这块石头专门写了一篇文章。这篇文章可谓美文，在一些报刊发表后，引来了许多人的赞赏。为飨读者，我把它转录如下：

天和图

一方黄河石上，两个栩栩如生的小动物猫和鼠握手言欢，相亲相和，其情洽洽，其乐融融。它们本是大自然中的仇敌，然而这块自然天成的石头却又使它们成为了朋友，使人不禁感叹造物主的玄机妙化。

"和也者，天下之达道也。"人与自然的和谐共处，自然中万物之间的和谐共处，本是天道之所然。与天和者，可得至乐。人为聪明之灵长，面对这妙趣横生的画面，是否也会有发自内心的轻松微笑。

观之斯石，可知天籁。

我还捡有一块石头，这块有盘口那么大，也是图案石。上面有一只形神毕肖的骆驼，正在茫茫沙梁中跋涉。或许是它能给人以某种激励性的东西，或许是它与我的个性有某种相通的东西，我对它十分喜爱，常置于案头观赏。2000年，中国作家协会安排我到南斯拉夫进行文学访问，并特地要求写一首诗到会朗诵。我年轻时虽曾写过诗，但这些年早就不写了，在纸上划拉了几天，总没有诗意。忽然瞥见案头上的这方石头，顿时来了灵感，一挥而就，写了下面这首诗：

跋　涉

或许是跋涉得太久太久
你的身影深深地嵌入了
这方石头的中央

身后是无边的瀚海

前方有无尽的沙梁

那绿色的微笑不属于你

四周拥蹿着燃烧的阳光

你的双峰早已塌伏

似两只被吮尽奶汁的乳房

你的头颅却依然高昂

鬃毛飘扬着一面旗帜

在狂风中猎猎作响

啊

石头上的骆驼

骆驼似的奇石

与其说这石头永恒了你的形象

不如说你的意志

如这石头一样刚强

　　不知道南斯拉夫人懂不懂得中国的石文化，我这首诗还被译成
了塞尔维亚语，在南斯拉夫进行了多次朗诵，看样子效果也还不错，
大概也能推动南斯拉夫人对中国石文化的了解吧。

　　在我收藏的石头中，有些也包含了同事们、朋友们的深厚情谊。
一次，我们到沙坡头参加一个活动。活动完后，我们又向黄河的上游
走去，希望能在那儿捡块好石头。谁知到那儿一看，沙梁陡峭，少
说也有三四百米高，就是捡着了石头，恐怕也拿不上来。正在我踟
蹰不前的时候，朋友董君却已抱头骨碌了下去，紧接着郭君也滑了下
去，并让我们在上面等着，他们先打探打探再说。茫茫沙海，人淹没
在里面，与沙蒿混为一体，实在是很难辨清，再加上太阳火辣辣的，

我们只好退到坡后荫凉处边歇边等。谁知一等，就是两三个小时，我们再到沙梁处看时，见他们两人正挥汗如雨，喘着粗气地把一块大石头往坡上运。沙子松软，两人也是筋疲力尽。一人已是搬不动这块石头了，两人先同力把大石头抬起，用力地向坡上抛去，也只能抛上去一米左右，往往还滑下去半米。再手脚并用，爬上去，大口地喘上一阵，再把石头抬起来，再向上抛去。我们见状，赶紧下去，帮他俩把石头抬上来。一看，这块石头形状如同腰鼓一般，有枕头般大小。再用清水一浇，只见上面满布着紫藤的图案，真是上品。他俩擦拭完了汗水，却真诚地要把这块石头送给我，说是在下面就商量好了的，使我在推辞之余，真切地被他们的友谊所感动。

这些年，为捡石头，我几乎走遍了宁夏境内的黄河两岸。也许是苍天不负有心人吧，最近，我捡了一方特有意思的石头。这石头不大，约有拳头大小。水黄色的石头上方，有一轮艳阳高照，太阳下面，有一着古装的男子，正倒背着手低头作苦苦寻觅状。而且色彩极漂亮，上衣暗红色，裤子为深红色，酷似唐代壁画。这方石头，刚一浮出水面，同伴们就惊呼："像你！"并认为是我近年来所捡的最好的精品。拿回家去，让妻和女儿一看，也异口同声地说："这不就是你吗？"我想，这可能是我经常在黄河边苦苦地寻觅，将身影印在石头上了吧，遂给它命名为"老杨寻石图"。

古人云，"石不能言最可人"。石头无言，但吸收了日月精华，为天地所造，黄河母亲孕育而成。石头的形状，千奇百怪；石头上的图案，绮丽多彩。我想，这会不会是天地的语言呢？我们在寻觅石头，在收藏石头、欣赏石头，但是我们在找石，还是石在找我们？茫茫宇宙中，漫漫长河中，有多少奇石、美石默默地静卧于母亲河的怀抱，又能有几许奇石才能被有心人所发现啊。石本无心，但人若缺乏恒心慧眼，也是无缘与它会面，更谈不上发现它的美、欣赏它的美了。因此，人养石，石亦养人。美学家说，"用心听石，可知天籁"，我们都市里的人，确实是存在着太多的浮躁、太多的盲目，应该多亲近石头，多亲近自然，这样或许有所启发、有所裨益吧。

　　有机会，我还会去捡石头的。

2003 年 8 月

淘玉记

　　我自小喜欢收藏。在我的收藏里，最喜欢和珍爱的就是玉了。第一次接触玉，还是在"文革"时期。一天，母亲忽然不知从哪儿拿出两块亮晶晶的东西让我看，我接到手中，原来是两块玉，一块是白玉佩，一块还是未经雕琢的璞玉。原来，母亲小时也是大家族出身，这两块玉，是她从我外祖父手里接过来的。真不知在那个年代，她是怎么珍藏下来的。我接过那两块玉，又惊又喜，这就是那神秘、高贵的玉吗？把它们握在手中，是那么地温润可爱，色泽是那么地柔和诱人，我一下子就喜欢上玉了，从此也就对玉情有独钟，结下了不解之缘。我喜欢玉的晶莹剔透，温润坚硬，更欣赏它包蕴的文化内涵，寓意象征。因而，每到一地，只要有可能，都要尽可能地淘点玉回来。

　　"玉者，石之精华也。"中国是玉的大国，玉文化在中国源远流长。据考古发现，早在新石器时期，我国就有玉制品出土，并且自西域到中原形成了一条著名的玉石之路。我的一位朋友，他有一块琢着奇特花纹的古玉，就是在宁夏的海原地区，装在陶器罐中出土的，显而易见，为新石器的东西无疑了。世界许多地方都出玉，在人类古文化中，也有一些民族曾经用过玉，但对玉的喜爱一直流传下来，并对玉赋予了特别的含义的，只有中华民族。所以玉在中国文化中，占有非常突出的地位。

　　玉在中国，先是经历了"以玉为兵"的时代，即以玉为工具和兵器的时代。我收藏有一把新石器的玉刀，其刃至今都是那么地锋利，可见玉在中国古代的生产生活和进化过程中，发挥了多么重要的作用。同时，玉又作为重要的礼器，被视为具有非常神秘的象征意义。大概是古人认为，玉是天地间的精华，能够和自然界的神灵相通，于是关于玉的神话油然而生，以致将玉神化了起来。后来，玉又被赋予了丰富的人格化的意义，不仅用玉来表示人的身份等级，而且用来表示人的品德，约束人的行为。所谓"君子比德于玉""君子无故，玉不去身"。我国古老的《诗经》中就曾多次描写道："言念君子，温其如玉。""佩玉将将，寿考不亡。""何以赠之，琼瑰玉佩。"因此，我爱玉、玩玉，所看重的不仅仅是它本身质地的晶莹和圆润，更重要的是它所蕴含的历史文化底蕴。

正因为如此，玩玉，要玩"到代玉"。所谓到代玉，是指汉以前的古玉，对有些玩玉的人来说，弄块到代玉，可是梦寐以求的。《红楼梦》中有一回，贾母这个"贾不假，白玉为堂金作马"的封建家族的大家长，给孙儿们分玉，分到最后，拿出一块汉玉给了她最疼爱的贾宝玉，由此可见到代玉的珍贵。到代玉之所以珍贵，一是由于时间久远，存世的很少，另一方面是它包含了许多珍贵的文化信息，具有神秘的文化色彩，有的本身就是古代重要的礼器。因而，把玩起来，那感觉是大不一样的。我有一次到宁夏南部山区一个边远的地方，见到了一块很古老的"玉"，严格地说，更像一块石片，因而，大多数人并没把它当作一回事，也不值什么钱。但它上面却钻有五个孔眼，把玩起来，常使我怅然神往，这五个眼是无意地钻出来的呢，还是记述着一些重要的信息？按当时的情况，钻一个眼谈何容易，这些眼不会是随意打出来的，一定蕴藏着深刻的含意，是铭刻了它的主人的五次辉煌的战功、五次重大的事件，还是记录着他的五群牛羊、五笔财富？

到代玉受到人们的青睐，还在于它的迷人沁色。玩古玉，讲究的就是它的沁色。这可是一个非常神秘的话题。古玉由于入土时间很长，短的一两千年，长的数千年，因而在与地下物质的相互浸蚀下，发生了不同的变化，从而形成了不同的沁色，这也是古玉值得把玩之处。所以，玩古玉，就要讲究"盘玉"。盘玉，在过去讲是很神秘的，其实也很简单。古玉出土后，大多面目全非，有的根本就不像玉。这时就要"盘"。所谓盘玉，就是要把玉系在身边，拿在手上，经常摩挲、把玩，时间长了，经过你的汗水和体温的浸润，这块玉就慢慢发生了变化，不但使本来根本不像玉的玉恢复了玉性，而且把它本来不具有的迷人沁色盘了出来，使其更绚丽多姿，古色古香。我有这样的一块玉，是宝鸡的一位文友送给我的，大约是西周的一件东西，为圆壁状，直径约3厘米，中心为典型的马蹄形圆孔，边上还有一个半圆形的孔，说它是璧不像璧，说它是玦也不像玦，外表十分粗陋，一点光泽也没有，还不如石头美观，根本与玉相差十万八千里，简直就是一块瓦砾。但我洗净它后，挂在身上，经过一段时间的把玩之后，却出现了神秘的变化。先是像块青砖，虽粗粝但却洁净有光，后开始莹润并有光泽，可喜的是，在边缘处现出了黑漆般的水银沁，现在其表面已基本还原为玉色，但中间仍为石状，不知将来能不能完全盘出来，但我已经很喜欢它了。其神秘的文化气息、苍茫的外表，经常勾起我的思古之情，使人不能不像孔夫子般地发出"郁郁乎文哉，吾从周"的感慨。

玩玉的人，还喜欢斗玉。我没有什么好玉，更没有金钱去物色那些价格昂高的奇货，对那些质地珍贵、雕工精美的东西只能是望洋兴叹，只能搜罗别人看不上眼的"破砖碎瓦"，那些玉虽不怎么样，但有文化内涵，也许正因为是这样，所以还凑巧弄了几件真东西。好歹我不指望用它去增值交换什么，只是通过它来了解文化，怡情愉性，所以倒也陶醉其中，自得其乐。但遇到文坛老友，同道之人，还免不了手痒，拿出来夸耀一番，并达到互相切磋交流的目的，这样，无形中也就斗了几回玉。

　　有次，我参加一个活动，遇到了一位朋友，见他脖子上挂着玉，腰带上吊着玉，顿生遇到知己之感，不禁问他："你也爱玉吗？"他也马上打开了话匣子，说："喜欢喜欢。"边说边又从左右两个裤兜里掏出两块玉来，给我如数家珍地介绍说，这是什么什么玉，是从哪儿淘来的。见他说得兴起，我说："我也有几块玉，待会儿拿来请你鉴定鉴定。"他大不咧咧地说好好。待我下午从家中拿来了几块玉后，他一见马上眼睛亮了，边捧在手中摩挲着，边说："好好，真正都是好玉。"并由衷地说个个都比他的好。后来，又来了一些朋友，他们大概是听了那位朋友的宣传，一到银川，就要看我的玉。这下，文友加玉友，大家在一起，更有相见恨晚之感。

　　和好朋友在一起谈文论玉，更多的是交流切磋，心中满是艺术欣赏的喜悦，友谊和知识交流的收获，谈不上斗玉。我平时不戴玉，但出门在外时一般喜欢带块玉。因为按照有些爱玉朋友的说法，玉能辟邪、玉能护身。我本不相信。但有一次，我应一个朋友之约，到西安参加一个活动，活动后参观黄帝陵。谁知当我们谈笑风生地在弯曲的山路上疾驶时，对面突然来了超重的大卡车。那卡车司机以为对面会车的是辆普通的小轿车，待两车相近时，发现是辆超长超宽的大家伙时，反应已经有点来不及了。而这边因临近山涧，也不可能再往边上让了。我正好坐在与来车相交的窗边，忽听的一声尖利的鸣叫，猛抬头，就见一个黑乎乎的大家伙风驰电掣地向我撞来。我本能地把头一偏，右手下意识地攥住了腰间挂着的那块玉。只听"轰隆隆"一声响，那辆大货车擦着耳边飞了过去。我双手汗湿，只有手中握着的那块玉，才能给人一点充实感。司机紧急刹车后，我们下车一看，车的后视镜、门把手全部都被擦掉了，紧挨着我的车门的漆也被剐掉了。可以说，只要再偏那么一点点，我也就在劫难逃了。这时，不由得想起关于玉的种种神奇的传说，而对这块玉生出无限的感叹来。从此以后，每逢出门，我总是带上一两块玉，这倒也不是迷信，而成了一种习惯。

这些年，好玉越来越难求了。一方面是好点的玉，都被人弄走了，再就是，稍有点意思的，价格被炒得很高，一般人难以问津。所以一块好玉，对真正爱玉的人来说，那真是可望而不可即的。在北京的玉友，大多是到潘家园去淘玉，我也去了几次，但没见到什么好的东西。后来，北京的玉友告诉我，在潘家园，要真正弄到点好东西，像这样是不行的，要"掏窝子"。所谓"掏窝子"，是在潘家园开市的前一天，晚上10点左右的时候，就先摸到潘家园附近的小旅馆去。这时外地到京的文物商人刚刚住下，准备第二天上市交易。你挨个敲开他们住的房间的门，将他们的蛇皮袋子打开，仔细地挑选，这样，还可能淘到点真东西。若第二天上了市你再去找，那好东西、真东西早就被别人弄走了。

我没有这样的经历，但我也想，玉，这个东西是有灵性的，讲究的是一个缘字，是你的，终归还是你的，不是你的，你再痴想，也是枉然。所以我对淘玉，大多采取了一个随缘的态度。这几年，机缘凑巧，淘了几块玉，也就可以玩玩了。至于缘分之外的，就不敢奢求了，毕竟大千世界，个人过于渺小。在有着上亿年生命，上千年、上百年沧桑的古玉面前，我们也不过是匆匆的过客罢了。比起玉的永恒、坚韧来，人的生命还是十分短暂、脆弱的。因此，与其说是我们养玉，不如说是玉在养人。何况，凡物有聚就有散，我们都不过是这些玉的暂时保管者，又怎敢成为它们的永久主人呢。我想，有了这种心态，才真正能与那高贵、晶莹的美玉相配，也才能算是懂得玉的人。

2005 年 12 月

赏陶记

陶有着悠久的历史，大概人类在学会用火不久，就会制造陶器了吧。陶与人最古老的传说，就是女娲抟土造人。所以在我们国家的考古发现中，有关陶的发现特别多。我的家乡宁夏，是人类文明的发源地之一，古文化遗址特别丰富，有水洞沟旧石器时代文化遗址，也有菜园新石器时代文化遗址等，因而，古陶器出土得也特别多。

我第一次面对面地欣赏把玩古陶，是在宁夏南部山区一个收藏家朋友的家中，至今有10多年了。那天，也是一个朋友引路，把我带到了他家中。这是一个很大的院子，中间还有一个园子，园中种了许多花木，因正是春天，梨树正一树繁花地盛开着。那位收藏家听介绍说我也是文化人，便有遇着知音的感觉，炫耀式地从他家屋里依次拿出了大大小小、形状不一的许多陶器，摆在园子漏窗式的矮墙上，让我欣赏。我过去虽然也见过陶器，但那都是在博物馆里，隔着一层玻璃，再加上展品多，眼花缭乱的，没有多少强烈的感受。现在，在农民家的泥土屋前，在芬芳的梨树花下，这些古朴、厚重、别致、图案独特的古陶却使我深深地震撼了。它们有的个头很大，直径有半米左右；有的袖珍玲珑，个头比拳头还小。有的是素的，呈现出黄的、橙的泥土本来的色彩；有的是彩绘的，颜色有红色、有黑色，还有红、黑色兼有的，红的有如鲜血，黑的有如眉毛。有的形状像鸟形，有的像龟形，大多数则是圆形的。有的有双耳，有的是单耳，有的则没耳。有的厚大朴拙，有的则精巧细致，薄如蛋壳。上面的图案，也是十分丰富，富有想象力。有的形似 W，但上面的每一端都分叉为小爪子，朋友介绍说是蛙人图案，表示着生殖图腾；有的绘有圆形图案，圆中绘若干黑白色方格，朋友说代表了太阳崇拜，红黑方格正象征着阴晴，有的上面明显可以看出手指的刻画纹、掐戳纹；有的则描绘着或抽象或纷繁的几何图案，不知到底表现的是何意，给人留下了难解的千古之谜。我抚摸着这泥与火创造的精灵，不仅感到在与先祖的大手亲密地接触，而且仿佛嗅到了他们那粗重的呼吸，感受到了他们那奔放、强烈的情感和丰富、炽热的内心追求。

我问朋友这些都是从哪里淘来的，他说都是从当地农民家里收来的。问为什么这么多？他说："宁夏南部山区，不少是新石器时代人类活动的地方，古陶器本来就多，这几年山区连续大旱，各级政府号召农民挖窖打井抗旱，挖出了不少。有的农民不知是何物，当场就砸着玩了，有的虽捡了回来，但因陶器本来就不值钱，再加上这几年也太多，所以也没把它们当作宝贝，我就收了这么多。"问为什么不交到文物部门？说是因太多，文物部门本来经费就不多，除个别的外，也收不过来，也就任之自流了。我说："那这些东西岂不是可惜了？"他说："我们也是这么想的。这些东西，都是可遇不可求的，有不少都被文物贩子弄走了，我们看着也心疼，知道了，赶去拍张相片就不错了。我们也给有关部门说了，若拿出点资金来，把这些东西都收去，专门保管起来，那就好了，现这个事正在联系着哩。"

出于对古陶的浓厚兴趣，我要求他们带我到古陶的出土地点去看一看，朋友们爽快地答应了，于是我们坐上车子出发了。车子走了几十公里后，进入一条乡间土路，他们指点着两旁说，这一带就出土了许多，下面有不少古墓葬，文物部门还搞过挖掘呢。我一看，只见两旁都是山坡，山坡上是层层梯田，使我深感意外。原来我以为出土陶器的地方是一片开阔的河滩地，有许多隆起的土包，现在这儿和普通的黄土高原地区没有什么两样。想来，山区的所有耕田的山坡下面，都有可能埋藏着古老的墓葬。忽然，朋友指着右边山坡说，快看，一伙人正在挖墓哩。我忙转过头，果然见山坡上100多米处，有三四个人正在挖着什么。我忙说："停车，我们上去看看。"谁知，汽车刚一停，那伙人就一哄而散，等我们气喘吁吁地跑上去，只见在松软的、显然是刚深挖过的土地上，有一堆刚刚掩埋过的新土，旁边凌乱地放着几个不知何时被打破的古陶罐，还有几行或深或浅的脚印，那伙人却早跑得不见影了。我们又向上面的山坡爬去，见有几个妇女正在蓝天白云下悠闲地种着草、种着树，问看见那几个人跑到哪里去了，她们慢条斯理地说："没看见，谁知道哩。"仍埋头有滋有味地干着手中的活。向前望去，只见道道山峦，杳无人迹，我们只好回到下面盗挖的地方。朋友说："现在盗挖的太多了，根本防不胜防。"我问："这儿都是田地，他们怎么知道下面有墓葬呢？"朋友说："现在盗墓的都聪明得很，他们发明了一种工具，将钢丝安在手工摇钻上，只要认为有可能是古墓葬的地方，隔一段就钻一个眼下去，这细钢丝穿透黄土可不是什么难事，比所谓的洛阳铲可麻利多了，几分钟、十来分钟钻个三五米没问题，钻着钻着，只要'咚'的一声，感觉到下面空了，挖下去十有八九会得手，用这种方法，这一带小一点的古墓几乎都被扫荡了。"

这次见识，使我对古陶产生浓厚兴趣的同时，也对这些古陶的命运有了深深的担忧。以前，我到各地都有转古玩摊的爱好，以后在宁夏各地的古玩摊子上，我都十分留意这些陶器。在当时，陶器很多，而且，也确实不值什么钱，有彩的还值几百块钱，素的也就是几块钱、几十块钱。这样，几年下来，我还真拣自己爱好的，自认为是有价值的，收藏了一些。

但是，也正因为来得容易，去得也就容易。每有朋友来，特别是外地的朋友来，有的是看上了我的陶器，有的是我主动赠送，这些陶器，一多半都被我送给了外地的朋友。当时主要想的是，只要朋友喜欢，这些古陶有个好的归宿，搁哪儿都一样，再说，在宁夏，这些东西以后还会找到的。但是，仅仅过了几年，行情可就大不一样了。一是挖来挖去，古文物的资源毕竟是有限的，不可再生的，能挖出来的也就很少了，二是地方政府也加大了保护的力度，因而，文物摊上能见到的古陶很少了，即使有，价格也不菲。因而，现在要再淘到一件古陶，尤其是彩陶，竟很难了。于是，大量的赝品就应运而生了。这些赝品，刚开始还不难识别，我至今也想不明白，古人粗糙的大手，怎会做出那么精巧、精致，富于灵性和生命力的东西，而今人在许多方面，竟然不如古人。或许今人没有古人的那种耐性，下不了古人那种功夫，或许后代子孙们确实在一些方面退化了。这些新造的东西，不仅粗糙，而且拙劣。有的厚大笨重，有的扁头扁脑，有的罐子的两只耳朵就是安不好，甚至是安不上，以致有段时间，辨别陶罐的真伪，只要看它两侧的耳朵就行了。还有的则干脆将素陶用彩笔涂染了来冒充彩陶，也是不伦不类，浅显浮躁，甚至是遇水就会褪色。

但是近年来，随着彩陶的价格一翻再翻，造假的技术也越来越高。有的除行家外，也很难辨别真伪。一次，我又到南部山区去，一位朋友告诉我，他认识一位农民，彩陶的制作技术堪称一流，问我要不要去看一看。我对此自然是很感兴趣了，遂与他乘上车子，兴冲冲地出发了。出了县城，汽车就进入了乡间的小道，崎岖狭窄，一路扬尘，还好，并不太远，就进入了一个小村落，到了一座黄土垒的小院子前面。主人不在家，院门的柴扉轻掩着，一只雄赳赳的大公鸡骄傲地在院门前踱着步，好像是很负责地在担负着看家护院的任务。看这样子，主人并没走远，我们就在门前边欣赏着四周田野的风光，边耐心地等着。一会儿，一位扎着小辫，穿着红衣服、绿裤子的小姑娘好奇地围了上来。我们问，这家的主人在哪儿？说是在田里干活着哩。我们说，你给我们叫去好吗？小姑娘并不推辞，愉快地答应了一声，就颠舞着小辫，向田地里跑去了。过了一会儿，一位身上沾着尘土的老乡就扛着犁，拉着牛，出现在我们面前了。见来的是远客，他连忙拉开院门，把我们往进让。放下犁，拴好牛后，又把我们让进屋里，朋友互相介绍后，我再细看这位老乡，也就五十来岁，个子很矮，胡子拉碴，确实其貌不扬。比较突出的是他的两只手，手掌宽大，手指头粗短，毫不夸张地说，一个个像小萝卜似的，但指尖却是平平的，像个肉垫。朋友小心地说："这些朋友专程来，是想看看你的'工艺品'。"他从柜子里拿出了几个彩陶罐，我们拿起来细细端详着，都不由得暗地惊叹。经过细细询问，才知道，他做这东西，确实是花了心思和工夫的。土还是这儿的土，反正几千年都一样。上面的彩是他专门到山里找来矿石，研磨后对照真彩陶的图样画上去的，这样烧出来后，就不会像一般假的那样褪色了。他又在屋后自己挖了个窑，用木柴烧，这样火候也与真陶器烧出来没什么两样，不像他们是用煤炭烧的，一眼就能看出来。我问，那你没有学过烧窑，怎么能够烧成功呢？他说，慢慢摸索，也不知失败了多少次，现在基本能掌握了。我随他又到他挖的"窑"前看了看，虽看不出什么名堂，却不由得为农村有这样的能人而暗暗赞叹。回到屋里，他又拿来许多陶制的埙让我看。埙在宁夏地区流传久远，农村一般叫"泥哇呜"，我小时候也吹过，但流传至今、为人所知的也就那么寥寥几样。可这位农民，一下子却拿出了二三十样已烧制好的泥哇呜，有的是牛头形，有的呈羊头形，有的像鸟形，有的似人形，琳琅满目地摆了一地。它们不仅式样好看，想象奇特，深有上古韵味，而且拿起来个个都能吹响。特别引人赞叹的是，这些陶器，都只有五个音阶，真难为他一个农民，怎么会知道古代只有五音呢，看样子是有本事的，并不都是他的凭空虚造而成。我问他："你的埙怎么会有这么多样，是你凭空想象的，还是仿照古物做的呢？"他说："这些陶器，有的是我见过样子的，有的是我想象出来的。看见一个鸟，就模仿着鸟的样子做，看见一只鸡，就模仿着鸡的样子做，所以有这么多样式。"他这话，正合了古人艺术创造的规律，我想，大概古陶艺术也是这样诞生的吧。我对那些假的古董没有兴趣，但对这超乎想象的火与土的艺术品却爱不释手。它们虽然不是古陶，却深得古陶的韵味。遂竭尽所能，将这些陶埙艺术品每样都买了一件。我们告别了这位外表粗拙，但内心灵巧的农民朋友，高兴地伴随着千年不变的袅袅炊烟，踏着日复一日的西山落日，满载而归了。

2005 年 12 月

贺兰山下种牡丹

去岁搬到新居后，门前有一小块空地，可以种点花木。种些什么呢？我首先想到的，就是牡丹了。

牡丹为百花之王，是我从小就喜爱的花卉。为一睹她的芳容，我曾三到洛阳。现在有这条件了，我怎能不种几株牡丹，好朝夕与之相亲相伴呢？

我之所以喜爱牡丹，是早年被"唯有牡丹真国色，花开时节动京城""竞夸天下无双绝，独立人间第一香"这样精彩的古人诗句所吸引，有着传统文化所熏陶出的牡丹情结。我之所以喜欢牡丹，更是倾倒于她那惊人的非凡美丽。她叶茂花艳，形美多姿，雍容华贵，国色天香，在国人心中有着崇高的地位，从古至今，从上到下，她受喜爱和珍视的程度，始终是其他花卉所不可比拟的。

我喜欢牡丹，更在于它的尊贵的品格和独特的气质。她卓尔不群，特立独行，倾城倾国，总领群芳，自有一番王者风范。清代李笠翁曾说，牡丹之为花王，他初本也不服，到后来知道武则天冬月游后苑，酒后大逞淫威，勒命群芳同开，百花都因惧怕而唯命是从，只有牡丹迟之，因而大悟：强项若此，得贬固宜然，不加九五之尊，怎洗被贬之辱呢？我也深为赞同他老先生的看法。牡丹如此孤傲，面对权势者的倒行逆施，面对当道者的颠倒时序，能有勇气和胆略拒绝，能继续保持自己高尚的气节和独立的品格，能够做到的又有几人呢？牡丹不为花王，谁能有资格称为花王呢？

然而，我之所以喜爱牡丹，还在于牡丹有根。有根就有立身之本。在百花中，牡丹是少数只能在大地栽植的植物之一。她天性如此，深恋大地，拥抱阳光，热爱蓝天，沐浴清风。一般盆栽的牡丹，不是活不了，就是长不好。这是因为，牡丹是木本植物。正因为她是木本，脚下有根，能深深地扎于土壤之中；身上有节，能保持挺直的脊梁。不用学藤本植物那样柔弱，只能依傍别人；不用像草本植物那样没有内涵，经不起风霜。所以，她不趋炎附势，不巴结权贵，不委屈自己，不随波逐流。处于庙堂之上，则为国增色，总领群芳；居于乡野之中，则甘于寂寞，照常怒放。宠辱不惊，孤芳自赏。是真名士自风流，为真国色则孤傲。她那天然的尊贵和骨子里的风流，不但是众芳难以企及的，而且是不可仿效的。"天下真花独牡丹"，是对她最好的写照。

　　正因为如此，我从朋友处求得几株牡丹后，便如同侍奉仙子般精心呵护，早上出门前总要看上几眼；回来后有暇，也是围着她转。松土、洒水、施肥、除虫……看着她发芽、抽条、舒叶、开花，心中的那种自得劲儿就不用说了，大有陶渊明"采菊东篱下，悠然见南山"的舒坦和洒脱。

　　可能又会有朋友笑话我了，人家陶渊明在南山下种菊，何等雅致、何等清高，你在贺兰山下种牡丹，是不是有趋富夸贵之俗呢？其实，这些朋友是只知其一，不知其二。牡丹虽别名为富贵花，但她却真正是中国人民的花，是平民百姓的花。且不说牡丹在我国有着两千多年的种植历史，原本就产自于深山原野，出身于百姓门庭。就说在中国普通人的意识中吧，就一直把她当作既尊贵又喜爱的象征。在她的身上，形象集中地体现了人们追求美好、富足、圆满、繁华的理想和追求。因而中国人、特别是底层的乡野大众，生下男孩子，最爱起的名字，是"富贵"，生下女孩儿，最喜欢叫的名字，是"牡丹"。在各民族的民歌中，牡丹更是最常见、最常用的词汇："上去了高山望平川，平川里有一对牡丹，白牡丹白得耀眼哩，红牡丹红得破哩。"
这是民歌"花儿"中最著名的一首。"阴山阳山八宝山，好不过揽羊
的草山，千人万人数上你，尕妹是花里的牡丹"，这也是本民族民歌
中常用的比喻。

　　我本是普通人，因祖辈是农民的缘故，对土地很有亲情，对牡
丹也情有独钟。如今偷得一点余闲，抛却杂虑，在偏远贫瘠的贺兰山
下，能够侍奉自己喜爱的花儿，眼看着她一天天生机勃勃地生长，直
至根深叶茂，迎风盛开，怎能不感谢大自然的厚馈，不感谢命运的厚
爱呢？

2008 年 9 月

牡丹的精神

　　我喜爱花卉，而在花卉中，最钟情的，莫过于牡丹了。为了一睹芳踪，我曾二到河南洛阳，三到甘肃临洮。在洛阳，我尽情欣赏了牡丹的国色天香，而到了甘肃临洮之后，我才知道，在那荒僻贫瘠的土壤中，牡丹的生命力是多么地旺盛灿烂了。

　　与临洮牡丹的结缘，应该说是启发于明末清初的文学家、戏剧家李渔了。我读他的名著《闲情偶记》，当读到他说"予自秦之巩昌，载牡丹十数本而归"时，不禁有些疑惑。李渔长期居于南京，并在寓所"芥子园"广植花木，他为什么舍近求远，千里迢迢，从巩昌——今之陇西、临洮一带移取牡丹呢？想来在当时，这儿的牡丹就已很驰名了。

　　及至我到了临洮一带后，方才真切地感觉到，李渔的眼光果然不错。过去，我们只知道河南洛阳、山东菏泽是著名的牡丹之乡，殊不知，甘肃陇西、临洮一带也是牡丹的原产地，而且这儿的牡丹，更具有自己的特色。

　　临洮的牡丹种植，有着悠久的历史。早在唐代，临洮籍诗人牛峤就有词道："风帘燕舞莺啼柳，妆台约鬓低纤手。钗重髻盘珊，一枝红牡丹。门前行乐客，白马嘶春色。故故坠金鞭，回头应眼穿。"说明了早在唐代，这儿的人们就很喜爱牡丹，以牡丹装饰美人，已经是相当普遍的风习了。明代大文人解缙被贬路经此地，曾写下了"长城只自临洮起，此去临洮又数程。秦地山河无积石，至今共树似咸京"的诗句，告诉我们，在当时，这儿的牡丹已堪比中原了。清代诗人吴镇更是热情地吟道："牡丹真富贵，狄道（今临洮）颇称雄，绝艳生天末，芳华比洛中。""我忆临洮好，风光满十分，牡丹开径尺，鹦鹉过神州。"悠久的栽培历史，孕育了丰富的牡丹文化，因而，在临洮牡丹受到了人们普遍的喜爱。在临洮到处可以见到牡丹，就是普通的农家小院，也是满园芳菲。仲春时节，走在临洮的阡陌上，到处可见盛开的牡丹花，到处都可闻到氤氲的牡丹香气。只见在这边的院门旁，盛开着一丛丛的牡丹，姹紫嫣红，春光无限；又见在那边的土墙头，伸出来一条两条的牡丹枝，招蜂惹蝶，引人无限遐想。原来，这儿的牡丹，大都出于原始野生的紫斑牡丹。紫斑牡丹，是我国一个古老的牡丹种属，因其花瓣基部有明显的大块黑紫斑或紫红斑、棕褐斑而得名。它生长于西北的太白山、陇山一带，因其抗干旱、耐严寒、树型高大，而被称为"树牡丹"。过去，它野生野长，在荒坡沟壑，村头屋后，随处可见，有的枝高三四米，老乡常踩着上房。困难时期，老乡们挖牡丹根砸丹皮卖钱，对它们造成了很大的毁坏。现在，受牡丹巨大的经济价值所诱惑，又纷纷被移植外地，野生的牡丹已很少见。我们所看到的，基本上都是近些年繁育衍化出的新品种，但野生紫斑牡丹的特点，还大都保留着。

循着牡丹的花香，我们来到了著名的临洮紫斑牡丹繁育中心。这是临洮众多牡丹园中一家民间的牡丹种植园地。进得园来，顿时像进入了一个色彩绚烂、花香醉人的人间仙境。只见满眼都是盛开的五彩斑斓的牡丹花儿，争奇斗艳，竞相怒放。真的是一片花的海洋，香的世界。有的高达三四米，仰头观赏，繁花生树；有的枝冠巨大，铺展如伞，花团锦簇。中心的主人康仲英先生，一个年近七十的老者，原先也是县上的一个领导干部，因为酷爱国花牡丹，退休后创办了这个园地，一年到头，无论寒暑，都俯首耕耘，痴情地陪伴着自己心爱的花儿。见我来观赏，他非常高兴，热情地过来相陪，并如数家珍地向我介绍他得意的牡丹品种。这株白色的，叫"一捧雪"，花如其名，你看它的白，毫无瑕疵，白得真是纯正。那株叫"醉杨妃"，那白中透出的隐隐嫣红，只有贵妃酒后的腮色可比。这棵叫"大瓣骄红"，是在百年前，有位在洮河渡口开店的爱花人，见一位客商从这儿经过，其车中载有几株牡丹，实在相爱，热情款待，苦苦恳求，方才留下一株，传下这个品种。那株浅绿色的，清丽脱俗，尊贵典雅，乃是一个古老传统而又极其珍贵的品种，叫佛头青。民间有"万贯钱财好聚，一株佛头难求"之说。明代大文人王世祯也曾写诗赞它："自是色香堪绝世，不烦红粉也倾城"。还有"剪春萝""九子菊""狮子王""希望红""黑天鹅""醉仙桃""绿蝴蝶""粉妆楼""金玉姿""红金缕""兰池紫燕""书生捧墨""朝霞晨露""碧海涌金""状元插花""雪中送炭""西子掩面""五色龙须""万金富贵""青龙卧墨池""烟花紫珠盘""临洮玛瑙盘"等等，光听这些如诗如画的名字，你就知道它们有多美了。最后，康先生说，今天你有眼福，我带你看今天刚开的，世上绝无仅有的一个新品种。我连忙跟他到一株牡丹前，远远望去，这株牡丹就与众不同，个头不高，但上面罩着一把伞。康先生说，这是他精心培育的一个新品种，为延长花期，授粉继续培育，故张伞遮阳。我走近一看，果然这花气度非凡，不仅花形奇大，而且色彩极其鲜艳，是一种很纯正、很舒服的大红，像朱砂，又像红绸，像火焰，又像朝阳，在整个牡丹园中十分特别，格外抢眼。康先生说："这是我用外地的'太阳'作为父本，授粉与紫斑牡丹杂交而成，先后花费了6年心血，今天总算开花了。也是这花与你有缘，请你给她起个名字吧。"望着这惊世绝俗的花儿，我说不出话来。一个人的生命有限，6年，对于一个过了花甲之年的老者来说，可不是一个随便可以浪费的时间，康先生能用自己分外珍贵的6年时间，培育一株花儿，没有对牡丹的倾身热爱，没有巨大的献身精神是做不到的，我怎敢轻易给它命名呢？

　　见我也如此倾心于牡丹，临行，康先生赠我几株花儿。其中一株名"紫薇"，紫色花系；一株名"粉冠"，粉白色花系。这使我不由想起家乡一首著名的民歌"花儿"："家里有棵白牡丹，外面有棵红牡丹，白牡丹的模样儿俊些，红牡丹的情意儿重些。"见我十分喜欢，康先生仔细交代了回去种植的要领后，特地嘱咐说："紫斑牡丹生命力很强，移回去后一般都能活，但特别要注意，'牡丹要花不要命'，新栽的牡丹，千万别让累着，最好先别让它开花。如果你实在想看，明年出花苞后，你每株只留一两个花苞，其余的都得掐掉，先让它长根，否则它会挣死的。"

　　回来后，我精心地将这几株牡丹种植在我家的窗根下，来年春天，它们果然冒出了许多尖尖的芽胚，刚开始，我还以为是叶子，细细观察，竟然都是花苞。只见它们都嫩嫩的红红的，我怎忍心掐掉它们呢？但想起康先生的嘱咐，为了心爱的牡丹能够成活，只好在每株上留了两三只花苞后，将其余的都掐掉了。待到盛春时节，牡丹都开花了。尽管，它的枝干还比较纤弱，叶片也很细小，根系刚植根于新土，但正如康先生所说的，牡丹舍命不舍花，各自仍然开出了比拳头还大的美丽鲜艳的花。围绕着这花，我如痴如醉，一天不知要看多少回，心里畅快极了，真切地欣赏到了唐代文人舒元舆《牡丹赋》中那种使"玫瑰羞死，芍药自失。夭桃敛迹，秾李惭出。踯躅宵溃，木兰潜逸"的美。我想，这就是花王，宁争一时之灿烂，绝不平庸度一世。它在春末开放，不争春，不掩饰，不矫情，不惜力，炽情似火，赤诚待人，季节一到，倾其所有，喷薄怒放。这种不甘平庸、率真自然的孤傲精神，正是它之所以被尊为花王的精髓所在。宋代大文士欧阳修"天下真花独牡丹"之说果然不谬！我们在欣赏牡丹那惊世骇俗的美的同时，不也应该倾倒于它那超凡脱俗的高贵精神吗？

2014 年 1 月

和田玉　牡丹花

　　和田玉和牡丹花，都是代表中华文化、反映中国精神的典型文化符号，都深受海内外华人喜爱，在人们心目中有着崇高的地位。

　　我国是世界闻名的玉石之国，产玉之地甚多，仅古老的《山海经》记载的就有149处。但无论是过去和现在，宫廷和民间，都以昆仑山产的和田玉为贵，甚至于一度只将和田产的玉称为"玉"或"真玉"。据史书记载，唐玄宗天宝十年就下诏规定，礼玉一律用"真玉"，即和田玉。著于东晋时期的《拾遗记》还记述了识别"真玉"的方法："西北玉声沉重，而性温润，东方南方玉声轻洁，而性清凉。其言玉声清洁者，言东南方产非真玉也。"和田玉开采利用的时间很长，据专家考证，至少有着6000年的历史。在著名的丝绸之路开通之前，就有着一条源源不断、运送着美丽石头的玉石之路。在古代神话传说中，在历代文人的笔下，更是有着许多动人、神奇的传说和赞颂。从女娲采五色玉石补天的神话，到周穆王驾六骏宴天池，西王母以美玉相赠的传说。从黄帝的"以玉为兵"，到殷商妇好墓出土的大量和田精美玉器。从玉作为通天地、别尊卑的"六瑞"和"六器"，到管仲的"玉有九德"说和孔子的"玉有十一德"说。从人们推崇的"宁为玉碎，不为瓦全"的格言，到民间流传的"黄金有价玉无价"的谚语，都反映了我国早已形成的完整系列的玉文化学说，也说明了和田玉在中国人生活中的重要作用，以及人们普遍的爱玉、赏玉、佩玉的社会风气。和田玉不仅是古代王权、财富的象征，更成为了君子人格化的代表。

牡丹花原产于我国的秦岭和大巴山一带山区，牡丹文化在中国也是源远流长。在 3000 年前的《诗经》中，就有关于牡丹的诗句。在秦汉时期，牡丹的观赏和药用价值已被人们认识，载入《神农本草经》等古籍。东晋大画家顾恺之的名画《洛神记》，就曾描绘了牡丹的图像。隋唐时，牡丹进入皇家园林，到开元时期，牡丹成为人人喜爱、追逐的花卉，也成为了国运兴盛的标志，牡丹文化盛行于朝野上下。中国历代诗人留下了无数歌咏、赞美牡丹的诗篇。李白酒后挥就了著名的《清平调》三首，以牡丹、美人互喻，极尽华美。刘禹锡留下的名句"唯有牡丹真国色，花开时节动京城"，至今仍脍炙人口。白居易精彩地描绘了唐代赏牡丹的盛况："花开花落二十日，一城之人皆若狂。"皮日休说尽了人们对牡丹的喜爱推崇之情："落尽残红始吐芳，佳名唤作百花王。竞夸天下无双艳，独立人间第一香。"苏轼的诗句生动地反映了欣赏牡丹的多重感受："对花无语花应恨，直恐明年花不开。"而欧阳修的"天下真花独牡丹"，更是人们评价、赞美牡丹的经典之语。至于在各民族的民歌中，歌咏牡丹，以牡丹比喻美好事物的更是不可胜数。

过去，和田玉和牡丹花都是达官贵族赏玩的珍品，进不了普通百姓家。和田玉产于平均海拔达 6000 米的昆仑山上，且不说开采不易，就是将玉料运下山，也要在岩羊都不敢走的绝壁陡崖上走好几天。正如《太平御览》所记："取玉最难，越三江五湖至昆仑之山，千人往，百人返，百人往，十人返。"牡丹虽本生于深山，但被移植改良后的品种，养在深宫，一品难求，成为达官贵族的专宠，故白居易有"一丛深色花，十户中人（中人，指中等收入家庭）赋"之叹。民间也有"纵有钱财万贯，佛头（佛头，指佛头青，牡丹的传统品种）一株难见"之谚。

现代社会，随着科技和生产运输能力的进步，和田玉和牡丹花虽然没有那么多神秘色彩，普通百姓也能一睹真容了。但是好玉难得，珍品难求。对于这两种承载着太多文化内涵和国人情感的神圣物品来说，得到一件精品和田玉，移活一株名品牡丹花，仍不是易事，甚至也不是钱财就能解决的事。往往要看你的诚心，甚至有时还要看你的缘分。对此，我是深有体会的。

几年前，我到新疆游玩，去时有个心愿，想买块好的和田玉。对于和田玉，我一直存有敬畏之心，价格高了不敢买，价格低了又怕假。故临行前，与新疆的文友姚君通了个电话。姚君与我20多年前就有联系，虽仅见过一面，却一见如故，情同兄弟。电话里说了我的行程和想法后，姚君爽朗地笑了，说："阿哥，很高兴你来！我老婆就是30年的玉工，我对和田玉也非常喜爱，新疆的许多琢玉大师都是我的朋友。你来后帮你找两块好玉。"听他这么一说，我高兴极了。到乌鲁木齐住进宾馆后，就给姚君打了电话。他那边也早准备好了，立马带着一箱子和田玉就到了我的房间。我迫不及待打开箱子一看，哇，流光溢彩，琳琅满目，都是和田玉的精品，个个玲珑剔透，莹润细腻，让人爱不释手。在姚君的帮助下，我挑了两件。一件是白玉把件，透雕着马上封侯的图案，背面是洒金皮。个头不小，握在手中把玩，十分惬意。一件是青白玉的挂件，玉质细腻油润，皮色美丽巧妙，设计上匠心独运，雕琢上精工细作，图案妙手天成，富于寓意。上半部雕着蝙蝠、灵芝等吉祥图案。蝙蝠是红色的，灵芝是半黑半黄色的，象征着洪福无量和如意吉祥。下半部是镂空雕，似一个水滴形的香囊，圆润、雅致、精巧、灵秀。内腔掏空，外层浮雕着几何图案的忍冬花。忍冬花是古代流行的吉祥图案，因它越冬不死，故称为长寿花。《本草纲目》曾云：忍冬"久服轻身，长年益寿"。姚君说，这是块天然的籽料，而且为传统雕工而成。现在好玉难求，特别是好的籽玉，以克论价，贵过黄金。见了这种料子，玉工根本舍不得动刀，更不会将里面的肉剔掉，做这种空腔的镂雕。而且现今人们出于对籽料的喜爱，时兴玩皮，而过去却是将皮作为杂质剔掉的。这件玉虽然也将大部分的皮去掉了，但仍保留了一部分，巧妙地雕成了蝙蝠和灵芝，起到了画龙点睛的作用。这玉还有一可贵之处，有红、黑、黄三色，玉器行里讲"三色为宝"，这是件难得的宝贝。听了朋友的一番话，不仅使我对这块玉的喜爱增添了几分，而且也增长了许多生动的玉文化的知识。当我执意要付款时，姚君一再问，你盘缠带够了没？我知价格不菲，虽然尽自己所能付了款，但心里也清楚，这只是友情价而已。回来后，我将把件拿在手中把玩，将挂件的膛心里填了些新疆的薰衣草，挂在身上，一股幽雅的静香不时逸出，顿觉有古君子之风。玉乃通灵之物，君子无故，玉不离身。得之爱之，时时把玩。玉养人，人养玉，人玉合一，相得益彰。玉因人而润泽，人因玉而慰藉。朋友来了，自然要拿出夸耀一番，引来不少谈资，增添了许多情趣，也在评论中互相长了不少知识。一次，上海的几位画家来宁夏采风，见了我的玉，也是赞叹不已。他们刚从新疆回来，花了不少钱买了些玉，但和我的玉一比，都黯然失色。这些画家都眼光了得，也不差钱，但新疆一趟并未寻得好玉，只能抱怨自己没有好的玉缘了。

　　说起牡丹花，也是一次不期而遇的缘分。受古典诗词的影响，我自小就喜爱牡丹。搬到门前有块空地的新居后，一直想移两株牡丹过来，但始终未能如愿。一次偶然的机会，邂逅了甘肃的一位园艺家。闲谈中，说起了牡丹。他告诉我，世人都知道河南洛阳的牡丹好，殊不知甘肃的牡丹也很漂亮，而且是中国原产的紫斑牡丹。原始牡丹都是紫斑牡丹，为白瓣紫心。正是它花心的那一点紫，经过园艺师上千年的培育，才有了今天的万紫千红。紫斑牡丹植株高大，耐严寒，抗虫害，生命力顽强，适合在各地栽培。我问他，能否找朋友移来几株？他诚恳地说："好，我找朋友帮你吧。"我回来查资料，知道他的话确实不谬。明末清初的李渔在南京建芥子园时，曾花重金从甘肃巩昌（今甘肃陇西、临洮一带）移了10多株牡丹，并在他的名著

《闲情偶记》中对牡丹之所以为花王作了精彩的评论。李渔是大戏剧家，也是著名的园艺家。他在南京修建园林不到较近的河南洛阳和山东菏泽移取牡丹，却千里迢迢，到当时还是蛮荒之地的陇西去移，想必是在他眼中，那儿的牡丹更漂亮珍贵吧。正在我沉浸于阅读《闲情偶记》时，忽然有个陌生的电话打来，说他是甘肃临洮牡丹培育中心的康先生，受朋友委托，和我联系移牡丹的事情。我喜出望外，与热心的康先生商量好后，便抽暇驱车出发了。

到了临洮，才知道，这儿离洛阳直线距离有1000多公里，海拔2000多米，和藏区邻近。这时，已是秋天，康先生的牡丹园里，无数一人高的牡丹峥峥矗立，半枯的叶片在秋风中飒飒作响，像在拍手欢迎我似的。有的牡丹甚至有两三米高，遒劲的枝干伸向天际。在傍晚的夕阳映照下，显得格外辉煌。真想不到在这荒僻的地方，竟然生长着这么多神奇非凡的植物。康先生说，秋天正是移植牡丹的好时机，现在是牡丹长根的时候，这时移植的牡丹好活。故牡丹园里有句行话"春分移牡丹，到死不开花"。想不到花王还有这么大的脾气，我们来的真巧！康先生问我："你要什么品种？"我说："反正我也不懂，您就拣好的品种给我移几株吧。"康先生说："你从那么远的地方专程来，看样子也是爱花之人，与牡丹有缘，我将园中的镇园之宝给你移几株吧。若是能在遥远的宁夏银川成活，也是对传播牡丹文化的贡献。"然后仔细挖了几株，细心地用编织袋包好根部，挂上标牌，写上品种名字，抬到了我的面包车上。临行叮嘱我说："你回去种下后，来年开春出芽时，一定要将它的花蕾掐掉。若实在想看，每株留一两朵就行了，否则的话，根会累伤的，'牡丹要花不要命'。到3年后，根深叶茂了，自然就进入繁花期了。"回来后，我按照康先生的吩咐，精心将这几株牡丹植入我的小花园中，每日眼珠一般地看护着它。一有问题，赶紧向康先生请教，他总是热心地答复我的问题，耐心地给以指导。他编定专著《临洮牡丹》时，我也提供了可资参考的意见。这样，我俩遂成了很好的朋友。如今三四年过去了，我的牡丹在园中长得很好。每到春天，它们总是先绽出粉嫩的花蕾，再开出绚丽的花朵。那美丽的颜色，氤氲的芳香，不但引来了满园蜂蝶，也引来了小区邻居的啧啧称羡。这时候，也是我一年中最快活的日子，围着我心爱的花儿，怎么也看不够。脑海中不由得浮现出明唐寅的"酒醒只在花前坐，酒醉还来花下眠""但愿老死花酒间，不愿鞠躬车马前"的诗句。真有别无所求，浑然忘我，与古代雅士心灵相通之感。花开之时，自然忘不了赠花人康先生，将花拍成相片发给这位老哥。他回信说："临洮牡丹在塞外能养得这么好，足见紫斑牡丹生命力的顽强。这些花是我精心培育的，有的品种其他地方还没有。它们记录了我俩的友情，我俩的缘分。这些花，将远隔千里的两个民族的陌生人结为朋友，这就是国花的魅力。"真没想到，敦厚的康先生说得这么真诚，这么感动人。有了他这话，我每看这些花儿时，更多了一层意味。

和田玉、牡丹花，这中国传统文化的两件精灵，这走出宫廷进入平民百姓家的尤物，我竟然能够二美兼得，同时享用，真是人生的福气。当我手中摩挲着温润细腻的和田玉，迷恋地徜徉在灿烂盛开的牡丹花前的时候，不能不感叹命运的厚赐，不能不感叹缘分的厚爱，更不能不感动于朋友那如和田玉般温润，如牡丹花般芬芳的友情！

2016 年 6 月

贺兰雅集赋

　　贺兰之名，源自蒙语，意为"骏马"。奔腾逶迤，横亘塞上，乃著名之古战场。故唐王右丞有"贺兰山下阵如云"之叹，宋岳武穆有"踏破贺兰山缺"之憾也。

　　今欣逢盛世，天朗气清，惠风和畅，正白日放歌，青春纵酒之时也。值此己丑之岁，初秋之时，贺兰山下，百花堂内，五湖佳朋，四海挚友，书画大家，文史巨擘，或泼墨挥毫，妙手丹青；或举觞吟咏，把盏赋诗，人人奉荆山之玉，个个献骊蛇之珠，华彩盈壁，佳音绕梁，舞姿翩翩，欢情洽洽，诚极一时之盛矣。

　　有客问余，今日之乐若何？曰："为塞上文坛之空前雅事，盛世艺苑之绝妙佳话也！"

2009 年 9 月

附录　行摄小集

村口（宁夏海原 / 2004 年 10 月）

支柱（宁夏彭阳 / 2006 年 4 月）

回族民间游戏·赶牛（宁夏泾源 / 2010 年 10 月）

守望（宁夏海原 / 2004 年 10 月）

传统社火·踩高跷（宁夏固原 / 2006 年 2 月）

传统社火·送五穷（甘肃静宁 / 2007 年 2 月）

白马人的节日（甘肃文县 / 2014 年 10 月）

传统歌舞"池哥昼"（甘肃文县 / 2014 年 10 月）

胡杨之歌（内蒙古额济纳 / 2008 年 10 月）

连理树（内蒙古额济纳 / 2003 年 10 月）

血色胡杨（内蒙古额济纳 / 2003 年 10 月）

天问（内蒙古额济纳 / 2005 年 10 月）

王者（内蒙古额济纳 / 2003 年 10 月）

青海湖畔（青海西宁 / 2005 年 7 月）

巴颜喀拉山口（青海玛多 / 2005 年 7 月）

阿尼玛卿雪山（青海玛沁 / 2012 年 8 月）

跳"锅庄"（青海玉树 / 2005 年 7 月）

黄河滩流（青海达日 / 2010 年 8 月）

高原晴雪（青海达日 / 2009 年 10 月）

仙境（青海年宝玉则 / 2009 年 10 月）

藏族姑娘（甘肃夏河 / 2010 年 2 月）

黄石公园（美国 / 2018 年 5 月）

科罗拉多大峡谷（美国 / 2018 年 5 月）

羚羊彩穴（美国 / 2018 年 5 月）

蓝色的夏威夷（美国 / 2018 年 5 月）

金字塔前（埃及／2017 年 1 月）

卡纳克神庙（埃及／2017 年 1 月）

古老集市（土耳其 / 2018 年 7 月）

"精灵的烟囱"（土耳其 / 2018 年 7 月）

黄河土林（甘肃景泰 / 2006 年 10 月）

大漠晚景（宁夏陶乐 / 2004 年 7 月）

雪后（甘肃平凉 / 2007 年 3 月）

锦绣山川（甘肃康乐 / 2007 年 7 月）

玉龙雪山（云南丽江 / 2005 年 12 月）